그래도
지구는
돈다

그래도 지구는 돈다 1

다죽자 N세대 연애 소설

초판 1쇄 찍은 날 § 2003년 6월 30일
초판 1쇄 펴낸 날 § 2003년 7월 10일

지은이 § 다죽자
펴낸이 § 서경석

편집장 § 문혜영
편집책임 § 이종민
마케팅 § 정필 · 강양원 · 이선구 · 김규진 · 홍현경

펴낸곳 § 도서출판 청어람
등록번호 § 제1081-1-89호
등록일자 § 1999. 5. 31
어람번호 § 제4-0008호

주소 § 경기도 부천시 원미구 심곡1동 350-1 남성B/D 3F (우) 420-011
전화 § 032-656-4452 팩스 § 032-656-4453
http://www.chungeoram.com
E-mail § eoram99@chollian.net

값 9,000원

ISBN 89-5505-747-4 04810
ISBN 89-5505-746-6 (SET)

그래도 지구는 돈다 1

다 죽자 IN세대 연애 소설

도서출판
청어람

CONTENTS

저
는
요
…

세상에서의 긴 소풍을 끝내고 하늘로 돌아갈 때,
난 이 세상을 아름다웠다고 말할 수 있을까?
지금은 아름답다 말하지 못하지만,
먼 훗날 평온히 잠들면 아름다웠다고 말할 수 있지 않을까?
세상에서의 긴 소풍을 끝내고 하늘로 돌아갈 때,
난 사람들에게 어떤 향기로 기억될까?
세상에 나라는 존재가 있었다는 걸 남기고 싶지 않기에
그저 잠시 스쳐 가는 바람의 향기로 남고 싶다.

전 많이 부족하고 모자란 인간입니다. 그래서 제 글 또한 많이 부족합니다. 하지만 자
신있습니다. 왜냐하면 이 책 속엔 소중한 친구, 추억, 못난 제 자신이 조용히 숨 쉬고 있으
니까요.
나중에 떠날 때가 되면, 이 책이 제 일부분을 말해 주겠죠?

2003.06.30 다죽자

하늘에 계신 할아버지, 소중한 우리 가족 할머니, 부모님, 예쁜 여동생 땡, 나와 똑같
은 남동생 성식이, 언젠가는 다시 만날 거라 믿는 내 친구 지원(가명), 말로 표현하지 못
할 만큼 고마운 동생 선영이(색쉬징도미녀. 책 대박나길), 울 이쁜 자기 민정이(다버려),
너무 이쁘고 고마운 동생 솔잎이(팬 카페 주인), 멋진 동생 혜지(팬 카페 운영자), 사랑스
런 동생 윤선(사진이 너 가져), 멋진 글 솜씨를 가진 런니(님프에코), 동생 희성(넌 로하가
져. -_-), 힘이 되는 명숙 언니(언니, 결혼 진심으로 축하해~♥), 동생 혜원이(아싱가는광
노니. 책 대박나길), 은경 언니(하늘엔슬픈비. 책 대박나길), 겨울빛 언니, 유리 언니(호잇
호잇), 영경 언니(AYA), 친구 피오나, 동생 삼색이, 동생 송이(에메랄드), 동생 토돌이, 동
생 보라냥, 동생 선영이(하늘색아이새도), 트가트강님(책 대박나길), 주니보아님(책 계속
대박나길), 동생 치비(책 대박나길), 동생 체.리★, 정남이(꺼미^-^. 책 계속 대박나길),
동생 권준희, 동생 곰돌이, 병후니(문씨 집안, 1211), 우리 엘진, 신애(은애랑 윤기도~), 혜
민(나에 대한 사랑이 식은 건 아니지?), 이mich(미희, 화 풀렸지? 그럼 홍보해!), 성수진(승
호 께), 문희(완선아~), 혜영(연예인의 끼가 다분한 혜순이), 동생 윤미(너랑 안 놀아!), 동
생 진경(꼭 가수 돼서 방송국에서 만나자), 서녹경(우리 녹깽이), 유명화(토요명화 보고파),
동생 영란, 김민자(빨갱이), 동생 정희(너의 끼를 보여줘!), 오랜 친구 김진우, 정영은(가

게 열심히 꾸려 나가라), 이주영(씰룩이), 동생 시은, 김태연(코끼리 다리), 이수진(귀여운 아빠구), 고효정, 김태이(섹시한 나의 그녀), 김혜진(조성원 팬), 동생 정금이(신 진 동생), 동생 영애(이영애가 아닌 서영애), 오랜 친구 초희(복길아~), 친구 최정원, 동생 신은경(서로 좋아하는 사이. -_-), 재영이(코코코), 동생 혜영(김혜영 양), 동생 진희(원진), 동생 진희(이진), 연마담(선화야~ 노트랑 펜 평생 고마워!), 동생 남희, 동생 연경, 야속한 놈 휘연(그래도 친구니까~ 원씨, 잘 먹고 잘살아라!), 동생 정화(로리), 곧 제대하는 한상현(책 사서 얼른 읽어. ··), 제주에 사는 동생 핑크레이디, 동생 희지(흔들리지 마!), 너무 미안하기만 보고 싶은 B.J(이젠 용기가 없다, 행복해라. ··), 창봉 초등학교 동창 친구들, 공근 중학교 동창 친구들, 횡성 여자 고등학교 동창 친구들아~ 나 떴다—!! 우리 청어랑 식구들과 고생 많이 한 종민 언니, 그리고 지금 이 글을 읽고 계신 분들과 팬 카페 운영자 분들, 지기님들, 회원 여러분들, 또 저와 그지돈을 사랑해 주신 모든 분들께 진심으로 감사를 드립니다. 사랑합니다!

마지막으로 우리 하얀천사들과 안칠현, 문희준, 이재원, 안승호, 장우혁님께 하고 싶은 한 마디! H.O.T. FOREVER—!!

제0장

프롤로그

어둠 속에 움직임이 있다. 뭘까? 가까이 다가가 보자.

한 아이가 쪼그리고 앉아 바닥에 무언가를 열심히 쓰고 있다. 아니, 그리고 있다. 무엇을 그리기에 저리 다양한 표정을 짓는 것인지······. 싱긋웃기도 하고, 금방이라도 울 것 같은 표정도 보이고··· 잠깐이지만 섬뜩한 얼굴을 하기도 했다. 아직 7살도 채 안 되어 보이는 어린아이인데······.

그때 누군가가 그 아이 곁으로 다가왔다. 보이지는 않지만 실체가 느껴진다. 내 말을 증명이라도 하듯 그 아이가 고개를 들어 쳐다본다. 잠시아이의 몸이 붉은빛으로 둘러싸이는가 싶더니 원래대로 돌아왔다. 그와동시에 보이지 않는 실체는 사라졌다. 아이는 다시 바닥에 손을 가져가

그림을 그리는 데 열중했다. 그림이 다 완성됐는지 만족스런 표정을 짓
더니 아이도 사라져 버렸다.

　난 아이가 그림을 그리던 그곳으로 가까이 다가갔다. 그리고 아이가
그린 그림들을 보게 되었다. 그곳에서 난 믿을 수 없는 그림을 보았다.
아이가 그린 그림은 바로…….

　바로—!!

"산어래!! 손 똑바로 못 들어?"

발죽 선생이 날 확 노려보더니 다시 수업을 시작한다. 내 18년 인생에 있어 '학원 땡땡이'는 모두 시도에서 그쳤다. 물론 학교 땡땡이라고 예외일 순 없겠지. 다정이 녀석은 언제 잽싸게 튀었는지 흔적조차 없다. 같이 쫄면 먹기로 했으면서 혼자서 잘도 도망갔단 말이지~ 근데!! 근데 왜매일 나만 저 선생한테 걸리냐구!! 나도 '학원 땡땡이'라는 것 좀 해보자. 1시간 내내 노동의 시간이라는 무시무시한 벌을 받은 난 다시 발죽을 따라가야만 했다. 차라리 노동의 시간을 2시간, 아니, 4시간 하는 게 낫지. 그 좁아 터진 상담실에서 발죽과 단둘이? 아~ 오늘 나 취한다.

발죽이 어떤 인간이더냐!! 우선 발죽이라는 어원에 대해 말해 보도록

하겠다. 발죽이란? '발 냄새 죽인다' 의 줄임말로써 단 10초 만에 모든 이의 후각을 마비시키는 무서운 힘을 가진 존재! 별명에 걸맞게 사계절 내내 알 수 없는 세계로 이끄는 그 냄새를 달고 다닌다. 난 벌써 15분 동안이나 그 냄새에 취해 있다. 발죽이 말은 안 하고 내 얼굴만 뚫어져라 쳐다보고 있었기 때문이다. 멋있는 남자였다면 가슴이 두근거렸을 텐데 지금은 속이 울렁거릴 뿐이다.

"산어래, 다음에 또 도망가다 걸리면 어떻게 되는지 알지?"

그걸 제가 어찌 알겠습니까? 학원이니까 잘려도 상관은 없고. 배 째라! 내가 대답이 없자 가까이 얼굴을 들이미는 발죽이었다.

"너 한 번만 더 탈출을 시도하면!"

시도하면?

"울어버릴 거야."

그 자리에서 난 굳.어.버.렸.다! 그리고 발죽의 닭살 돋는 설교를 더 듣고 나서야 상담실에서 풀려날 수 있었다. 끝난 후 10시면 집에 돌아오는데 오늘은 11시를 훌쩍 넘겼다.

"헤이~ 걸~"

바로 내 뒤에서 남자의 음성이 들려왔다. 혹시 치한? 아니면 말로만 듣던 그 바바리 맨? 자! 산어래, 침착하고 냅다 뛰자!! 달라붙는 치마를 치켜 올리곤 집으로 죽어라고 달렸다. 현관 앞에서 숨을 고르고 뒤를 돌아봤다. 아무도 없다. 나의 계획은 성공적이었다. 자고 있을 부모님을 생각해 살금살금 내 방으로 기어들어 갔다.

다음날 아침, 다래와 단둘이 밥을 먹게 되었다.

"엄마랑 아빠는 벌써 나가셨나 봐?"

"……."

내 말과 밥을 잘도 씹어대는군! 가만, 자세히 보니 눈썹 위가 찢어지고 멍이 들어 있다.

"산다래, 너 또 싸움했어?! 엄마가 알면 어쩌려고!! 엄마 쓰러지시는 꼴 또 보고 싶은 거야?"

"조용히 해."

정말 누나한테 못하는 소리가 없는 놈이라니까!! 매일같이 반항한답시고 싸움이나 하고, 담배 피우고, 술 마시고.

"뭐가 조용히 해야, 임마! 싸우다 큰일이라도 나면 어떡해?"

"너나 잘해."

"누나한테 너가 뭐야?"

"너 어제 12시쯤 들어온 것 같은데?"

"그건 학원에……."

"아, 됐어! 누가 변명 듣고 싶대? 난 너 상관 안 하니까 너도 내 인생에서 좀 빠져."

이렇게 다래와 난 1년 동안 나아진 게 하나도 없다. 내가 너무 조급하게 구는 걸까? 1년이라는 시간은 짧은 걸까? 우린 언제나 같은 자리를 맴돌 뿐이다. 나만이라도 친해지려 노력하면 조금이라도 변할 줄 알았는데……. 그래도 나 산어래, 절대 포기하지 않아!

집을 나와 학교 가는 길에 다정이 녀석을 만났다.

"이 배신자!"

"그러게 눈치껏 빠져나왔어야지. 바보~"

"이 자식이!"

날 놀리는 녀석을 향해 주먹을 휘둘렀다.

"아우~ 무슨 여자가 이렇게 힘이 세냐? 근데 너 어젯밤에 왜 그냥 뛰어갔어?"

"뭘 그냥 뛰어가?"

"헤이~ 걸~ 기억 안 나?"

그럼 그 변태가 이놈? 괜히 쫄았었네.

학교 수업을 마친 난 친구들과 아이쇼핑을 즐겼다. 친구들과 즐거운 한때를 보내고 각자 학원이나 집으로 향했다. 나 역시 발죽이 기다리는 학원으로 향했다. 오늘도 진하게 발죽의 향기를 맡으며 수업을 받았다. 그리고 수업이 끝나자마자 날 찾는 발죽을 피해 재빨리 학원을 나왔다.

상가를 벗어난 곳부터는 내 발자국 소리만 귓가에 울려 퍼졌다. 무서움을 떨쳐 보려 노래를 부르며 이곳저곳을 둘러보던 나의 눈에 5층 짜리 건물 난간에 올라서서 아슬아슬하게 걷는 사람의 형체가 보였다. 저 사람이 미쳤나? 지금 이 시간에 저런 곳에 올라갔다는 말은 즉, 안 돼!! 내가 무슨 생각으로, 어떻게 5층 옥상까지 올라갔는지는 모르겠다. 그냥 저렇게 죽게 내버려 두어서는 안 된다는 마음뿐이었다. 절대로 용서할 수 없는 행동이었다.

옥상 문을 열고 바라본 그곳에는 한 남자가 아래에서 본 것처럼 위험하게 난간에 서 있었다. 난 그곳에서 아슬아슬하게, 너무나도 슬프게, 또 불안하게 외줄을 타는 그를 만났다. 그 남자를 향해 있는 힘껏 소리를 질

14

렀다.

"지금 뭐 하는 짓이야?! 그렇게 죽고 싶어?! 죽고 싶으면 안 보이는 곳
에 가서 죽던지 왜 사람 놀래키는 거야!!"

차가운 바람이 불고, 잠시 정적이 흘렀다.

"푸하하하~ 하하하~"

여전히 난간에 아슬하게 서 있는 남자가 웃기 시작했다.

"쟤 뭐냐? 너희들 방금 한 말 들었지? 나보고 죽고 싶냐고 하는데 뭐
라고 대답해야 하나?"

"미친놈아, 그만 내려와."

어두워서 몰랐는데 어둠에 익숙해지고 보니 난간에 있는 미친놈을 제
외하고, 남정네 2명이 옥상 바닥에 앉아 있었다. 다행스럽게도 난간에
있던 놈이 그곳에서 내려와 친구로 추정되는 그 두 남정네 옆에 앉았다.
난 어둠 속에 앉아 있는 세 놈을 은근슬쩍 훑어보고 입을 열었다.

"다시는 스스로 목숨을 끊으려 하지 마. 그게 곁에 있는 사람을 얼마
나 고통스럽게 하는지 알아? 네 곁에 있는 사람들을 생각해."

나름대로 멋있는 말을 했다고 생각하고 뒤돌아서는 나에게,

"사과해."

이렇듯 건방지고 싸가지없는 말을 세 놈 중 한 명이 했다.

"무슨 소리야? 사과라니?"

"당장 사과해."

너무나 황당하고 기가 막혀 말이 안 나왔다. 사과라니? 내가 왜?

"로하에게 사과 안 하겠다 이거지?"

가운데 앉아 있던 놈이 내게 걸어왔다. 가까이 다가오자 술 냄새가 진동을 했다. 그리고 앞에 있는 놈의 모습은 참으로 가관이었다. 탈색한 머리에 귀는 물론이고 코도 뚫어 피어싱을 하고 있었다. 패션 또한 엄청났다. 난생처음 보는 호피 무늬 조끼에 화려한 프릴 바지.

"너 자꾸 사람 말 씹을래?"

갑자기 주머니로 손을 가져간 놈이 꺼낸 건 다름 아닌 날이 번쩍이는 칼. 설마 저걸로 날 찌르려는 건 아니겠지……? 하지만 내 머리 속에는 며칠 전 뉴스에서 본 10대 살인 이야기가 맴돌았다. 그순간 순식간에 칼이 내 목을 스치고 지나갔다. 뜨거운 게 목을 타고 교복 안으로 흘러들어왔다. 달아나려 했지만 발이 땅에 달라붙었는지 꼼짝도 하질 않았다.

"그만둬."

"하지만……."

"재미있던 파티를 망친 대가는 그 정도로 해. 가자."

난간에 서 있던 놈이 일어서자 그 옆에 조용히 앉아 있던 놈도 일어섰다. 그들이 사라지고 나서도 난 그곳에서 아무 생각 없이 서 있었다.

정신을 가다듬고 떨려오는 몸을 감싸며, 집 앞까지 간신히 걸어왔다. 현관문을 열고 들어가려는 다래를 보자 다리에 힘이 풀리며 그대로 바닥에 쓰러졌다. 안 되는데… 나 이대로 쓰러지면 안 되는데……. 다래야.

타는 듯한 고통이 찾아오자 눈이 떠지며 정신이 돌아왔다. 침대에 누워 있는데 내 방은 아니다. 책상 앞에 앉아서 날 바라보고 있는 다래가 보였다.

"무슨 일이야?"

평소보다 더 무겁고 낮은 음성이다. 화난 걸까?

"엄마랑 아빠는?"

"알면 지금 네가 여기에 있겠냐? 어떻게 된 건지나 말해."

"별거 아냐. 이거 비밀이다. 알았지?"

고통을 뒤로하고 미소를 지었다. 내가 봐도 어색한 웃음이다.

"말 안 하고 싶은 모양인데 베인 자국을 보니 풋내기가 아니야. 그놈을 다시 만나면 무조건 도망쳐. 알았어?"

어떻게 저렇게 잘 아는 거지? 역시 산다래 넌 수상해.

"고마워."

"아침에 엄마한테는 너 일찍 학교 갔다고 하고, 학교에는 아프다고 전화할 테니 자."

"다래야."

"착각하지 마. 나한테 빚지는 거니까."

"누가 뭐래? 나도 확실한 게 좋아."

화난 척 고개를 돌리려 했지만 고통이 먼저 찾아왔다. 목을 움직이는 건 포기하고 눈을 감았다. 잠시 후, 문이 열리고 닫히는 소리가 들려왔다.

한참 감고 있던 눈을 떴다. 생각해 보니 다래의 방은 처음이었다. 방은 블루 계통의 시원하고 산뜻한 벽지가 발라져 있었다. 책상으로 어렵게 눈을 돌렸다. 책과 교과서들이 보이지 않는다. 옷장과 침대, 책상이 전부인 다래 방은 깔끔해 보이는 반면 외로움이 느껴졌다. 다시 눈을 감자 1년 전 다래의 모습이 떠올랐다.

"이제 얘가 내 누나라고?"

다래가 날 보자마자 처음으로 한 말이다. 모든 게 나 때문에 이렇게 되었다는 눈빛으로 다래는 그렇게 날 원망하고 있었다. 그땐 나도 힘들고, 혼란한 상황이었는데.

"누가 결혼하지 말랬어? 하필이면 왜 자식 있는 남자야?! 왜!!"

우리 집으로 들어와 살기 시작했을 때 아빠와 이젠 나의 엄마이기도 한 엄마를 번갈아 바라보며 소리 지르던 다래의 모습이 아직도 선명하다. 아빠와 엄마가 재혼한다는 사실이 그렇게도 받아들이기 힘들었던 것일까? 나도 참고 이해했는데. 그것이 하늘에 있는 엄마가 원하는 내 모습이었을 테니까.

몇 시간을 잤는지 모르겠다. 핸드폰을 들여다보니 새벽 6시다. 날짜를 따져 보니 이틀이나 지났다. 이렇게 오래 자다니. 아무래도 다래가 수면제를 먹인 것 같다.

대충 준비를 마치고, 조용히 집을 나와 학교로 향했다. 이른 시간이어서 그런지 등교하는 학생들의 모습이 뜸했다. 교문을 지나 학교로 들어서니 멋진 건물들이 눈에 들어오기 시작했다. 우리 학교는 기숙사까지 총 8동으로 나뉘어서 불려진다. 1동 건물에는 1, 2, 3학년 홀수 반, 2동 건물에는 1, 2, 3학년 짝수 반, 3동은 여자 기숙사 건물, 4동은 남자 기숙사 건물, 그리고 5동은 재미 교포 2세나 유학생들, 주로 한국말을 못하는 외국물을 좀 먹은 아이들이 공부하는 곳이다. 간혹 진짜 외국인이 있을 때도 있다. 적응을 못해 금방 나가거나 나쁜 짓을 많이 해 쫓겨나는 경우가 있어 거의 그 수는 드물지만. 6동은 도서실과 열람실, 7동은 학생들의 적성을 위한 곳, 마지막으로 8동은 체육관.

난 2학년 10반이었기에 2동 건물로 향했다. 양 옆으로 나란히 자란 나무들 사이로 걸어가다가 난 2동과 5동 사이에 있는 벤치에서 날 노려보고 있는 그 남자애를 보았다. 아직 다 아물지 않은 상처가 따끔거렸다. 이틀 전에 옥상에서 만났던, 내 목에 상처를 낸 놈이 의자에 앉아 내게서 눈을 떼지 않았다. 그때는 밤이었고 사람들이 없어 나에게 그런 짓을 했지만, 지금은 낮이고 학교니까 괜찮겠지? 맞아! 저놈, 내 얼굴 기억 못할 거야. 그때 술에 많이 취해 있었으니까.

애써 시선을 외면하고 모르는 척, 아무렇지 않은 척 걸었지만 내 걸음은 어느새 경보 수준이었다. 빨리 가야 한다는 초조한 마음 때문에 놈이 내게 다가오는 걸 느끼지 못했다.

"죽어라 뛰어도 나한테 잡힐 텐데 그렇게 늦게 걸어가는 이유는 뭐야?"

놈이 내 앞을 가로막고 비웃었다. 주위를 둘러보니 우리 둘 외엔 아무도 없다. 또 여기는 나무에 가려져 있어서 건물에서 이곳을 내려다봐도 잘 보이지 않는다.

"이런, 떨고 있네? 추워? 내가 따뜻하게 해줄까?"

놈이 팔을 벌려 날 껴안으려는 걸 잽싸게 피했다.

"너, 소리 지른다?! 비켜!"

"진짜 죽고 싶은 모양이군. 난 네가 소리 지르기 전에 널 없앨 수 있어. 한번 해볼까?"

보지도 못했는데 놈의 손에 칼이 쥐어져 있다. 교복이 아닌 사복을 입은 걸 보니 5동 학생 같은데. 놈은 이틀 전보다 훨씬 쇼킹한 옷을 입고 있었다. 오늘은 완전히 레이스를 위한 날인 것 같다. 그리고 우리 나라 사람 같지 않은데 한국 말 끝내주게 잘한다.

"내가 너한테 뭘 어쨌다고 이러는 거야?"

"로하 앞에서 한 번만 더 죽음이라는 단어, 자살이라는 단어 꺼내면!"

꺼내면… 꺼내면 뭐, 이 여장남자야!!

"정말 죽여 버릴 거야."

놈의 눈빛은 정말 다른 사람과 확연히 달랐다. 정말 날 죽일 수 있다는 눈을 하고 있었다. 다래 말대로 이 녀석은 무슨 일이 있어도 피해 다녀야 해.

"이데, 여기서 뭐 해?"

이데라면 투 페이스라는 별명을 가진 우리 학교 최고의 칼잡이 이데?

"얘 기억나지? 옥상."

난 조심스럽게 새로이 나타난 남자를 살폈다. 그때 말없이 앉아 있던 놈이다. 산어래 너 오늘 아주 재수 옴 붙은 날이구나. 하지만 이 녀석 굉장히 잘생기고, 키도 크고, 몸매 또한 죽인다. 이 상황에서도 미소년을 밝히는 내가 정말이지 밉다.

"이데, 수업 안 들어가?"

"안 들어가. 얘랑 좀 놀아야겠어."

"얜 그냥 보내. 수업 들어야 하니까."

"아무리 너라 해도 날 막겠다면 용서 안 해."

"로하가 너 또 수업 빠진 거 알면……."

"너까지 잔소리 아줌마로 변신했냐? 지금 당장 교실로 간다. 그리고 너!"

놈이 손가락으로 날 가리키며 소리쳤다.

"다시는 내 앞에 나타나지 마. 그럼 죽어."

생긴 건 귀여운데 입에서 나오는 말들은 정말 그 반대다. 놈이 사라지자 주위가 무척이나 조용해졌다. 어찌 되었거나 이놈이 날 구해준 셈이니까 고맙다는 인사라도.

"고마워. 네가 아니었으면 난……."

"그런 인사 필요 없으니까 안 해도 돼. 이데 소문은 들어서 알겠지? 저 자식 여자라고 봐주지 않아."

그놈이 그놈 맞구나. 왠지 불길하다. 그런데 조용한 이놈도 짝수 반인가 보다. 같이 서먹서먹하게 2동까지 왔다. 놈이 2층에서 멈추었다. 어라? 얘도 2학년인가? 나보다 앞서가는 놈의 뒷모습을 뚫어져라 쳐다봤다. 그와 함께 나의 반인 10반 표지판이 보였다. 그리고 그 앞에 멈춘 녀석의 모습도. 설마… 이런, 설마가 사람 잡았다! 놈이 10반으로 기어들어갔다. 새 학기 시작한 지 사흘째 되는 오늘, 내가 토요일에 학교에 안 나왔다고는 하지만 저 녀석은 본 적 없는데…….

교실로 들어온 난 순미의 옆구리를 찔렀다.

"가스나야, 아파! 오늘은 또 무슨 일이야?"

"저기 맨 뒤에 앉은 잘생긴 애 혹시 누군지 알아?"

"어디?"

순미가 의자에서 일어나 눈동자를 이리저리 굴렸다.

"이 눈치없는 지지배야! 좀 앉아봐. 저 창문 쪽에 앉아 있는 애."

"너 몰라? 쟤 1학년 때부터 유명했어! 근데 같은 반이었나? 오늘 처음 보는 것 같은데."

"나도 처음 봐."

나와 순미는 서로 마주 보며 어깨를 으쓱거렸다.

"그럼 쟤 1학년 때 싸운 것도 모르겠네? 싸움이라기보다는 일방적으로 산이가 때린 거라고 할 수 있지."

"산이?"

"쟤 이름이 반산이야. 아무튼 맞은 애가 하필이면 부녀회장 아들과 그 똘마니들인 거야. 퇴학당할 뻔했는데 어떻게 된 건지는 모르겠지만 간신히 정학으로 그쳤어."

근데 내 시선이 왜 이렇게 산이에게로 가는 걸까? 잘생겼으니까? 맞아, 잘생겨서 자꾸 보게 되는 거야. 수업 시간 내내 내 시선은 산이를 향해 있었다. 덕분에 수업 시간이 짧다는 생각까지 들었다. 모든 수업을 마치고 집으로 가려는 날 순미가 잡았다.

"왜 그러시나, 친구? 나 집에 갈 거야."

"네가 언제부터 집에 일찍 들어갔다고 생색이야?"

순미의 말을 무시하고 다시 걸음을 옮기려 했지만 소용없었다.

"오늘 진수 선물 살 건데 같이 가자."

"싫어! 네 남자 친구 선물 사는데 내가 왜 가?"

"그래? 진수가 요번 주에 너 소개팅해 준다는데 취소해야겠네."

"정말이야? 진수가 그랬단 말이야? 자, 어서 가자."

"안 간다며? 가지 마."

"내가 예쁜 거 골라줄게~"

하교 시간이라 버스는 많은 학생들로 꽉 들어차 있었다. 버스에 올라타 억지로 인간들을 후벼 파고 자리를 잡았다. 순미랑 신나게 얘기하고 있는데 갑자기 엉덩이에 이상한 느낌이 감돌았다. 내가 가만히 있자 강도가 더 심해졌다. 이 변태 새끼, 너 오늘 잘 걸렸다!! 난 얼굴을 돌려 뒤에 있는 사람에게 소리쳤다.

"이 변태 놈아!! 어디 만질 게 없어서 여자 엉덩이를 만져?! 너 상습범이지?!"

차 안에 있는 모든 시선이 나에게로 쏠리는 걸 느꼈다. 너무 크게 소리쳤나? 아니야, 이딴 놈은 크게 창피를 당해야 해. 난 날 성추행한 남자의 얼굴을 쳐다봤다. 키가 좀 많이 컸기에 목이 아파왔다.

"또 너냐?"

내 엉덩이를 만진 놈이 입을 열었다. 난 눈을 동그랗게 뜨고 녀석을 노려봤다. 놈이 검지로 내 이마를 툭툭 쳤다. 재수없는 짓만 골라서 하네, 이놈?

"나처럼 잘생긴 남자를 잊어버리다니. 섭섭한걸?"

"우리가 언제 만났는데?"

"난 머리 빈 여자는 싫은데."

"너 지금 이 상황을 모면하려고 연극하는 거지? 내가 그럴 줄 알았어. 성추행범들의 뻔한 수법이지~ 안 되겠다! 경찰서 가자!"

"푸하하하하~"

놈이 갑자기 아주 크게 웃었다. 이젠 미치기까지 했나? 아예 자기 무덤을 파는구만.

"얘 진짜 웃긴다. 안 그래, 반산?"

난 그제야 놈의 옆에 산이가 있는 걸 발견했다. 왜 여기에 산이가 있는 거야? 그것도 이 성추행범이랑 아는 사이? 혼자서 별의별 생각을 다 하며 당황하고 있을 때 산이가 입을 열었다.

"아로하, 그만 웃어. 사람들이 쳐다보잖아."

"어차피 우린 잘생겨서 쳐다봐."

어머머머, 이제 보니 성추행범에 지독한 왕자병까지 있는 정신 이상자? 잠깐, 이놈이 아로하? 그럼 혹시 이틀 전 옥상 난간에 서 있던 그놈?

"너, 날 변태로 몰아넣었는데 말이야. 이건 명백한 명예 훼손이야."

"네가 내 엉덩이 만졌잖아!"

"증거있어?"

"……."

"없으면서 그렇게 큰소리치면 안 되지."

"뭐야?"

"도저히 말로 해서는 안 되겠군. 반산, 먼저 가라."

"그래."

벨이 울리고 잠시 후 뒷문이 요란한 소리를 내며 열렸다. 순간 놈이 내 손을 덥석 잡곤 뻥 뚫려 있는 곳을 지나 버스에서 내렸다. 이제야 상황 파악이 된 나.

"무슨 짓이야? 여기에서 왜 내려?!"

"너 돈 많아?"

내 꼴을 좀 보고 그런 소릴 해라.

"그럼 몸으로 때워야지."

그렇게 버스는 나와 놈을 뒤로하고 멀어져 갔다. 난 멍하니 순미와 산이가 타고 있을 버스를 쳐다봤다.

"가자."

그렇게 말한 놈은 걸어가기 시작했다. 하지만 난 그 자리에서 꿈쩍도 하지 않았다. 내가 네놈을 따라갈 줄 알았다면 큰 오산이야!! 그렇지만 이건 나만의 생각이었고, 놈이 내 가방을 잡더니 어딘가로 질질 끌고 갔다.

"어디 가는 거야? 나 친구랑 약속도 있고, 학원에도 가야 한다구!"

"놀게 생긴 게 무슨 학원이야?"

놈의 입에서 내가 제일 싫어하는 말이 나왔다.

"너, 내가 어딜 봐서 놀게 생겼어? 어?! 말해 봐!"

"너 흥분하니까 콧구멍 벌렁벌렁거린다."

난 손으로 재빨리 얼굴을 가렸다.

"반응 한번 진짜 빠르네?"

"뭐? 지금 날 가지고 노는 거지?"

"어? 이번엔 코털 보인다."

난 나도 모르게 또다시 붉어진 얼굴을 가렸다.

"하하하~ 너 진짜~ 진짜 웃긴다."

녀석이 길 한복판에서 배를 움켜잡고 웃었다. 아로하, 사람들 시선 받는 게 그렇게 좋냐? 쪽팔렸지만 로하의 웃는 모습을 보니 왠지 마음이 놓였다. 옥상에서 처음 봤을 때의 그 불안한 모습은 보이지 않았으니까.

한 40분 정도를 걸어 도착한 곳은 어느 고급스런 빌라 앞. 녀석은 경비 아저씨랑 친근하게 인사를 나누고 안으로 들어갔다. 빌라 안으로 들어선 놈이 손가락을 까딱거리며 날 불렀다. 놈이 좀 위험스럽지만 저곳에 한번 들어가고 싶다. 난 이번만큼은 알량한 자존심 따위는 과감히 버리기도 했다. 경비 아저씨에게 꽃미소를 날리고 안으로 들어갔다. 외관도 정말 근사했지만 안은 더 멋졌다. 바닥은 반질반질한 대리석으로 쫙 깔려 있었고 벽은 기형학적인 그림이 그려져 있는 타일로 장식되어 있었다. 엘리베이터를 타고 맨 꼭대기인 7층에서 내렸다. 서로 마주 보고 있는 4개의 문이 보였다. 로하는 오른쪽 맨 끝에 있는 704호 문을 열고 안으로 들어갔다. 난 조심스럽게 문고리를 돌려 안을 들여다보았다. 집은 White&Blue가 주를 이루고 있었다. 너무나 깨끗하고 비싸 보였기에 감히 들어갈 엄두가 나질 않았다.

"안 들어올 거야?"

"나 들어가도 돼?"

"5초 내로 들어와라. 1, 2, 3."

결국 들어왔다. 집은 방 한 개와 화장실, 그리고 40평도 더 넘어 보이는 넓은 거실과 주방으로 되어 있었다. 거실에는 무지 크고 좋아 보이는 파란색 소파와 유리로 된 탁자가 있었고, 소파 앞에 있는 벽에는 말로만 듣던 대형 평면 벽걸이 TV가 걸려 있었다. 그런데 가족이 모여 살 만한 집은 아니다. 이놈 혼자 사나? 아까 몸으로 때우라고 했는데 그 소리가 그럼? 난 그것도 모르고 촐랑대며 따라왔으니. 녀석이 방에 들어간 지금이 도망칠 절호의 기회다. 숨까지 죽이며 뒤돌아 한 발짝 떼려는 순간 뒤통수에서 놈의 목소리가 들려왔다.

"그쪽은 현관이고 화장실은 반대편이다."

"집이 너무 넓다. 근데 혼자 살아?"

"아니."

"그럼?"

"내 애인이랑."

18살에 여자랑 남자가 동거? Oh~ 말도 안 돼! 실눈으로 놈을 노려보는데 노란 병아리가 그려진 앞치마가 내 얼굴을 덮었다.

"넌 어떤 음식 잘하냐? 내 애인은 카레랑 라면밖에 못하는데."

여자가 되어가지고 카레랑 라면뿐이라고? 네놈 몸이 부실해 보이는 이유를 알겠다.

"재료만 있으면 뭐든지 할 수 있는 최고의 요리사지."

"그럼 카레랑 라면만 빼고 아무거나 만들어."

"내가 왜?"

놈이 나에게 싸늘한 시선을 보냈다. 어느새 앞치마가 내 목에 보기 좋게 걸려져 있었다. 여전히 날 주시하는 놈을 곁눈질해 가며 주방으로 향했다. 주방으로 들어서자 양쪽으로 여는 무지 큰 냉장고가 눈에 들어왔다. 우와~ 이게 도대체 얼마짜리야? 기대를 하며 연 냉장고 안에는 우유와 오렌지 주스, 인스턴트 카레, 그리고 김치와 계란만이 덩그러니 자리를 차지하고 있었다. 애인이라는 여자는 안 봐도 뻔하다. 냉장고에 김치랑 계란뿐이니 김치 볶음밥이나 해야겠군. 근데 밥은 있으려나? 역시나 밥통은 썰렁했다.

"야! 쌀 어디 있어?"

대답이 없어 거실로 나와 보니 욕실에서 물소리가 났다. 어렵사리 쌀을 찾아 밥을 하고, 김치와 계란을 볶았다. 넓은 접시에 김이 모락모락 나는 밥을 담고, 그 위에 볶음 김치와 계란을 올려놓으니 일품요리가 따로 없었다. 로하가 촉촉하게 젖은 모습으로 나타났다. 아주 잠깐이지만 내 가슴이 두근거림을 느꼈다. 놈은 자리에 앉자마자 걸신 들린 사람처럼 급하게 밥을 먹기 시작했다.

"천천히 먹어라. 체하겠다."

"맛없어서 빨리 먹는 중이다."

맛있다면서 그렇게 열심히 먹는 이유는 뭐냐? 난 녀석의 앞에 앉아 놈을 구경했다. 열심히 밥을 먹던 놈이 고개를 들어 날 쳐다봤다.

"그렇게 쳐다보다가는 나한테 빠져들걸? 우리 애인, 질투 많고 무섭다."

"누, 누가 너 같은 놈한테 빠진대?"

띵동~ 띵동~

그때 초인종이 울렸다. 로하가 먹던 숟가락을 내려놓으며 말했다.

"우리 애인 왔다."

벌떡 일어난 로하가 현관문으로 달려갔다. 난 침을 한번 꿀꺽 삼키고 서서히 열리는 문을 쳐다봤다. 어떻게 생긴 여자일까? 키도 크고, 몸매도 멋지고, 얼굴도 예쁜 여자겠지?

문이 열리고 로하의 애인이 들어왔다. 타이트한 까만색 바지에 뾰족구두, 하얀색의 나풀거리는 블라우스. 생각했던 것보다 더 잘 빠진 몸에 화려한 옷을 좋아하는 여자. 이번엔 얼굴로 눈을 돌렸다.

"으헛!!"

로하 애인의 얼굴을 확인한 후 내 입에서 나온 비명 소리다.

"로하, 쟤가 왜 내 집에 있는 거야?"

투 페이스가 눈에 불을 켜고 날 노려봤다. 내 집이라 얘기하는 걸 보면 여기가 투 페이스 집이구나.

"배고파서 데리고 왔어."

"어떻게 만났어?"

"스토커! 내 뒤를 졸졸 쫓아오더라."

아로하, 저 자식 지금 뭔 헛소리를 하는 거야? 무슨 소리냐고 말하려던 난 날 노려보는 투 페이스의 눈빛에 입을 다물었다.

"이데, 너 배고프지?"

"응."

"쟤가 김치 볶음밥 해났다."

투 페이스가 또다시 날 째려봤다. 아무래도 간 떨려서 안 되겠다.

"저기… 나 갈게."

"잠깐."

로하가 날 불러 세웠다.

"핸드폰 꺼내봐."

"내 꺼?"

"그래."

난 주머니에서 핸드폰을 꺼내 놈에게 건넸다. 놈은 내 핸드폰을 한참 만지작거리더니 다시 내게 내밀며 말했다.

"내 이름 뜨면 바로 받아라."

이게 지금 뭐라고 하는 거야?

"대답 안 할래?"

무섭게 변한 놈의 얼굴에 심장이 벌렁벌렁 뛰었다.

"으… 응."

"그럼 가봐."

난 뭔가 찜찜한 기분을 뒤로하고 투 페이스 집에서 나왔다. 학원 가기에는 너무 늦은 시간이었기에 집으로 향했다. 가는 길에 다정이에게서 문자가 왔다.

「너 왜 학원 안 와? 발죽이 너만 찾는다. 언제 그런 사이가 됐냐?」

다정이 이놈! 감히 소름 끼치는 발죽과 날 연결시키다니!

「지금 널 위해서 칼 갈고 있다.」

「네가 없으니까 심심해~ 지금 어디야?」

「집에 가는 길.」

「그럼 잘 들어가고 내일 보자. 내 꿈 꿔.」

놈의 느끼한 문자에 닭살이 돋았다. 집 앞에 도착하고 보니 8시 30분이었다. 그리고 웬일인지 집에 불이 켜져 있었다. 다래가 이 시간에 집에 있을 리 없고. 엄마, 아빠가 벌써 오셨나? 집으로 들어서자 바닥에는 상당한 양의 피가 묻어 있었다. 뭐지? 왜 여기에 피가 묻어 있는 거야? 설마!! 이상한 느낌에 벌컥 문을 열고 들어가자 다래가 피를 흘리며 고통스러워하고 있었다.

"다래야!!"

난 바닥에 쓰러져 있는 다래 곁으로 가 몸을 일으켜 세웠다.

"다래야, 정신 차려!! 무슨 일이야? 응?!"

"괜… 찮아."

"이게 괜찮은 거야? 배에서 계속 피나오잖아!"

내 얼굴은 어느새 눈물로 범벅이 되었다.

"병원에 전화할 테니까 조금만 참아!"

핸드폰을 꺼내려던 내 손은 피 묻은 다래의 손에 잡혔다.

"너… 나한테 빚진 거 있지? 그거 지금 받을 거다."

"안 돼!! 나, 너 죽게 내버려 두지 않을 거야!"

어디에서 이렇게 다치고 들어온 거야? 누가 널 이렇게 만든 거야? 어떤 자식이야!! 눈물샘이 터졌는지 멈추지 않는 눈물이 나의 얼굴을 적

섰다.

"엄마가 나 다친 거 알게 되면 다신 네 얼굴 안 본다. 명심해."

"산다래!!"

"나 졸려. 나가줘."

이 바보 같은 자식! 안 돼! 내 눈앞에서 죽게 내버려 두지 않아!! 절대 내 앞에서 죽게 하지 않아! 죽으려면 내가 안 보이는 곳으로 가서 죽으라고!! 난 다정이에게 전화를 했다. 핸드폰이 꺼져 있다는 안내가 나왔다. 방금 전까지 문자를 주고받았는데 어째서 핸드폰이 꺼져 있는 거야! 다래의 안색이 점점 창백하게 변해갔다. 핸드폰의 주소록을 뒤지다 로하의 이름을 발견했다. 통화 버튼을 누르고 로하가 전화를 받기만을 기다렸다. 제발… 제발… 몇 번을 했지만 받지 않는다. 마지막이라 생각하고 전화를 걸었고 막 끊으려 할 때 로하의 목소리가 들려왔다.

"로하? 아로하 맞지?"

[무슨 일이야?]

"내 동생이 칼에 찔린 것 같아. 피가 너무 많이 나와. 죽으면 어떡해? 내 앞에서 죽으면……."

[그런 소리 하지 마! 지금 거기 어디야? 주소 불러.]

난 우리 집 주소를 불러주고 전화를 끊었다. 잠시 후, 로하가 도착해서 우린 병원으로 향했다. 병원에 도착하자마자 다래는 응급실로 들어갔다. 난 떨리는 몸으로 응급실 앞에서 초조하게 다래의 소식을 기다렸다. 로하 역시 걱정스런 얼굴로 내 곁에 있어주었다. 잠시 후, 간호사 언니가 우리에게 다가왔다.

"산다래 씨 출혈이 너무 심해서 혈액이 필요합니다. 하지만 희귀한 RH⁻ AB형이라서……. 혹시 가족 중에 같은 혈액형 가지신 분 없습니까?"

다래가 그 희귀한 RH⁻ AB형이라고? 난 B형인데. 하지만 중요한 건 다래와 난 피 한 방울 섞이지 않은 사이라는 것. 그럼 이제 우리 다래는 죽는 건가?

"제가 RH⁻ AB형입니다."

뒤를 돌아보니 투 페이스가 서 있었다.

"그럼 빨리 저를 따라오세요."

간호사 언니는 다시 서둘러 응급실 안으로 들어갔다.

"아로하, 정신없이 나간 게 여기 오기 위해서였냐?"

"어떻게 알고 왔어?"

"비켜."

투 페이스의 차가운 말투와 행동에 나뿐만이 아니라 로하도 놀란 눈치였다. 우리를 냉정히 스치고 지나간 투 페이스는 응급실로 들어갔다. 몇 시간 후 다행히 다래는 일반 병실로 옮겨졌다.

똑— 똑—

노크 소리가 들리고 로하가 들어왔다.

"동생은 괜찮냐?"

"덕분에. 정말 고마워."

"됐어."

난 로하의 눈치를 살피며 투 페이스의 이야기를 꺼냈다.

"이데는 안 보이네? 어디 있어?"

"옆 병실."

"그럼 여기 좀 잠깐 지켜줘. 나 이데한테 갔다 올게."

일어서서 나가려는 날 로하가 막았다.

"왜? 무슨 할 말 있어?"

"가지 마."

"이데가 아니었으면 다래는 죽었을지도 몰라."

로하의 옆을 지나칠 때 녀석의 긴 한숨 소리가 들려왔다.

투 페이스가 있다는 병실 문을 조용히 열었다. 침대에 걸터앉아 있는 놈의 옆모습이 보였다. 인기척을 느꼈는지 내 쪽으로 얼굴을 돌렸다. 내가 자신의 옆으로 갈 때까지 녀석은 날 계속 쳐다봤다. 손가락을 주물럭거리며 망설이고 있는데 투 페이스가 먼저 입을 열었다.

"넌 처음 만났을 때부터 재수없었어."

그래서 날 볼 때마다 재수없다는 눈빛을 했던 거군. 나도 너 싫다, 이놈아!!

"지금 나한테 고맙다고 인사하러 왔지?"

"그래, 나도 네가 싫지만 오늘은 정말 고마워. 잊지 않을게."

"그렇단 말이지?"

놈이 불안하게 미소를 지었다. 눈치없는 나도 녀석에게 꿍꿍이가 있다는 걸 느꼈다.

"피가 너무 많이 빠져나갔더니 어지럽다."

이 자식, 멀쩡하게 잘 있다가 왜 이런다냐? 놈은 아픈 척을 하며 침대에 누웠다.

"가서 물 좀 떠와."

"누구한테 명령이야?"

"생명의 은인한테 이런 대우를 하다니. 뻔뻔한 거야, 아님 돈이 많은 거야?"

로하나 이놈이나 걸핏하면 돈타령이네? 부자 주제에 나 같은 거지에게 돈 얘기를 하다니. 난 억지 웃음을 지으며 녀석에게 물을 대령했다. 이번에는 놈이 안마를 주문했다. 참자, 이놈은 다래를 살려준 재수없는 인간이니까. 팔며 다리, 어깨, 등을 있는 힘껏 주물렀다. 말라서 뼈만 있을 줄 알았는데 온몸이 근육덩어리였다. 안마를 시작하고 20분이라는 시간이 흘렀다.

"이제 됐지?"

"아직 남았어."

땀을 닦던 나의 행동이 순간 멈추었다. 차라리 돈을 달라고 그래라, 이 자식아! 라고 크게 소리치고 싶었지만 난 거지였다. 내가 멍하니 있는 사이 순식간에 일이 벌어졌다. 투 페이스가 날 안고 입술을 덮쳤다. 난 이리저리 발버둥 쳤다. 안 돼!! 내 첫키스… 내 첫키스!! 놈이 날 놓아주면서 입술을 뗐다.

"나도 미쳤지, 너 같은 애한테 키스를 하다니."

너무도 황당해 입이 다물어지지 않았다.

"내 키스가 그렇게 황홀했냐?"

"너 내 첫키스 물어내!! 누가 너한테 키스해 달라고 했어? 그리고 네가 했으면서 왜 불만이야? 화를 내야 하는 건 네가 아니라 나라고!!"

"네가 언제 나 같은 멋진 남자랑 키스해 보겠냐? 나도 후회하고 있으니까 지금 이 순간부터 그 얘기 꺼내면 목숨 내놓은 줄 아마."

로하랑 둘이 친구라더니 둘 다 아주 미쳤어. 왕자병이 심한 정신 이상자들. 녀석에게 보기 좋게 당하고, 그곳에서 나왔다. 나오자마자 화장실로 달려가 몇 번이고 입 안을 깨끗하게 헹구었다. 정말정말 나쁜 놈. 멋진 남자 친구랑 노을지는 해변에서 첫키스하는 게 내 꿈이었는데…….

병실을 너무 오래 비운 것 같아 서둘렀다. 로하가 병실 앞에 서 있었다.

"내가 좀 늦었지? 근데 왜 나와 있어?"

녀석이 말은 안 하고 병실을 가리켰다. 문을 열고 들어가 보니 아빠와 엄마가 와계셨다.

"엄마, 아빠."

엄마는 다래 옆에 앉아 눈물을 닦으며 다래의 손을 꼭 붙잡고 있었다. 하, 자기가 배 아파서 난 자식은 다른 거구나. 당연히 그렇겠지? 내가 고열로 아파서 며칠 동안 누워 있을 땐 물수건이 전부였는데. 아빠가 말없이 내 앞으로 걸어오셨다. 화가 무척 많이 나신 것 같다. 잠시 후, 나의 왼쪽 뺨이 '짝' 하는 소리를 내며 오른쪽으로 돌아갔다.

"아… 빠?"

난 맞아서 얼얼한 뺨이 아닌 아빠의 싸늘한 눈빛에 마음이 아파왔다. 내가 아무리 나쁜 짓을 하고, 말을 듣지 않아도 한 번도 손 댄 적이 없었는데……. 난 나오려는 눈물을 입술을 꼭 깨물며 참았다.

"산어래! 아빠가 이렇게 가르쳤냐?! 동생이 죽을 지경인데 부모한테 연락 한번 하지 말라고 가르치더냐?!"

"난……."

아빠에게 연락할 생각 같은 거 못할 만큼 나도 무서웠다고 말하고 싶었다. 하지만 말이 목구멍에서 걸려 나오지 않았다.

"다래가 잘못되었으면 어쩌려고 그랬어?! 대답해 봐!!"

아빠가 점점 더 크게 소리쳤다.

"그래!! 다 내 잘못이야!! 이젠 됐지? 다시는 아빠, 엄마 그리고 다래 앞에 나타나지 않을 거니까 걱정 마!!"

참고 참았던 말들이 눈물과 함께 쏟아져 나왔다.

"나 때문에 이렇게 됐으니까 나만 사라지면 되는 거지?"

"어래야!"

엄마가 당황한 목소리로 내 이름을 불렀다. 필요없어! 어차피 난 당신 자식이 아니니까 어떻게 되든 상관없잖아! 그동안 힘들었어. 웃고 살아가는 게 힘들었어. 내가 병실에서 나올 때 뒤에서 누군가가 날 부르는 소리가 들렸지만 달리는 걸 멈추지 않았다. 무작정 병원에서 뛰어나온 거리는 이미 자정을 넘긴 시간이었지만 화려한 네온 불빛들로 환했다. 이렇게 밝으면 울 수가 없잖아. 이젠 어디로 가지? 거리에는 술에 취해 바닥에 쓰러져 있는 사람들, 진한 화장에 야한 옷을 입고 있는 여중생들로 복잡했다. 많은 사람들 중에서 그 아이가 눈에 들어왔다. 까만 정장을 말끔하게 차려입은 산이가 너무나도 선명하게 내 눈에 들어왔다. 그리고 산이의 옆에 바짝 붙어서 웃고 있는 여자의 모습도. 산이와 마주치지 않게 뒤돌아 반대쪽으로 걸어갔다. 그때 뒤에서 누군가가 내 어깨를 잡았다. 돌아본 곳엔 산이가 서 있었다. 마주치지 않으려고 일부러 반대 방향으로 걸었는데.

"밤 늦은 시간에 여기에서 뭐 하는 거야?"

반산, 너만은 날 걱정해 주는 거지? 그런 거지? 약해질 대로 약해진 내 마음은 산이의 한마디에 완전히 무너졌다. 얼굴만 딱 두 번 본 것뿐인데. 산이 앞에서 나도 모르게 눈물이 흘러나왔다.

"걔 누구야?"

상당히 귀에 거슬리는 여자 목소리에 눈물을 닦고 산이 뒤쪽을 쳐다봤다. 산이랑 같이 있던 여자였다.

"갑자기 사라져서 놀랐잖아. 말이라도 하고 갔어야지."

여자가 산이의 팔에 팔짱을 끼며 날 노려봤다.

"오늘은 안 되겠어. 다음에 봐."

"뭐? 무슨 소리야? 안 돼! 내가 오늘을 얼마나 기다렸는 줄 알아?"

"그렇지만 오늘은 안 돼."

"제하, 왜 그래? 혹시 얘 때문이야?"

제하? 제하가 누구지?

"그만 해! 더 이상 귀찮게 굴면 우린 여기에서 끝이야."

"제하!"

반산, 너 얼굴값하는구나? 저렇게 예쁜 여자가 매달리다니.

"그만 가자."

녀석은 그 여자를 버려둔 채 내 손을 잡고 걸어가기 시작했다. 여자가 보이지 않을 때쯤 산이는 잡았던 손을 놓았다. 아쉽다, 따뜻한 손이었는데.

"저기… 반산."

담배에 불을 붙이던 놈의 손길이 멈추었다.

"아까 그 여자가 널 제하라고 부르는 것 같던데……."

산이가 웃었다. 그리고 서글픈 눈동자로 날 바라봤다.

"내가 제하든 반산이든 무슨 상관이야? 난 그냥 나 아니야?"

"네가 그렇게 말하면 할 말 없지."

"그런데 넌 여기 왜 있는 거야? 이 일대는 다 유흥가뿐인데."

절대 맞아서 뛰쳐나온 거라고 말 못해, 아니, 안 해!!

"말하기 싫은 모양인데 그럼 하지 마."

담배의 하얀 연기가 내 쪽으로 몰려왔다.

"우리 집에 갈래?"

산이의 말에 걸음을 멈추고 녀석을 쳐다봤다.

"나 믿지 못하면 관두고."

"아니야."

"그럼 가자."

심장이 미친 듯이 뛰기 시작했다. 어차피 갈 데도 없었는데 잘된 거야. 산어래, 이상한 상상 하지 말자. 택시를 타고 20분 정도를 달렸다. 산이가 자기 집이라고 날 데리고 간 곳은 상당히 어둡고, 우울하고, 서늘하고, 비좁은 곳이었다. 원룸 형태의 집은 10평도 안 되어 보였다.

"많이 지저분하지?"

집은 깔끔했다. 분위기 때문에 그리 보였으리라.

"너 혼자 사는 거야?"

"거의 그렇지."

그 대답은 다른 누군가가 있다는 건데. 궁금했지만 묻지 않기로 했다. 아까 산이도 나에게 더 이상 묻지 않았잖아.

"난 배고픈데 넌?"

"이왕 신세지는 거 왕창 신세져 볼까?"

"그럼 조금만 기다려."

윗옷을 벗은 산이가 싱크대로 가서 라면을 끓이기 시작했다. 난 녀석의 뒷모습을 유심히 살폈다. 살림 잘하는 거 보니까 결혼하면 사랑받는 남편 되겠다. 잠시 후, 내 앞에 멋진 상이 차려졌다.

"와~ 맛있겠다! 나 남자가 해준 음식 처음이야. 잘 먹을게."

난 왼손에는 그릇, 오른손에는 젓가락을 들고 라면을 시식했다.

"라면 끝내준다! 이렇게 맛있는 라면 난생처음이야."

내가 생각해도 오버가 좀 심했다. 그래도 산이는 웃어주었다. 아침에 퉁퉁 부을 얼굴과 눈 생각은 뒷전으로 하고 국물에 밥까지 말아먹었다. 얻어먹었으니 설거지라도 하려 했으나 산이가 극구 말렸다. 어쩜 좋아. 나 산이가 점점 좋아져. 모든 걸 정리하고 불을 끄고 우린 떨어져 누웠다. 다래는 깨어났을까? 깨어났으면 날 원망하고 있겠지? 이젠 내 얼굴 따위는 보려 하지 않겠지? 엄마가 알아버렸으니 이젠 다 끝난 거야. 조용한 가운데 핸드폰 벨소리가 울렸다. 내 껀 배터리가 닳아서 꺼졌으니까 산이 핸드폰이겠지.

"여보세요?"

산이가 전화를 받았고, 반대편에서 여자 목소리가 들려왔다. 하지만 뭐라고 하는지는 들리지 않았다.

"알았으니까 그만 해! 지금 갈게."

그리고 전화가 끊어졌다. 불이 켜지고 옷을 입은 산이가 나갈 준비를 했다.

"깨워서 미안. 안 들어올 수도 있으니까 아침엔 그냥 문 열어놓고 가."

말을 마친 산이는 서둘러 나갔다. 그렇게 뒤 한 번 돌아보지 않은 채 산이는 내 앞에서 사라졌다. 난 가만히 앉아서 시계만 뚫어져라 쳐다봤다. 산이가 나간 지 1시간이 넘었다. 정말 안 들어올 생각인가? 새벽 4시까지 산이를 기다리다 쏟아지는 잠을 주체하지 못하고, 바닥에 고꾸라져 잠이 들었다.

"야, 그만 일어나."

누군가가 내 몸을 마구 흔들었다. 우씨, 잘 자고 있는데 누구야!! 슬금슬금 눈을 떴다. 헉! 산이가 웃으며 날 내려다보고 있었다.

"안 들어온다더니?"

"여긴 우리 집이다. 근데 너 얼굴이⋯⋯."

안 돼! 산이에게 자다 일어난 나의 흉칙한 몰골을 보이다니. 얼굴을 가리고 재빨리 화장실로 들어왔다. 거울에 비친 내 모습은 나조차 눈뜨고 봐줄 수 없는 지경이었다. 산발이 된 머리에 퉁퉁 부어버린 눈과 눈곱. 이제 산이는 날 여자라고 생각하지 않을 거야. 씻고 나오니 아침상이 차려져 있었다.

"아침 먹고 학교 가야지. 너 집에도 들러야 하고."

"나 안 가."

산이가 들고 있던 수저를 내려놓았다.

"안 간다고?"

"학교도 안 가고, 집에도 안 들어갈 거야."

짧은 한숨 소리가 들렸다. 반산, 나 한심하지? 그래도 어쩔 수 없어. 이젠 아빠 엄마도 날 싫어하니까.

"집에 안 들어가면? 어디 갈 데나 있어?"

"……"

"너 그렇게 안 봤는데 실망이다."

산이야, 너 역시 나 같은 애는 싫은 거지? 다들 내가 싫었으면서 좋은 척 웃었던 거야.

벌떡 일어나 나가려던 날 산이가 붙잡았다.

"비켜!! 비키라고!! 나 같은 거 어떻게 되든 상관없는 거 아니야?"

"너에게 어떤 일이 있었는지는 모르지만 누구나 아픔 하나쯤은 있어. 너무나 슬퍼서, 그래서 그게 밝은 모습을 간직하게 해줄 수도 있는 거고. 웃는다고 해서 모두 행복한 건 아니잖아?"

난 산이에게 안겨 펑펑 눈물을 쏟아냈다. 안 그래도 라면 때문에 부은 내 눈이 이제는 아예 형체를 잃어버렸다. 이 꼴로 어떻게 학교에 가누. 그렇다! 그래도 난 학교에 가기로 결심을 했다. 산이가 우리 학교 교복을 내밀었다.

"어? 이거 누구 교복이야? 너 여자 교복 모으는 취미 있냐?"

"그냥 아는 친척 거야. 어서 입기나 해."

"오케이~"

교복을 입고 산이네 집에서 나오는데 기분이 묘했다. 학생 부부 같은 생각이 들었다.

"근데 나 때문에 1시간이나 지각인데 어쩌지?"

난 최대한 미안한 표정으로 산이를 바라봤다.

"상관없어. 근데 넌 가방 없는데 괜찮겠어?"

"뭐 어차피 수업 시간에 딴짓만 하는걸."

버스를 타고 15분 만에 학교에 도착했다. 수업 중이라서 그런지 학교는 매우 조용했다. 1동을 지나 2동으로 가던 도중 우리는 로하와 마주쳤다. 녀석은 7명 정도 되는 패거리들 속에 있었다. 놈이 꽤 건방진 자세로 우리 앞으로 걸어왔다.

"너, 이 자식 집에서 자고 오는 거냐?"

친구에게 이 자식이라니! 그리고 저 재수없는 표정은 뭐다냐.

"그렇다면?"

"반산! 너 이년한테 관심있어?"

"아니, 관심없어."

가슴이 뻥 뚫린 듯 허전해졌다. 산어래! 사랑과 동정과 우정도 구분 못하는 한심한 인간. 산이 같은 남자가 너 따위를 좋아할 리 없잖아. 알면서도 난 왜 자꾸 기대를 했던 거지? 그러면 안 되는 거 아는데… 너무도 잘 아는데……

"산이 말 똑똑히 들었지?"

지금 저게 상처받은 사람에게 감히!

"그래, 이 자식아! 아주 똑똑히 잘 들었다! 그래서? 그래서 뭘 어쩌려고?"

"이제 너한테 볼일없으니까 꺼져."

웃겨, 정말 웃겨! 내가 왜 저놈에게 저런 소릴 들어야 해?

"반산, 넌 나 좀 보자."

"1시간이나 지각했어."

"그래서?"

이거 분위기가 험악해지고 있다. 아로하 저 자식 오늘따라 왜 저러는 거야? 기분 안 좋은 일이라도 있는 거야, 뭐야?

"너도 어서 수업 들어가라."

"너 지금 나한테 명령하는 거냐?"

로하가 산이의 멱살을 잡았다. 그때 로하랑 같이 있던 놈들이 우리 쪽으로 뛰어왔다.

"반산, 대답 안 해? 나한테 명령하냐고 물었잖아!"

로하의 목소리가 쩌렁쩌렁 울렸다. 소리가 너무 크다. 이러다 선생님들 오면 어째.

"산이야, 가자. 우리 수업 늦었잖아."

난 산이의 팔을 잡아끌었다. 그리고 멀뚱하게 서 있는 로하 패거리들에게 눈치를 줬다.

"너 죽고 싶냐? 끼어들지 마!"

난 멈추지 않고 산이를 끌고 걸었다. 우리에게 뛰어오려던 로하는 나

44

의 눈빛을 받은 놈들에게 붙잡혔다. 소리 지르는 로하 목소리가 들렸지만 뭐라고 말하는지는 알아들을 수 없었다. 우린 조용히 교실 뒷문으로 들어갔다. 담임이 수업을 하고 있었다.

"너희 둘, 따라와."

담임이 수업을 멈추고 교실을 나갔다. 반 아이들은 수업을 안 하게 되어 좋다고 소릴 질렀다. 난 순미에게 살아서 돌아오겠다며 손을 흔든 후 산이와 교무실로 갔다. 한바탕 매 타작을 할 것 같았는데 담임은 우리에게 2동과 5동 주위에 있는 잡초를 뽑고, 휴지를 주우라는 벌을 내렸다. 오늘은 수업받을 생각 하지도 말라는 협박과 함께.

산이는 나와 멀리 떨어져서 풀을 뽑기 시작했다. 난 산이에게 슬금슬금 다가갔다. 막 입을 열고 말을 하려는데 그림자 하나가 우리 앞에 드리워졌다. 고개를 들어 그림자의 주인을 바라봤다. 우리 앞에 인형 같은 여자가 서 있었다.

"반산, 오랜만이야. 그런데 지금 네 모습, 그게 뭐니?"

난 그 여자가 듣지 못하게 작은 목소리로 산이에게 물었다.

"누구야?"

"초강력 찐득이."

난 산이의 말에 웃음이 나오려는 걸 가까스로 참으며 다시 작은 목소리로 말했다.

"찐득이?"

"로하한테 끈질기게 달라붙는 찐득이."

다시 입을 열려는 순간 그 여자가 우리 앞으로 더 가까이 다가오며 입을 열었다.

"혹시 산이 네 여자 친구니? 드디어 여자 친구 생긴 거야?"

"지각해서 같이 벌받는 것뿐이야."

"난 또. 안녕? 난 강새아."

갑자기 그 여자가 내게 손을 내밀었다. 난 얼떨결에 악수를 했다.

"난 산어래. 너 로하……."

"어머? 너 우리 로하 알아? 별일이네?"

내가 채 말을 끝내기도 전에 그 여자가 놀란 눈으로 날 쳐다봤다.

"산어래, 2동은 대충 된 것 같으니까 5동으로 가자."

"응? 응."

"반산, 로하 학교에 왔지? 어디 있어?"

"네가 모르는데 내가 어떻게 알아?"

"그럼 나중에 보자."

서둘러 돌아선 그 여자는 2동 건물로 모습을 감췄다. 그리고 나와 산
이는 담임에게 철저한 검사를 맡고 나서야 학교에서 풀려날 수 있었다.

"정말 집에 안 들어갈 생각이야?"

"아니, 들어가야지."

"잘 생각했다. 그럼 들어가라."

왜 이럴까? 가슴이 답답해진다. 산이야, 너 괜찮은 거야? 가끔은 네가
너무 위태로워 보여. 내가 널 잡아주고 싶지만 자신이 없어.

한참을 걸어 학원 앞까지 왔다. 난 계단에 쪼그려 앉아 다정이를 기다
렸다. 1시간 후 계단을 내려오는 시끄러운 발소리가 들렸다. 다정이가 날

보더니 소리부터 질렀다.

"너 연락도 안 되고 어떻게 된 거야? 너희 반에 가보니까 너 벌받는다고 하고. 오늘 아침에 내가 얼마나 기다렸는지 알아?!"

이놈이 어디서 큰 소리야? 내가 지금 누구 때문에 이 고생인데. 난 주먹에 힘을 주고 있는 힘껏 녀석의 배를 강타했다.

"윽! 너 죽을래?"

요즘 날 죽이고 싶어하는 인간들이 줄을 섰네, 줄을 섰어!!

"너 어제 나랑 문자 잘 주고받고 했으면서 왜 5분 후에 전화하니까 핸드폰이 꺼져 있어? 대답해!"

"그때 마침 배터리가 없었어."

"정말? 거짓말하는 거 아니지?"

"친구의 말을 믿지 못하다니. 근데 나한테 전화했었냐?"

그래, 이 인간아!! 내가 너 때문에 로하에게 연락해서 지금 이렇게 되고… 생각하고 싶지 않은 일들이 떠오를 때마다 다정이 녀석을 구타했다.

"원다정, 오늘 나랑 밤새자."

"추워 죽겠는데 무슨 소리야?"

"나 집에 들어가기 싫다는 소리다!"

"왜?"

"싫음 관둬. 혼자 잘 먹고 잘살아라."

난 뒤돌아 우리 집 골목 쪽으로 걸어가기 시작했다.

"산어래~ 집에 들어갈 거지? 꼭 들어가! 알았지?"

"내일부터 아는 척하지 마!!"

"뭐라고? 안 들려."

"이렇게 크게 소리 지르는데 뭐가 안 들려, 이 재수없는 인간아! 확 다리나 부러져서 내 앞에 영영 나타나지 마!!"

"알았어. 네 꿈 꿀게~"

정말이지 살인 충동 일으키게 하는 놈이었다. 난 현관 앞에서 망설였다. 이대로 들어가자니 자존심이 상했다. 가출한 지 24시간도 지나지 않았고, 들어갔는데 왜 들어왔냐고 하면… 그래, 들어가지 않는 게 나아. 집에 들어가지 않기로 결심하고 돌아섰다.

"으아악!!"

어둠 속에서 다래의 두 눈이 번뜩였다. 병원에 있어야 하는 거 아닌가?

"안 들어가고 뭐 해?"

놈이 문을 열고 날 안으로 밀어 넣었다. 이러면 곤란한데. 집에 안 들어가기로 결심했는데.

"신발 안 벗어?"

녀석의 호령에 신발을 벗고 결국 집 안으로 들어갔다. 가출 결심 1분도 안 되어 벌어진 일이었다.

"왜 벌써 집에 왔어? 병원에 좀 더 있어야 하는 거 아니야?"

"나 병원 체질 아닌 거 몰라?"

이놈아, 그럼 병원 좋아하는 사람이 세상에 어딨냐? 내 말은 아직 다 낫지도 않았는데 왜 집에 왔냐는 거지.

"병원에 있으면 학교도 안 갈 텐데."

"집에서 쉴 거야. 나 배고프니까 밥 좀 차려."

"네가 알아서 차려 먹어!"

하지만 난 최대한 기름기 없는 음식을 만들고 방으로 들어왔다. 역시 집이 최고야~ 가출 안 하길 잘한 것 같다. 핸드폰을 꺼내 배터리를 바꿨다. 어제 병원에 도착했을 때부터 꺼져 있던 핸드폰이 켜지는 순간 음성과 문자가 요란한 소리를 내며 들어왔다. 음성 10개에 문자 22개. 핸드폰을 이용한 지 3년이 넘었건만 이렇게 많은 문자와 음성은 처음이었다. 9번째 음성까지 들어본 결과 모두 아빠의 목소리가 담겨져 있었다. 왜 안 들어오냐고, 다래는 어디 있는 거냐고, 빨리 집으로 연락하라는, 대충 그런 말들이었다. 핸드폰에 배터리만 있었어도 아빠가 그렇게 화를 내진 않으셨겠지? 마지막 음성도 아빠일 것 같아 삭제할까 하다가 통화 버튼을 눌렀다.

[나야.]

침대에 벌렁 나자빠져 있던 난 스프링이 튕기듯 벌떡 일어났다. 마지막 음성의 주인공은 아빠가 아닌 로하였다.

[핸드폰 꺼둔 거냐, 아님 배터리가 없는 거냐?]

배터리가 없었다, 이놈아!

[괜찮냐? 사람이 부르는데 그냥 뛰어나가다니. 너 만나면 가만 안 둔다.]

날 부른 게 이놈이었군.

[어디서 방황하는지 모르겠지만 빨리 집에 들어가라.]

날 걱정했나, 설마? 아까 학교에서 그렇게 재수없는 짓을 했는데 그럴 리 없지. 정말 알다가도 모를 녀석이다.

[내 음성 듣는 대로 연락해라. 그리고 네가 울면서 뛰어나갈 때 나… 띠— 띠— 띠—]

여기에서 음성이 끝났다. 난 핸드폰을 뚫어져라 쳐다봤다. 아로하 이 자식! 음성 남길 줄도 모르는 인간이었어! 이씨~ 궁금하잖아! 그 다음 무슨 말을 하려고 했을까? 궁금함을 참지 못해 침대에서 이리저리 뒹굴고 있는데 갑자기 문이 열리고 다래가 들어왔다. 날 한심하게 쳐다보던 놈이 전화기를 침대에 던졌다.

"나한테 전화 왔어? 누구야?"

"받아보면 알 텐데 왜 물어?"

다래는 싸가지없이 말하고 문을 닫았다.

"여보세요."

화가 난 상태였기 때문에 내 목소리는 평소보다 더 낮았다.

[기분이 영 아닌 것 같다. 담탱이한테 왕창 깨졌냐?]

"순미구나. 웬일이야, 네가 전화를 다 하고?"

[어머머~ 누가 들으면 내가 친구에게 전화 한 통 안 하는 앤 줄 알겠다.]

남자가 있으니까 지금 이것이 이런 생쇼를 하는 거겠지?

"너 지금 진수랑 같이 있지?"

[어? 어떻게 알았어?]

너의 가식적인 말투와 웃음, 너무 티났다.

"전화한 용건이나 말해, 이 가시나야."

[너 어떻게 친구에게 그런 말을 할 수 있니?]

"그만 해라~ 저번에 너 미팅한 거 진수한테 다 말하는 수가 있다."

[왜 그래~ 너 내일 소개팅해 주려고 그러는데.]

잊고 있었다. 그렇지, 나에게도 소개팅이 있었지~ 근데 내일 학교에서 말해도 될 것을 이 늦은 밤에.

"내일 말해도 되는데 왜 전화까지 했어?"

[혹시 모르잖아, 네가 약속 생겨 버릴지도. 근데 너랑 소개팅할 애 지금 같이 있다.]

"정말? 어때? 잘생겼어? 키 커? 몸매 죽여?"

[…….]

난 좀 따지면 안 되냐?

[그건 내일이면 알게 되니까 너무 궁금해 마라. 그럼 내일 봐.]

"야!!"

순미는 한 치의 기다림도 없이 전화를 끊었다. 이게 나 잘되라고 전화한 거야, 약 올리려고 전화한 거야? 폭탄만 나왔단 봐라!! 설마 진짜 폭탄이라서 말 안 해준 건 아니겠지? 제발 폭탄만은 피해가기를 간절히 기도하며 잠이 들었다.

밤새 폭탄과 소개팅하는 꿈으로 시달리고 10분이나 늦게 학교에 도착했다. 뒷문을 최대한 조용히 열었지만 모두의 시선이 나에게로 쏠렸다.

"죄송합니다."

"어서 자리에 앉아라."

"네."

괜히 멋쩍게 미소를 지었던 내 얼굴은 로하 녀석과 눈이 마주치는 순간 굳어버렸다. 한 번도 교실에서 보지 못했는데 우리 반이었다니. 그리고 강새아라는 여자애도 있었다. 로하의 말이 마음에 걸리지만 어제 나에게 한 행동을 생각하면…… 머리 정리를 좀 하느라고 뒷문에 서 있던 난 선생님의 눈총을 받고 얼른 자리로 와 앉았다. 순미가 내게 속삭여 왔다

"너 지각에 맛들렸냐?"

"소개팅하는 꿈을 꿨는데 폭탄이 나오는 바람에."

무슨 상상을 하는지 혼자 킥킥대던 순미는 결국 복도로 쫓겨났다. 그리고 로하랑 산이는 내게 아는 척을 하지 않았다. 로하가 그러는 건 아무렇지 않은 듯 자연스럽게 받아들여졌지만 내 시선을 외면하는 산이를 보자 마음이 아파왔다. 내가 무슨 잘못이라도 했나? 아니면 로하 때문인가? 로하가 날 싫어해서 너도 내가 싫은 거니?

수업을 마치고 곧바로 순미와 약속 장소로 갔다. 약속 장소에는 이미 진수랑 나와 소개팅할 남자가 와 있었다. 난 남자의 얼굴을 확인하고 순미에게 고맙다고 눈빛을 보냈다. 오늘따라 최순미 네가 예뻐 보이는구나. 어느 정도 분위기를 띄워준 순진 커플(순미+진수)은 잘해보라는 말을 남기고 사라졌다. 소개팅이 처음이라 그런지 나답지 않게 가슴이 떨렸다.

"내 이름 기억하지?"

아, 어쩌면 좋아. 사람 얼굴이랑 이름 외우는 거 나에겐 정말 너무 어

렵다. 바보도 아니고 이게 무슨 망신이란 말인가?

"미안, 내가 좀 긴장을 해서."

"특이한 내 이름을… 왕수치, 이제 됐지?"

난 나오려는 웃음을 허벅지를 꼬집으며 간신히 참았다. 수치는 얼굴도 괜찮고, 매너도 좋고, 재미도 있었다. 조용한 음악이 흐르는 가운데 문에 달린 종이 흔들리며 누군가 들어왔다. 보고 싶지 않았는데 나도 모르게 시선이 갔다. 아로하, 투 페이스, 반산. 로하의 입 꼬리가 서서히 올라가는 게 보였다. 안 돼~ 학교에선 절대 아는 척 안 하더니 왜 하필 소개팅하는데 나타난 거야! 난 로하에게서 눈을 뗐다. 내 쪽으로 걸어오는 발소리가 들려왔다. 그 발소리와 함께 심장이 뛰었다. 속으로 그렇게 기도했건만 녀석이 내 옆에 털썩 주저앉았다. 갑자기 나타난 로하로 인해 수치가 조금 놀란 눈치다.

"이런, 내가 오늘 좀 냉정하게 굴었다고 그새 바람피우는 거야?"

나는 물론이고, 수치의 눈이 동그랗게 변했다. 이상한 소리를 더 지껄이기 전에 놈의 입을 막아야 해!

"너 누구야? 난 너 모르는데?"

어색한 연기, 놈이 비웃었다.

"바람피운 것도 모자라서 이젠 날 모른다고?"

수치가 굳은 얼굴로 날 쳐다봤다.

"그러게 말이야, 너 이러면 안 되는 거다."

어느새 투 페이스까지 합세했다.

그 말에 수치가 벌떡 일어서더니 내게 소리쳤다.

"진수가 해주는 거라 믿고 있었는데 어쩐지……. 날나리같이 생겨서는 어디서 거짓말이야? 다시는 사람 갖고 장난치지 마."

뭔가 딱딱한 것이 내 머리를 치고 지나갔다. 그러는 사이 수치는 사라지고 없었고, 로하와 투 페이스가 마주 보며 웃고 있었다. 너희도 내가 재수없게 생겨서 괴롭히는 거니? 내 얼굴이 그렇게 맘에 안 들어? 너희가 뭔데, 너희가 뭔데 내 얼굴이 맘에 안 든다고 이러는 거야? 너희 따위가 왜!! 난 앞에 있는 반쯤 남아버린 키위 주스를 로하와 투 페이스에게 부었다.

"다시는 내 일에 상관하지 마! 나도 너희 따위 신경 안 쓰니까. 그리고 너희는 우선 정신 병원에나 가봐라."

자리에서 일어나 나오려는데 로하가 내 머리를 잡아당겼다.

"다시 한 번 지껄여 봐."

로하의 눈이 빨갛게 변했다. 그때 산이가 로하 손에서 날 꺼내주며 말했다.

"빨리 가."

내가 왜 그런 말을 했을까? 하지만 난 정말…

"빨리 가란 소리 안 들려? 가!"

가게 안이 쩌렁쩌렁 울릴 정도로 산이가 크게 소리쳤다. 안에 있는 손님들이 우리 눈치를 보며 서둘러 가게를 나가는 게 보였다. 산이야, 미안해. 후들거리는 다리를 간신히 부여잡고 밖으로 나왔다.

"너 이 새끼, 죽여 버리겠어."

로하의 울부짖음에 가까운 소리가 그곳에서 멀어질 때까지 나의 귀에서 윙윙거렸다.

집에 도착한 난 방으로 들어가 문을 잠갔다. 산이는 항상 내가 위험할 때마다 도와주는데 난 도망치기나 하고. 하지만 정말 로하가 무서웠어. 그때의 기억을 다시 떠오르게 할 만큼, 정신이 아득해질 만큼 무서웠다고!! 난 그날 밤 잊었던 아니, 잊고 싶었던 그 악몽을 다시 꿨다. 이젠 벗어났다 생각했는데 다시 조금씩 깨어나기 시작했다.

처음으로 네 식구가 함께 아침 식사를 하게 되었다. 다래 일 이후 아빠는 내게 미안하다고 했지만 난 아빠에게마저 나의 마음을 닫아버렸다. 엄마 또한 예전보다 훨씬 잘해주지만 나에겐 오히려 불편함으로 다가왔다. 악몽 탓에 밥맛이 없어진 나는 조용히 일어섰다.

"어래야, 한 숟가락도 안 먹었는데."

"괜찮아요."

난 엄마의 시선을 외면하고 집을 나왔다.

"너 때문에 나까지 밥맛없어졌으니까 책임져."

나오는 소리도 못 들었는데 어느새 내 옆에 다래가 서 있다.

"미안해."

"어디 아프냐?"

그래도 다래 녀석, 내가 걱정이 되긴 되나 보네.

"나 건강하잖아. 근데 너까지 아침 못 먹어서 어떡하지?"

"됐어, 원래 아침에는 밥맛없으니까."

치, 밥이라면 따지지 않고 좋아하는 식충이인 거 다 아는데. 얼굴에서 티가 나는 게 너도 거짓말에는 약하구나.

"오늘 일찍 오면 내가 맛있는 거 해줄게."

"됐어."

"일찍 들어올 거지? 6시까지다."

계속 바래왔다. 다래와 이렇게 같이 학교 가고, 얘기하게 될 오늘을. 다래야, 나 아직은 안 되겠지만 그래도 1% 희망은 가져도 되는 거지? 난 다시 한 번 일찍 오라는 말을 하고 녀석과 갈림길에서 헤어졌다.

교실에 도착하고 보니 로하랑 산이는 아직 오지 않은 모양이었다. 오늘부터 어떻게 되는 걸까? 분명히 로하 자식은 날 보자마자 달려들 텐데. 내 앞에 앉은 여자애들의 속삭이는 소리가 들렸다. 여자애들의 입에서 로하와 산이의 이름이 나왔다. 나도 모르게 귀가 쫑긋해졌다.

"우리 반에 로하랑 산이가 있다니 이게 웬 행운이냐?"

"좋기는 한데 애들도 막 패고 무섭잖아."

"아니야~ 남자들한테는 그럴지 모르겠지만 산이는 여자들에게는 정말 잘해준다더라."

"그럼 로하는?"

"걘 여자는 거의 거들떠보지도 않는다고 하던데?"

"정말? 우와~ 그럼 한 여자만 좋아하는 거 아니야?"

로하나 산이, 겉모습이 화려한 건 사실이지. 산이는 아니지만 아로하는 얼굴 빼면 잘난 게 하나도 없는 놈이지. 교실에서 나와 화장실에 가려는데 저 멀리 걸어오는 산이가 보였다. 거리가 가까워지면서 산이의 얼굴이 또렷하게 보였다. 로하 이 자식!!

"로하가 그런 거지? 네 얼굴 그놈이 그렇게 만든 거지?"

나 때문에… 나 때문에… 하지만 산이는 날 외면했다.

"산이야, 미안해."

산이가 나를 지나 교실로 들어서며 감정없는 목소리로 말했다.

"아는 척하지 마."

너, 여자에게는 친절하다며? 어제 날 도와줬잖아. 네 얼굴에 그런 상처 낼 만큼 날 생각해서 도와준 거 아니었니? 산이에게 다가가는 새아의 모습이 눈에 들어왔다. 난 새아처럼 너에게 다가갈 수 없는 거니? 난 친구로라도 이제 너에게 갈 수 없는 거야? 로하는 수업이 끝날 때까지 오지 않았다.

오랜만에 간 학원에는 다정이의 말대로 발죽이 날 기다리고 있었다. 너무 오랜만에 발죽의 향기를 맡아서인지 정신을 차릴 수가 없었다.

"산어래, 그동안 학원에 나오지 못할 큰일이라도 있었나?"

도대체 몇 번이나 같은 대답을 해야 하는 거야!!

"저, 사정이 있어서."

"무슨 사정?"

"동생이 아팠어요."

"동생이 왜 아파?"

그럼 내 동생은 무슨 천하무적이냐? 발죽 선생, 30분째 숨도 안 쉬고 말한다. 이거 발죽이 정말 나 좋아하는 거 아냐? 오, 생각만 해도 소름 돋는다. 발죽 선생님, 힘드시겠지만 절 잊어주세요! 스승과 제자와의 사랑은 금지라구요~!

학원을 마치고 돌아오자 웬일인지 엄마, 아빠가 주무시지 않고 거실에 계셨다.

"왔구나. 이리 와서 앉아 보거라."

내가 자리에 앉았는데도 아빠는 망설이고 계셨다.

"빨리 말해. 나 피곤해."

"그러니까 저……."

갑자기 아빠가 내 왼손을 덥석 잡았다. 그리고 오른쪽에 있던 엄마는 나의 오른손을 잡았다. 이 이상하고, 불안한 느낌은 뭐야?

"아빠랑 엄마가 두 달 동안 호주에 가게 되었단다. 우리가 돌아올 때까지 다래랑 사이좋게 지내야 한다."

"그래, 언니야. 다래가 까불면 혼내주고. 부탁해."

난 엄마와 아빠를 번갈아 바라봤다. 갑자기 웬 호주? 그것도 두 달씩이나? 두 달 동안 이 큰 집에서 다래랑 단둘이 살아야 한다? 앞이 깜깜해졌다.

"일 때문에 가야 한단다."

"언제 떠나는데?"

"내일 아침 비행기."

"뭐? 내일 아침?"

"일주일 전에 결정났었는데 그동안 다래 일도 있었고. 생각해 보니 말할 시간이 없었구나."

세상에! 정말 무책임해! 내일 당장 떠나면 난 뭐부터 해야 하는 거야?

"그렇게 심각하게 받아들이지 않아도 된단다. 아빠가 잘 아는 아저씨한테 말해 놓고 가니까 무슨 일 있으면 그 아저씨한테 전화하고."

"알았어."

난 방에 들어와 누웠지만 쉽게 잠을 이룰 수 없었다. 다래와 본의 아니게 두 달 동안 같이 살게 되었네. 안 그래도 집에 붙어 있기 싫어하는 녀석인데 아빠, 엄마가 없으면 아예 가출할지도 몰라. 족쇄라도 채워둘까?

토요일 아침, 정말로 아빠와 엄마는 떠났다. 자식들을 버려두고 가는 얼굴치고는 꽤 행복해 보였다. 하긴 같이 산 이후로 단둘이 있어본 적이 없었으니. 어쩌면 회사에 자청해서 떠나는 건지도 몰라.

역시나 학교에 안 가려는 다래를 온갖 협박과 애교를 다해 간신히 보냈다. 오늘은 로하뿐만 아니라 산이까지 결석이었다. 순미는 진수와의 데이트가 있다며 날 뒤로하고 가버렸다. 오늘따라 토요일이 싫어진다. 혼자 노래방 가는 걸 무척이나 청승맞게 생각한 나였다. 그런데 내가 지금 외로움을 달래려 혼자 노래를 부른다. 안 올라가는 음 따라잡다 어긋나고 안 되는 랩 하다가 박자 놓쳐서 노래 망치고. 재미없어. 그냥 집에 가서 잠이나 자야겠다.

집이 가까워지고 현관문 앞에 섰을 때, 안에서 시끄럽게 떠드는 소리가 들려왔다. 이게 무슨 소리지? 다래 녀석 벌써 왔나? 지금 겨우 3신데. 문을 열고 들어가자 집은 그야말로 남자들의 천국, 아니, 늑대들의 소굴로 변해 있었다. 안을 쭉 훑어봤다. 다래까지 합해 남자가 모두 12명!! 산다래, 이거 너무하는 거 아니야? 도대체 이 많은 인간들은 어디에서 데리고 온 거야?!

"왜 이렇게 늦게 왔어? 빨리 밥 차려."

밥이라, 설마 이 인간들 줄 거는 아니겠지? 얘네들도 양심이 있지. 암,

그렇고말고. 난 12명이나 되는 남자들의 시선을 의식하며 음식을 준비했다. 수저까지 완벽하게 놓고 녀석을 불렀다.

"벌써 다 했어? 어? 이게 뭐야?"

다래는 내가 차린 밥상을 보더니 시큰둥한 표정을 지었다.

"네가 좋아하는 음식만 했는데 뭐가 불만이야?"

"왜 밥이 하나야?"

"뭐?"

"너 시력 검사 좀 해봐야겠다. 우리가 1명으로 보이냐?"

설마 설마 했는데. 난 슈퍼에 가서 재료를 더 사 오고 다시 음식을 준비했다. 놈들은 여유롭게 거실에서 TV를 보며 웃고 떠들었다. 간간이 빨리하라는 소리도 잊지 않았다. 들고 있던 칼을 도마에 찍고 이를 갈았다. 산다래, 오늘은 완벽한 너의 승리다! 난 다음에 20명 데리고 온다. 12인분의 음식을 만드는 건 설거지에 비하면 아무것도 아니었다. 싱크대 양쪽에 수북이 쌓여 있는 저 웬수 같은 그릇들.

밥을 다 먹은 놈들은 방에 들어가서 뭘 하는지 1시간째 꿈쩍도 하지 않고 조용했다. 그 좁은 방에서 자는 건 아닐 테고. 갑자기 남자들끼리 있으면 뭘 하는지 궁금해졌다. 난 고무장갑을 벗어 던지고 다래의 방으로 조심조심 걸어갔다. 그리곤 숨죽여 문을 조금 열어보았다. 모두 컴퓨터 쪽에 몰려 있다. 게임하나? 근데 게임하는 거 치고는 너무 정숙하고, 방 안의 공기가 뜨거워. 좀 더 문을 열자 모니터에 나타난 화면이 보였다.

"너네 뭐 하는 짓이야?!"

너무나 충격적인 장면에 소릴 지르며 문을 벌컥 열었다. 놈들이 날 한 번 쓱 보고는 아무렇지 않게 다시 모니터로 시선을 고정시켰다. 뭐야? 왜 아무렇지도 않은 거야? 너희는 12명이라 나 따위는 전혀 무섭지 않다 이거야?

　"당장 그만 해! 산다래, 컴퓨터 끄지 않으면 다 말한다?!"

　"사춘기 때는 다 이러는 거 몰라? 방해하지 말고 나가!"

　"너 정말 못하는 소리가 없다?! 당장 꺼!!"

　저런 다래의 모습, 정말 징그러워!

　"지금 이럴 때 여자 있으면 흥분되는데."

　어떻게 저런 말을 아무렇지 않게 내뱉을 수 있지? 산다래, 너 정말 저질이야!! 난 문이 부서지도록 세게 닫았다. 얼굴은 붉어졌고, 심장은 미친 듯이 뛰어댔다.

　"산다래, 이 자식. 누나를 여자로 생각하는 거 아니야?"

　"그러게 말이다? 수상해~ 그건 그렇고 너희 누나 몸매 죽이던데?"

　"쟤가 얼마나 많이 먹는 줄 아냐? 보기엔 괜찮을지 몰라도 똥배는 물론이고, 살 안 튀어나온 곳이 없어."

　저것들이 지금 나 들으라고 하는 거야, 뭐야!! 그리고 산다래! 너 내 몸 본 적도 없으면서 뭘 안다고 떠들어! 저질!! 변태!! 놈들은 장장 3시간 동안 그 암흑 같은 곳에서 성교육을 하고, 밤 9시까지 자다 다시 일어나 밥을 먹었다. 그리고 거실에 쭉 둘러앉아서 술판을 벌였다. 아무래도 다래 녀석, 엄마랑 아빠가 집 떠나기를 기다렸던 것 같다. 잠을 자려고 누웠지만 시끄럽게 떠드는 놈들 때문에 눈이 말똥말똥해지고, 귀가 아파왔다.

저 자식들, 자기 집에나 갈 것이지. 다시 또 이런 일이 일어나면 집 나갈 테니 알아서 해라, 산다래!

"야!! 좀 나와봐."

저게 친구들 있는데 야! 라니! 또 무슨 심부름을 시키려고 날 부르시나? 자는 척이나 해야지.

"산어래! 빨리 안 나와?"

산어래? 반말하는 것도 모자라 이제는 내 이름까지? 난 이불을 박차고 거실로 나갔다. 거실은 담배 연기와 냄새로 숨 쉬기가 힘들었다.

"콜록! 너 누가 담배 피우래?"

"가서 담배랑 음료수 좀 사 와."

아까부터 내가 제 꼬봉으로 보이나? 제발 한 번만이라도 좋으니까 누나 대접 좀 해주라.

"아까 12인분 밥 하고 안주 만들어줬으면 됐지, 뭘 더 바래?"

"네가 가서 담배 사면 민증 보여달라는 소리 안 하니까. 1분내로 갔다 와."

말을 마친 놈이 다시 술을 들이켰다. 엄마가 알면 기절할 일이다. 착하고, 순수한 아들이라고 생각하고 있는데. 신발을 신고 집을 나서는 내 모습이 정말이지 미웠다. 알코올을 들이킨 다래에게 내 말이 통할 리 없다.

"내일 당장 집 나갈 거야! 진짜 나갈 거야!"

"뭘 그렇게 궁시렁거려?"

갑자기 뒤에서 남자 목소리가 들려왔다. 다래 친구들 중에 제일 잘생겨서 내가 찜해놓은 아이였다.

"넌 왜 나왔니?"

"다래한테 누나가 있는 줄 몰랐는데."

"그래? 놈이 내 얘기 안 했구나?"

섭섭하기는 하나 굳이 말해야 할 이유도 없지! 가 아니라 산다래, 나중에 보자.

"다래랑 닮은 구석이 없던데……. 다래 녀석, 주워 온 자식이지? 맞지?"

"다래 엄마랑 우리 아빠 재혼했어. 남남이니까 안 닮은 게 당연하지."

"아, 몰랐어. 미안해."

"다래 친구라서 건방질 줄 알았는데 사과까지 하네? 넌 다행히 놈을 닮지 않았구나."

"그 자식, 자존심 빼면 시체잖아."

오늘 처음 만난 연하의 남자인데 편했다. 처음으로 담배를 사는 건데 다래 말대로 민증 검사 없이 살 수 있었다. 내가 정녕 늙어 보인다는 말인가.

"누나, 남자 친구 있어?"

다래에게 그토록 듣고 싶었던 누나라는 단어가 다래 친구인 잘생긴 이놈 입에서 나왔다.

"없어. 넌?"

"난 아무 여자나 안 사귀지."

내가 남자 친구가 없지만 어째 난 아무 남자나 다 사귄다는 소리로 들린다?

"다래는? 다래는 여자 친구 있어?"

난 눈을 반짝이며 물었다.

"누나라면서 몰라?"

"네가 나의 아픈 곳을 건드리는구나. 다래가 그런 걸 나에게 말할 리 없지."

"쫓아다니는 여자는 많아. 특별한 여자는 있나? 없나?"

대답이 영 시원치 않네? 다래랑 별로 안 친한가? 아까 엄마랑 아빠가 재혼한 것도 모르고.

"어떤 여자 좋아하는데?"

"난 좀 작고 아담한 여자가 좋아. 내 품에 쏙 들어오는 그런 여자."

"너 말고 다래."

"딱 한 번 여자에게 관심 보인 적이 있었어. 아무래도 그런 여자를 좋아하는 것 같은데."

여자에게 관심을 보였다고? 좋았어~ 이걸로 다래는 나한테 잡힌 거나 다름없어!

"어떤 여자야? 아직도 그 여자 좋아해?"

"왜 그렇게 궁금해하지? 갑자기 말하기 싫어졌어. 다래에게 직접 물어 봐."

뭐야! 성격 참 별나네. 다래 약점 잡을 수 있는 좋은 기회였는데. 손으로 뭘 가지고 놀던 놈이 갑자기 비명을 질렀다. 윽! 깜짝이야. 안 그래도 어두워서 무서웠는데.

"왜 그래?"

"내 십 원."

"십 원? 십 원이 뭐?"

"내 십 원이 없어졌어."

녀석이 십 원을 외치며 울기 시작했다. 돈을 무시하는 건 아니지만 겨우 10원 가지고. 난 지갑에서 10원을 꺼내 녀석의 손에 쥐어주며 겨우겨우 달랬다. 그제야 놈이 활짝 웃었다. 무섭다. 집에 도착해 다래에게 담배를 던지고 내 방으로 기어들어 왔다.

밤에 좀 뒤척였더니 오후 1시에 일어났다. 기지개를 켜고 하품을 하며 방에서 나왔다. 엉망진창일 줄 알았던 거실이 깨끗했다.

♬A better day～ 왜 날 떠나갔어♬

다래의 방으로 가던 난 내 핸드폰 벨소리에 멈춰 서 전화를 받았다.

"여보세요?"

[나 다정이. 뭐 해?]

"뭐 하긴, 그냥 있지."

[심심해～]

지금 집에 아무도 없겠다, 오랜만에 비디오나 한판 때릴까?

"우리 집에 놀러올래? 아무도 없는데."

[정말? 지금 당장 가마.]

"올 때 재미있는 비디오 빌……."

난 다래의 방에서 나오는 십 원 때문에 말을 잇지 못했다. 어젯밤에 그 십 원 사건! 도저히 잊혀지지가 않는다. 이름을 모르기에 난 놈을 십 원이라 부르기로 했다.

[산어래, 지금 간다.]

"안 돼!!"

하지만 전화는 이미 끊어졌다. 다시 전화를 하려 했지만 핸드폰이 소리를 내며 꺼졌다. 배터리! 십 원이 냉장고에서 물을 꺼내 벌컥벌컥 마셨다. 난 십 원에게로 다가갔다.

"다른 애들은 다 갔니?"

"응."

"다래는 아직도 자?"

"약속있다고 아까 나갔어. 아~ 머리 아파."

어린놈이 술이나 퍼마시니까 그렇지!

"넌 약속없어?"

"없어."

놈이 소파로 가 TV를 켰다.

"저기, 나 아이스크림 먹고 싶은데 좀 사다줄래?"

"어제 사다놨어. 냉장고 봐봐."

십 원의 뒤통수를 때리고 싶은 걸 참았다. 십 분 넘게 십 원 녀석을 내쫓기 위해 갖은 방법을 다 동원했지만 실패.

띵동~

이제 어떻게 하지? 좀 있으면 다정이 도착할 텐데. …방금 띵동이라는 소리가 들렸는데. 뭐?! 띵동? 현관문으로 눈을 돌렸을 땐 이미 돌이킬 수 없는 상황이었다. 십 원이 문을 열고 있었다. 오, 안 돼! STOP!! 문이 열리고, 까만 봉지를 들고 있는 다정이가 보였다. 십 원과 다정이는 서로의 얼굴을 빤히 쳐다보고 있었다. 약 10초 간의 정적이 흘렀다. 난 십 원을 옆으로 치우고 다정이를 맞이했다.

"빨리 왔네?"

"너 남자랑 단둘이 있었냐? 난 왜 부른 거야?"

"저놈 있는 줄 몰랐다."

"그럼 나 간다."

"가긴 어딜 가? 들어와."

난 가려는 녀석을 억지로 방으로 끌고 들어왔다.

비디오는 포기하고 다정이가 사온 과자랑 음료수로 배를 채우며 이야기꽃을 피워 나갔다.

"나 어제 여자 소개 받았어."

나도 받았었는데 완전히 박살났지.

"그래? 누가 소개시켜 줬는데?"

"친구. 두 살 어린 애다."

"그럼 중3? 도둑놈이구만. 예쁘냐?"

"그런 건 잘 모르겠고 착해."

그때 방문이 벌컥 열리며 십 원이 들어왔다.

"누나, 나 왜 불렀어?"

"내가 언제? 안 불렀으니까 나가."

"이상하다? 분명히 날 부르는 소리가 들렸는데."

십 원이 다정이를 째려보며 문을 닫고 나갔다. 난 음료수를 한 모금 마시고 다정이를 쳐다봤다.

"소개받았다는 애 어느 중학교야?"

"중서 여중."

그때 또다시 문이 열리며 녀석이 나타났다.

"누나 뭐 먹고 싶은 거 없어?"

"내 친구가 사온 걸로 충분해. 그만 나가줄래?"

"알았어. 그럼 재미있게 놀아~"

놈이 나가자 다정이가 물었다.

"쟤 왜 자꾸 들어오는 거야?"

"나도 어제 처음 봤는데 이상한 놈이야. 그나저나 너……."

내 말이 끝나기도 전에 십 원이 세 번째로 우리를 습격했다.

"진짜 궁금한 게 있는데 다래는 언제 들어와?"

"너 지금 사람 인내심 테스트하지?"

"절대 아니지~"

"네가 직접 전화해서 물어보면 되잖아!"

"아, 그렇구나. 그럼 난 이만."

십 원이 방을 나가자마자 다정이가 일어나 옷을 챙겼다.

"어디 가려고?"

"나 간다."

"왜?"

"저 중학생이 너랑 놀고 싶은 모양인데 방해자는 사라져야지."

"야!!"

웬만해선 삐치지 않는 다정이 녀석인데 삐쳐 집을 나갔다. 몸의 열을

시킬 겸 물을 마시고 있는데 십 원이 실실거리며 내 옆으로 왔다.

"누나, 내가 누나 늑대에게서 지켜준 거야. 고맙지? 고맙다는 인사는 내 볼에 뽀뽀 한 번만 해주면 되는데."

내게 얼굴을 들이민 놈을 걷어차며 소리쳤다.

"우리 집에서 당장 나가!!"

녀석을 집어 쫓아내고 음악을 크게 틀었다. 스트레스 해소용 락 음악이 시원하게 귀를 통과했다. 저녁때가 되자 쫙 빼입은 다래가 들어왔다. 다래의 뒤에서 얄미운 십 원이 얼굴을 빼꼼이 내밀었다.

"누나, 안녕."

난 십 원이 집에 들어오는 걸 막았다.

"너희 집으로 가! 부모님이 걱정하실 텐데."

"괜찮아."

"좋게 말할 때 가!"

하지만 십 원은 다래 손에 이끌려 집으로 들어오게 되었다.

"뭐야, 산다래!"

"남자랑 단둘이 방에서 뭘 했을까?"

"뭐? 네가 다정이 모르는 것도 아니잖아."

"어쨌든 남자 아니야? 아빠가 알면……."

산다래, 너 언제부터 그렇게 치사해졌냐? 난 우리의 눈치를 살피는 십 원을 가리키며 말했다.

"저놈이랑 같이 있었어!! 야! 너 말해 봐."

"그게 다래야, 누나가 나보고 둘만 있게 나가라고 그랬어."

저건 또 어느 나라 쇼라냐.

"증인이 이렇게 있는데 더 이상 변명하지 마."

난 멍하니 다래의 뒷모습을 바라봤다. 그리고 V 자를 그리며 다래 뒤를 따라 방으로 들어가는 십 원의 모습도 보였다. 저 천사의 탈을 쓴 악마 같은 자식!!

제2장

알에서 깨어난 병아리

악몽 같았던 주말이 지나가고 새로운 한 주가 시작되는 월요일. 교실로 가던 난 잔뜩 화가 나 소리 지르는 목소리에 걸음을 멈추었다. 발걸음이 나도 모르게 소리가 나는 곳으로 향했다. 로하와 까만색 조영남 안경을 쓴 범생 스타일의 남자애가 서로 마주 보고 서 있었다. 얼굴 표정에 변화가 없던 놈인데 지금은 무슨 이유에선지 많이 흥분된 모습이었다. 내가 왜 여기까지 왔을까? 겨우 로하 목소리가 들린다는 이유만으로? 아 로하, 오랜만에 보는 얼굴인데 왜 울상이냐. 그러면 내가 불안해서 맘 잡을 수가 없잖아. 처음 만났을 때처럼 불안하게 있으면 안 되잖아.

"누가 학교에 나오래? 진짜 죽고 싶냐?"

저런 착해 보이는 애를 구타하다니. 아니야! 내가 상관할 일이 아니야!! 뒤돌아 가려는데 맞는 소리가 들렸다. 그 아이는 신음 소리조차 내지 않고 로하에게 계속 맞기만 했다. 그냥 맞고 있는 거야? 저러다 크게 다치기라도 하면 어쩌려고.

"아로하, 더 때리다간 걔 죽을지도 몰라."

로하가 내 쪽으로 고개를 돌렸다.

놈의 눈빛에 찔끔했지만 물러서지 않고 눈싸움에 집중했다.

"이 자식이 죽는다고? 하하하~"

뭐야, 왜 웃는 거지?

"너 말이야."

놈이 불안하게 내게 걸어오며 말했다. 그냥 거기에서 말해도 되는데.

"자꾸 내 주위에서 얼쩡거리는 게 신경 거슬린다."

누군 뭐 참견하고 싶은 줄 알아! 이놈의 참견병이 너만 보면 도지니까 그렇지. 놈이 바로 코앞에까지 다가왔다. 두근거림인지, 두려움인지 심장이 불규칙하게 뛰었다.

"다시는 내 일에 끼어들지 마! 정말 가만 안 둔다."

놈이 더럽게 침을 뱉고는 사라져 갔다. 난 바닥에 쓰러져 있는 조영남에게 걸어갔다. 꼴이 이러니 저놈에게 맞고 살지! 그래도 안경은 무사하구나.

"너 바보야? 왜 저딴 놈에게 맞고 반항도 안 해? 자!"

난 조영남에게 손을 내밀었다. 하지만 놈은 나 따위는 철저히 무시하고 일어나 2동으로 걸어갔다. 뭐야! 고맙다는 인사도 못하는 벙어리야? 괜히 도와줬잖아! 조영남, 재수없어! 재수없는 기운을 떨치고 교실로 들어왔다. 그런데 조영남이 떡하니 책상 하나를 차지하고 있었다. 우리 반이었나? 존재감이 없으니 있는 줄도 몰랐네.

지루한 오전 수업이 지나가고, 즐거운 점심 시간이 돌아왔다. 순미랑 도시락을 꺼냈는데 로하가 조영남에게 걸어가는 게 내 눈에 포착됐다. 로하가 조영남 책상에 십 원짜리 하나를 던졌다. 갑자기 그 십 원이 다래 친구인 얼굴만 빤지르르한 십 원을 생각나게 했다.

"가서 딸기 우유 2개랑 빵 2개 사 와."

정말 유치해서 못 봐주겠네. 아직도 저런 걸로 약한 애들을 괴롭히는 놈이 여기 있었다니. 조영남은 조용히 자리에서 일어나 교실을 나갔다. 잠시 후, 딸기 우유 2개와 빵 2개가 로하 책상 앞에 놓여졌다.

"다시는 내 눈에 띄지 말라고 했을 텐데? 교실에서 꺼져."

반 아이들 모두가 숨을 죽이고 로하와 조영남을 주시했다. 자기 자리로 간 조영남이 가방을 챙기기 시작했다. 설마… 아직 수업이 두 교시나 남았는데. 하지만 조영남은 가방을 메고 교실을 나갔다. 갑자기 아이들이 웅성거리기 시작했다. 난 자리에서 얼른 일어나 조영남의 뒤를 쫓아갔다. 내가 왜 그런 한심한 놈을 걱정하는 거지? 하지만 죽는 한이 있어도 같이 싸워야 하는 거 아니야? 난 조영남의 팔을 잡고 다시 교실로 끌고 왔다. 교실이 다시 한 번 어수선해졌다. 로하의 가늘어진 눈을 뒤로하고 조영남을 자리에 앉혔다.

"도망부터 가는 게 어디 있어? 너 진짜 바보야? 저딴 놈 뭐가 무섭다고 그래? 내가 같이 싸워줄 테니까 다시는 이런 바보 같은 짓 하지 마."

말을 마치고 내 자리로 가려는데 어느새 앞에서 로하가 날 무섭게 노려보고 있었다. 놈의 손이 올라가고 빠르게 내 얼굴로 다가오는 게 보였다. 으악!! 난 차마 눈을 뜨지 못하고 감아버렸다. 맞았으면 벌써 맞고 통증이 느껴졌을 텐데 아무런 감각이 없다. 살며시 눈을 떠보니 조영남이 로하의 손을 막고 있었다. 아하하하… 살았다. 근데 아무리 내가 도망가지 말라고 했지만 갑자기 로하에게 이렇게 강하게 나오면…….

"이제야 본래의 모습으로 돌아오겠다 이거냐?"

무슨 소리지? 난 로하와 조영남을 번갈아 쳐다봤다. 하지만 조영남은 역시나 아무런 대꾸도 안 하고 교실을 나갔다. 로하의 몸이 부르르 떨리는 게 보였다. 정말 화난 것 같다. 이럴 때는 안 보이는 곳으로 피하는 게…

"산어래."

낮고 무겁게 깔린 목소리에 난 멈출 수밖에 없었다.

"잠깐 나 좀 보자. 도망갈 생각은 버려라."

놈이 날 지나쳐 교실을 나갔다. 왠지 따라가야 할 것 같은 느낌이 강하게 들었다. 놈이 날 끌고 간 곳은 2동 건물 뒤 공터였다. 여긴 무서운 애들의 아지트라고 들었는데. 녀석은 벽에 기대에 담배에 불을 지폈다. 저 놈, 은근히 사람 가슴 떨리게 한다. 한 10분을 아무 말 없이 어색하게 있었던 것 같다. 점심 시간이 끝나고 5교시를 알리는 수업 종이 울렸다. 벌써 시간이 이렇게 됐나?

"저기……."

난 어울리게 분위기를 잡고 있는 놈에게 말을 걸었다. 놈이 상당히 섹시한 눈빛으로 날 바라봤다. 콩당콩당. 또 가슴이 뛰었다.

"수업 종 쳤는데……."

"너, 그놈 어때?"

"응? 무슨 소리야?"

"그런 표정 짓지 마, 키스하고 싶어지니까."

윽! 왜 얼굴이 빨개지는 거야!! 분명히 날 놀리는 걸 텐데. 하지만 기분
은 좋다.

"쿡~"

이번엔 놈이 살짝 웃었다.

"왜 웃어?"

"귀여워서."

"아로하, 할 말 있으면 빨리 해. 난 수업 들어가야 해."

"고백하려는데 눈치없기는."

아로하, 그만 해. 아무리 농담이라도 내 심장은 터질 것 같다고!!

"그럼 대답해라. OK?"

나한테 사귀자는 고백을 하는 건가? 어쩌지? 거절하면 상처받을 텐
데. 성격이 좀 모났지만 얼굴은 잘생겼으니 허락할까?

"좋아, 네가 이렇게까지 나오는데."

"그럼 앞으로 그 자식 사람 만들어놔."

당연하지, 내가 널 꼭 사람으로 만들… 응? 그 자식이라니?!

"무슨 소리야?"

"왜? 벌써 하기 싫어졌냐? 이래서 난 여자가 싫어."

네가 여자보다 남자에게 관심 많은 거 알고 있어. 이데와의 동거를 보

면 알 수 있듯이.

"나보고 누굴 사람으로 만들라는 거야?"

"너 모르면서 OK한 거냐? 그럼 뭘 생각하고 OK했냐?"

로하랑 사귀는 걸로 알고 한 건데 혼자 착각 속에 빠져 있던 거였어. 내가 자기랑 사귀는 걸로 알고 OK한 거라고 말하면 분명히 날 비웃겠지?

"내가 뭘!! 누군지 알아야 그놈을 바보로 만들든지, 사람으로 만들든지 할 거 아니야!"

"갑자기 왜 신경질이냐?"

"몰라! 대답이나 해!! 누구야?"

"분명히 약속 지키는 거겠지?"

속고만 살았냐?

"사천이 자식, 사람 만들어봐."

"그게 누군데?"

"아까 봤을 텐데?"

혹시 그 조영남? 아니야, 아닐 거야.

"까만 안경 쓴 애는 아니지?"

"맞아."

Oh~ 말도 안 돼!!

"너 걔 싫어하잖아! 근데 왜 이런 부탁을 하는 거야? 무슨 꿍꿍이라도 있는 거야?"

로하의 눈이 촉촉하게 젖어 보이는 건 단순한 나의 착각인가?

"그 자식 죽여도 시원치 않아."

"그런데 왜?"

"하지만 그렇게 죽은 사람마냥 사는 건 더 보기 싫어졌어. 처음으로 너로 인해 그 자식이 반응했다. 그러니까 네가 책임져."

"네가 지금 무슨 말 하는지 모르겠어."

"알 필요 없어. 넌 그놈 원래대로 만들어놓기만 하면 돼."

"어떻게?"

"그건 네가 알아서 해야지."

그런 무책임한 말이 어딨어, 아로하!!

"기간은 한 달이다."

"뭐라고?"

"너무 빠른가? 그럼 두 달로 하지. 두 달이 지나도 그 자식 지금처럼 병신 같으면 그때는 너도, 사천이도 죽는다."

두 달이 지나도 조영남이 변하지 않으면 날 죽이겠다고? 나 때문에 반응했기에 내가 조영남을 책임져야 한다?

"그런데 궁금한 게 있는데 나 때문에 반응 보였다고 했잖아. 그게 무슨 뜻이야?"

"모르는 게 약이라는 속담 알지? 넌 그냥 내가 하라는 대로 하면 된다."

치사한 자식, 좀 말해 주면 지구가 박살나냐!! 도와달라는 자식이 자세가 엉망이야!!

"마지막으로 딱~ 한 가지 물어볼게 있는데."

난 놈을 깜찍하게 올려다봤다.

"그 엉망인 면상 좀 치우고 말하면 안 되나?"

"우씨."

"얼굴 가까우니까 더 못 봐주겠다."

"그래, 네 얼굴 잘났어."

"당연한 사실을 새삼 일깨워 주는 건 질투 때문인가?"

아, 내가 말을 말아야지.

"우리 얼굴 얘기는 그만 하고, 내가 어떻게 변화시켜야 하는데?"

로하가 갑자기 주머니를 뒤지기 시작했다. 그리고는 지갑에서 사진 한 장을 꺼내 내게 내밀었다.

"이렇게 만들어놔."

사진을 받아 든 난 한동안 아무 말도 할 수 없었다. 사진에는 상당히 엽기적인 로하와 로하 친구로 보이는 놈이 웃고 있었다. 머리 하며, 옷, 악세서리가 상상을 초월했다.

"이거처럼 만들라고? 미친 사람처럼?"

"그게 바로 멋이라는 거다! 촌스럽긴. 아무튼 그렇게 만들기나 해."

내가 조영남을 이런 타락의 청소년으로 만들 순 없어.

"그리고."

"또 있어?"

"그 자식 말고 다른 남자랑 어울리지 마! 사천이 자식만 바라봐. 알았어?"

"왜?"

78

난 놈의 눈빛에 기어들어 가는 목소리로 물었다.

"넌 그럼 네가 좋아하는 남자가 여러 여자에게 잘해주는 게 좋은가 보지? 명심해."

이건 또 무슨 소리야? 내가 조영남을 변신시키는 거랑 그거랑 무슨 상관이야? 로하는 나의 이런 답답한 마음을 몰라준 채 뒤돌아 걸었다. 갑자기 주변에 을씨년스러운 바람이 불기 시작했다. 잠시 여기가 어딘지 잊고 있었다. 아로하, 나만 두고 가면 어떡해!!

"같이 가!"

짧은 다리로 열심히 놈의 뒤를 쫓아갔다.

로하와의 은밀한 계약이 이루어진 그날부터 난 열심히 조영남을 쫓아다녔다. 알고 보니 이놈 전교 수석이었다. 그래서 공부도 물어보고, 밥 먹을 때도 순미를 버리고 조영남과 같이 먹었다.

그렇게 한 달이라는 시간이 빠르게 흘러갔다. 시간이 흐른 만큼 우리에게, 아니, 나에게 변화가 찾아왔다. 홀쭉해진 얼굴에 눈 밑은 푹 파여 검게 변하였고, 눈은 충혈되어 붉은 레이저를 내뿜고 있었다. 한 달 동안 하루가 멀다 하고 조영남을 쫓아다니며 좋게 타일러 보기도 하고, 애원도 해보고, 협박도 해보고, 애교도 부려봤다. 하지만!! 놈이 날 무시하는 건 기본이고, 말 같은 거 할 줄 모르는 벙어리마냥 입도 뻥긋하지 않았다. 나만 혼자 떠들고, 혼자 흥분하고, 혼자 체념하고.

오늘도 조영남의 뒤를 밟는 데는 실패했다. 도대체가 수업 끝나고 어디로 사라지는지 매번 실패다. 내일은 꼭 성공하리라 굳은 결심을 하고 혼자서 터벅터벅 걸어가고 있는데 투 페이스가 킥보드를 타고 내 옆으로 붙었다. 아마 우리 학교에서 이렇게 특이한 놈은 이놈뿐일 거다. 우선 머리와 의상이 죽이니까.

"어디 가?"

날 싫어하는 놈이 웬일로 먼저 말을 걸지? 로하가 조영남을 부탁하고 나서 조금은 나아졌지만 그래도 투 페이스는 날 거부했다.

"집에 가."

"혼자 가는 걸 보니 왕따군."

"너 로하한테 사주받았지, 나 감시하라고?"

"나, 너 감시할 만큼 한가하지 않아."

그럼 왜 자꾸 킥보드 가지고 내 옆에서 알짱거리는 거야? 난 눈을 찡어 투 페이스를 살폈다. 달라붙은 9부 청바지에 분홍색 꽃 블라우스, 파란색의 깜찍한 핸드백을 메고, 팔은 요란한 팔찌들로 장식을 하고, 입에는 막대 사탕을 물고 열심히 킥보드를 타고 있었다. 진짜 특이한 놈이다. 내 시선을 느꼈는지 투 페이스가 얼굴을 돌렸다.

"힐끔힐끔 쳐다보지 마! 내가 아무리 잘생겨서 보는 거라 해도 기분 나쁘니까."

"희한해서 쳐다본 거니까 착각하지 마!"

"너 시간 한가하지?"

"아니!"

난 아니라고 소리 높여 외쳤지만 투 페이스에게 끌려갔다. 우리가 아이스크림 가게로 들어가자 모두의 시선이 투 페이스에게로 꽂혔다. 놈은 이 사실을 아는지 모르는지 신나게 아이스크림을 골랐다. 점원 여자는 놈에게 반한 모양이다. 아이스크림을 아예 바가지로 퍼주고 있으니. 투 페이스 두 번 왔다간 가게 거덜날지도 모르겠군. 놈이 두 손 가득히 아이스크림을 가져와 먹기 시작했다. 아이스크림을 먹으려 손을 뻗는 순간 내 숟가락은 투 페이스 숟가락에 의해 아이스크림 근처에도 가보지 못하고 공중에서 저지당했다.

"왜?"

"너는 네 돈 내고 먹어."

"뭐야?"

"불만있어?"

나 돈 없는데. 그러면 왜 날 이곳으로 끌고 온 거야!! 놈은 다시 아이스크림 먹는 데 집중했다. 하지만 난 굴하지 않고 다시 슬금슬금 숟가락을 가져갔다.

"아이스크림이 그렇게 먹고 싶어?"

"응!"

"그럼 딱 한 숟가락만 먹어."

"고마워."

난 정말 딱 한 숟가락만 퍼먹고 투 페이스가 그 많은 아이스크림을 다 먹을 때까지 침을 삼키며 지켜봐야 했다. 돼지, 돼지… 돼지 새끼…….

"잘 먹었냐?"

욕 나오려는 걸 삼키며 말했다.

"배가 덜 차지만 오늘은 여기까지 먹지 뭐."

5명이 먹고도 남을 양이었는데. 더구나 점원 여자가 바가지로 퍼줬는데.

"나 이제 가도 되지?"

"아직까지 사천이 그대로던데."

아, 투 페이스는 로하 친구니까 조영남에 대해 잘 알겠다!!

"너 그럼 예전의 사천이 모습 알겠구나. 그치?"

"몰라."

"정말?"

"만약 사천이가 예전 모습으로 돌아오면 어떻게 할 거야?"

투 페이스 얼굴이 심각하게 변했다.

"예전으로 돌아오면? 그럼 로하가 좋아하겠지."

"로하가 문제가 아니라 너 말이야. 지금처럼 사천이를 아무렇지 않게 대할 자신 있어?"

"무슨 말인지 모르겠어."

놈이 길게 한숨을 쉬었다. 말을 알아듣게 하란 말이야! 스무고개 하는 것도 아니고.

"하나만 약속해라."

"무슨 약속?"

난 너무도 뜨거운 투 페이스의 눈빛에 숟가락을 응시하며 대답했다.

"모든 게 변해도 너 절대 맘 변하지 마! 그냥 지금처럼만 해. 알았지?"

"으응."

내 대답에 투 페이스가 웃었다. 뭐야, 이거. 투 페이스 너무 귀엽잖아!!

난 오늘도 조영남의 변신을 위해 파이팅을 외치며 학교로 향했다. 놈은 언제나 같은 모습을 하고 있다. 곧은 자세로 머리를 푹 숙이고 열심히 연필을 굴린다.

"안녕?"

옆으로 가 조영남에게 인사를 건넸다.

"오늘은 기분이 어때? 공부는 잘돼?"

"……."

놈은 내가 있든 말든 상관하지 않고 책장만 죽어라 넘긴다. 그래, 지금은 여기까지 하고 이따가 2단계로 착수해야지. 내 자리로 걸음을 옮기던 중 로하 놈이 날 향해 손가락을 까딱거렸다. 저놈의 손가락을 분질러 버릴라! 난 투덜대면서도 혹시 맞을까 봐 얼른 놈 옆으로 갔다. 그러자 놈이 작은 목소리로 말했다.

"지금부터 내가 무슨 말을 하든 가만히 있어."

"뭐? 왜?"

"저 자식을 위한 거다! 알아들었냐?"

로하가 조영남을 가리키며 말했다. 난 고개를 끄덕였다.

"너 저놈이랑 같이 산다며? 야~ 이거 고등학생이 벌써부터 그래도 되는 거냐?"

내 대답을 확인하자마자 로하가 무지 크게 말하면서 조영남을 가리켰다. 반 아이들 모두가 동그란 눈으로 조영남과 나를 번갈아 쳐다봤다. 나 또한 로하의 충격적인 거짓말에 눈이 커졌다. 로하에게 지금 무슨 짓이냐는 눈빛을 보냈지만 놈이 다시 입을 열었다.

"소문으로는 애도 가졌다던데 몇 개월째냐? 계속 학교 다닐 수 있는 거야?"

그러면서 놈이 내 배에 손을 가져다 댔다. 아이들이 소곤대기 시작했다. 교실이 너무도 조용했기에 내 귀에 착착 와 닿았다.

"그럴 줄 알았어. 산어래 생긴 것만 봐도 뻔하지~ 안 그러냐?"

"그러게 말이야. 쟤가 여자 망신 다 시킨다. 학교에서는 아직 모르겠지, 저렇게 뻔뻔하게 다니는 걸 보니? 아니면 돈이라도 바친 건가?"

여기까지가 여자들의 목소리였다. 날 그렇게 생각하고 있었단 말이야? 이번엔 남자들의 목소리가 들려왔다.

"쟤 남자면 다 좋다는 건가? 저런 병신 같은 놈이랑 같이 살 정도면."

"하루만 같이 자자고 해볼까? 돈도 필요한가?"

"같은 반이니까 인심 좀 쓰겠지? 아니면 서비스가 더 좋던가."

저런 더러운 새끼들!! 자꾸 눈물이 나려는 걸 이를 악물고 참았다.

"저딴 놈 때려 치우고……."

쾅—!!

조영남이 책상을 걸어차고 일어섰다. 그때 난 로하 놈이 살짝 웃는 걸 볼 수 있었다. 자리에서 일어선 조영남이 로하와 내가 있는 곳으로 걸어왔다. 아이들은 공부벌레에 왕따인 조영남이 로하에게 어떤 행동을 할지 숨죽이며 지켜봤다.

"유치하긴."

주먹으로 로하 책상을 친 조영남이 드디어 입을 열었다. 처음으로 듣는 조영남의 목소리는 상당히 들떠 있는 것처럼 느껴졌다. 조영남 너 벙어리는 아니었구나. 로하는 조영남을 바라보기만 할 뿐 아무 말도 하지 않았다.

"여전히 유치하고 바보 같은 자식."

아로하 너 설마… 아까 조영남을 위한 거라고 하더니……. 로하에게 고맙다는 말을 하려는데 조영남이 내 손을 잡더니 교실을 나왔다. 녀석은 복도 끝으로 가서야 잡았던 손을 놓았다.

"왜 가만히 있었던 거지? 나한테는 당당하게 싸우라더니 말이 앞뒤가 안 맞는다."

"그건……."

로하가 조영남을 위해 일부러 그런 말 한 거라고 말 못해!

"날 알에서 깨웠으니 이제 각오해라."

"응?"

"이제부터 보면 알아."

왠지 내가 이상한 곳으로 빨려들어 갈 것만 같다. 착하고 순진해 보이던 조영남이 이제는 두려워진다. 그래도 아직 조영남을 사진 속의 엽기적인 놈으로 만들지 못했으니까 끝난 게 아니겠지? 내가 교실 문을 연 순간 아이들이 우르르 달려들었다.

"우릴 감쪽같이 속이다니."

"그렇다면 그렇다고 진작 말하지~ 그럼 우리가 힘이 되어줬을 텐데."

이것들이 갑자기 왜 웃으면서 나한테 달라붙는 거야? 아까는 모두 욕하더니만 속 보인다.

"어래 힘들겠다. 우선 자리에 가서 앉자."

내 의지와는 상관없이 몸은 년, 놈들에 의해 옮겨졌다. 난 나를 빙 둘

85

러싸고 있는 것들을 올려다보며 말했다.

"왜들 그래? 내가 또 잘못한 거 있어? 있음 말해."

"잘못은 무슨~ 로하한테 다 들었어."

"뭘?"

로하 이 자식!! 또 무슨 짓을 저지른 거야!

"로하가 그러는데 너 이데랑 사귄다며? 정말 힘들겠다."

난 내 귀가 잘못되었나 싶어 귀를 후벼 파고 다시 물었다.

"지금 뭐라고 했어?"

"괜찮아. 그 무서운 이데랑 사귀면 좋은 점도 있을 거야. 누구도 널 건들지 못할 테니까."

내가 날 재수없어하고 매일 패션쇼 하는 옷차림에, 치사하게 혼자서 아이스크림 다 처먹는 그 투 페이스랑 사귄다고? 아로하, 내 눈에 띄면 각오해! 지금 조영남만 해도 머리가 복잡해 죽겠는데 투 페이스랑 그런 사이로 만들어놓으면 나보고 어쩌라고. 나의 레이다에 로하와 투 페이스가 정확히 잡혔다. 놈들 앞으로 갔지만 내 분을 내가 이기지 못해 말은 못하고 놈을 노려보기만 했다.

"너 또 흥분했냐?"

"그래! 너 자꾸 나한테 왜 그래? 내가 왜 이놈이랑 사귀어야 하는데?"

산이로 해줬으면 내가 평생 아로하 널 예뻐했을 텐데. 투 페이스는 물고 있던 오징어 다리를 잡아 빼며 놀란 눈을 했다. 투 페이스 너도 몰랐구나? 하긴 방금 전에 저 웬수 같은 게 벌인 일이니까.

"사천이 놈이랑 동거하는 게 낫냐, 이데랑 사귀는 게 낫냐?"

"그거야… 하지만!"

"나한테 고맙다는 인사라도 해야 하는 거 아니야?"

"그래도 네가 벌인 일이잖아!"

"그놈, 입 열었던 것 같은데?"

그렇지, 이놈으로 인해 조영남이 조금 변하긴 했지. 그래도 투 페이스랑 사귀는 건…….

"로하 너 날 팔아먹은 거야?"

"넌 어차피 여자도 없잖아."

"나 쫓아다니는 여자들이 얼마나 많은데! 그리고 얼굴도 한참 딸리는 쟤랑 사귄다고 소문나는 거 싫단 말야."

투 페이스! 누군 좋은 줄 알아?

"쟤가 남자랑 동거한다는 소리가 선생들 귀에 들어가면 귀찮잖아. 네가 조금만 참아. 어차피 진짜 사귀는 게 아니니까."

"그럼 나 초코 아이스크림 사줘."

"이따 집에 갈 때 사가자."

"와~ 역시 로하가 최고야."

난 더 이상 둘의 닭살 돋는 애정 행각을 볼 수 없었기에 교실로 돌아왔다. 자리에 앉자마자 순미가 내 등을 마구 때리며 호들갑을 떨었다. 아우~ 등짝 떨어지겠다.

"너! 너!!"

"이것이 왜 이래? 숨넘어가겠네."

"어쩜 지지배! 나까지 감쪽같이 속일 수 있어? 난 그것도 모르고 소개팅 준비하고."

"무슨 소리야?"

"너 투 페이스랑 사귄다며! 내가 다른 사람에게 그런 소릴 들어야 해? 진짜 섭섭해."

아, 이거 아까 교실에 없었지? 아니라고 하면 분명히 이 수다쟁이가 소문 내고 다닐 게 뻔하고. 저번에 소개팅 사건만 해도 수치가 뭐라고 했는지는 모르겠지만 내가 수치를 아주 비참하게 찼다고 소문 내고 다닌 게 이것이다.

"그냥 어쩌다 그렇게 됐어."

"부럽다~ 투 페이스, 얼굴 캡 귀엽게 생겼고 옷도 정말 잘 입고 돈도 많다고 하더라~ 싸움도 잘하고, 로하랑 산이랑도 친구 사이잖아."

부러우면 네가 사귀거라. 투 페이스가 널 받아줄지가 의문이지만. 놈이 돈이 많다고? 그런 집에 사는 게 의심스러울 정도로 치사한 짠돌이인데.

일주일 만에 간 학원엔 다정이가 없었다. 오늘도 안 온 건가 싶어 다정이랑 친하게 지내던 마귀할멈에게 말을 걸었다.

"다정이 요즘 학원에 잘 안 나오니?"

"너 친구 아니야? 다정이 학원 끊은 지 일주일 정도 됐어."

"뭐? 왜?"

"내가 그걸 어떻게 알아?"

마귀할멈이 신경질을 내더니 교실을 나갔다. 근데 다정이, 나한테는 아무 말 없었는데. 요즘 얼굴 보기 힘들던데 무슨 일 있나? 학원을 마치고 나오는 길에 다정이에게서 전화가 왔다.

"원다정, 너 어떻게 된 거야?"

[아~ 기분 조타~!!]

말이 약간씩 꼬이는 걸 보니 오늘도 술 한잔 걸친 것 같다.

"너 술 마셨어? 무슨 일 있는 거야?"

[산어래, 나 없어도 잘 지낼 수 있지?]

"뭐?"

알 수 없는 두려움에 목소리마저 떨려왔다.

[나 며칠 후면 한국 떠난다.]

"한국을 떠나다니, 무슨 소리야?"

[누나 따라서 일본으로 유학 가기로 했어.]

심장이 덜컹하고 가라앉았다. 평생 내 옆에서 조잘거리며 날 못살게 굴 줄 알았는데.

"언제 가냐?"

[며칠 뒤에.]

"일본 놈들 멋있다던데 한 놈 꼬셔와."

[오냐~ 이 오빠가 멋진 놈으로 꼬셔오마.]

마지막으로 떠나는 날짜와 비행 시간을 묻고 전화를 끊었다. 우울해 지려는 마음을 조금이라도 잊으려 빠른 걸음으로 걸었다. 그때 시뻘건 오토바이 한 대가 급정거를 하며 내 앞에 섰다. 난 헬멧을 쓰고 있는 사람에게 소리쳤다.

"뭐야? 죽으려면 너나 죽지, 왜 나까지 죽이려고 해?"

"항상 그렇게 힘이 넘치는 거야? 그럼 나랑 같이 힘쓰러 가자."

날 아는 사람인가? 하지만 난 저런 폭주족 친구 없는데.

"타라."

"미쳤니? 모르는 남자는 무조건 무시하라는 말씀이 있다."

"누가 그랬는데?"

"우리 아빠."

헬멧을 쓰고 있던 사람이 헬멧을 벗었다. 그리고 날 향해 미소를 지었다. 뭔가 생각이 날 듯 말 듯~ 난 나의 돌머리를 쥐어짜며 기억해 내려 애썼다. 기억났다! 로하 옆에서 웃고 있던 그 사진 속의 주인공!! 놈은 날 간단히 오토바이에 태우더니 시동을 걸었다.

"벌써 나한테 반하면 재미없지~ 꽉 잡아."

갑자기 오토바이가 미친 듯이 달리기 시작했다. 제대로 자세를 잡지 않은 난 하마터면 뒤로 나가떨어질 뻔했다. 무서워서 눈을 꼭 감고 놈의 허리를 부여잡고는 냅다 소리를 질렀다.

"이놈아! 나 이런 무서운 거 못 탄단 말이야!"

"뭐라고?"

"내려줘!! 내려줘!! 나 바이킹도 못 탄다고."

하지만 놈은 내 말이 들리지 않는지 위험한 곡예를 10분 동안 한 다음에야 어느 골목에서 멈췄다. 놈이 오토바이에서 내렸지만 난 꿈쩍도 하지 않았다. 다리에 힘이 풀렸기 때문이다.

"너, 울었어?"

놈의 말에 얼른 주머니에서 거울을 꺼내 얼굴을 살폈다. 바람결을 따라 귀 쪽으로 두 줄의 눈물 자국이 선명하게 뻗어 있었다.

"내가 무서운 거 못 탄다고 그랬잖아! 가슴이 터질 것 같은 느낌, 네가 알기나 해?"

"진작 말하지."

놈은 미안했는지 딴청을 피우며 말했다. 날 오토바이에 태우고 막 달리고 내가 무섭다고 소리 질러도 멋대로 행동한 게 누군데!

"너 계속 거기 앉아 있을 거야? 내 귀염둥이 힘들겠다."

"누가 힘들다고?"

"오토바이 말이야. 어서 내려와."

"나도 내려가고 싶어! 하지만 다리가 풀렸단 말이야."

"푸힛~"

놈이 웃었다. 쪽팔리게 왜 웃고 난리야? 녀석은 아까 오토바이에 태울 때처럼 내 허리를 잡고 날 들어 올렸다.

"너 생각보다 가볍고, 생각보다 약하다."

"그게 뭐야?"

"말 그대로다. 늦었다. 얼른 들어가자."

"어디?"

놈은 대답 대신 날 이상한 곳으로 끌고 들어갔다. 안에 있던 많은 여자들이 우리 쪽으로 걸어왔다.

"사천, 왜 이렇게 늦었어? 우리가 얼마나 기다렸는지 알아?"

"정말 사천이 얼굴 보기 힘들다. 근데 이 중딩은 뭐야?"

폭탄 머리에 쥐 잡아먹은 입술을 한 여자가 날 보며 말했다. 분했지만 난 참아야 했다. 원래 인생이 이러니까… 가 아니라 내가 봐도 내 키는 중학생으로밖에 보이질 않으니까. 아!! 이 여자들이 방금 내 손을 잡고 있는 놈에게 사천이라고 했는데… 그럼 이 폭주족 날라리가 조영남?

"한 달 동안 날 쫓아다닌 앤데 정성이 갸륵해서 여자 친구 삼으려고."

"사천, 너무해~ 난 1년 동안 사천이만 사랑했는데."

"어머~ 겨우 1년? 가서 엄마 젖이나 더 먹고 와라. 난 2년이야."

"여기 사천이만 3년 동안 바라본 내가 있는데 무슨 소리들이야?"

야한 옷차림의 늙은 여자들이 서로 자기들이 잘났다고 싸웠다.

"야! 너 정말 조영남이야? 아니지? 그렇지?"

"내가 조영남 맞다면?"

놈이 웃었지만 소름 끼치도록 차가웠다.

"정말 네가 안경 낀 그놈이야?"

"네가 날 알에서 깨웠잖아~ 이제 와서 도망가려고? 그리고 나보고 조영남이라니! 그 안경은 어쩔 수 없이 낀 건데."

어지러웠다. 난 빈 테이블에 가서 앉았다. 조영남이 쫓아오더니 내 옆에 앉았다. 그러니까 정리를 해보자. 조영남이 사천이고, 사천이가 로하랑 같이 웃으면서 사진 찍은 그놈?! 사진에서는 둘이 친해 보였는데 지금은 왜? 그리고 조영남은 왜 사진 속의 모습이 아닌 완전 범생 스타일로 지내는 거지? 아, 머리 아파. 뭐가 뭔지 하나도 모르겠어.

"식은땀까지 흘리고, 어디 아파?"

옆에 있는 조영남을 쳐다봤다. 아무리 봐도 이 얼굴이 그 얼굴이라는 생각이 안 들어. 조영남은 날 이렇게 걱정해 주지 않는다고.

"그냥 다 아파."

"그럼 쉬고 있어. 나 춤추고 올게. 내게서 눈 떼지 마."

아프다고 하면 보내줄 것 같아 그렇게 말했지만 씨도 안 먹혔다. 무대로 나간 놈은 음악에 맞춰 몸을 흔들기 시작했다. 놈에게 달라붙는 여자들이 거슬렸지만 조영남에게 계속 시선이 갔다. 춤을 좋아하는 나에게 놈은 존경의 대상으로 비춰졌다. 춤이 끝날 때까지 내 시선은 여전히 조영남에게 머물러 있었다. 춤을 다 춘 놈은 여자들과 알코올을 흡수하며 30분을 웃고 떠들었다. 난 왜 여기에 있는 걸까? 자리를 박차고 나가고 싶었지만 중요한 건, 여기가 어딘지 모른다는 사실! 집과는 반대 방향으로 꽤 멀리 왔다는 것밖에 몰라. 얼마나 마셨는지 놈이 비틀거리며 내 옆으로 왔다. 술과 진한 여자 향수가 섞인 냄새 때문에 속이 울렁거렸다.

"어래야~"

혀가 참 잘도 돌아가는군! 난 조영남의 멱살을 잡고 흔들었다.

"정신 차려! 나 집에 데려다 줘야지."

"아, 맞다! 그럼 가자~"

손을 위로 뻗는 이상한 행동을 취하며 일어서는 놈을 잡아서 다시 자리에 앉혔다.

"음주 운전 하겠다고? 이 꽃다운 나이에 연애 한번 못해보고 죽을 순 없어! 그리고 두 번 다시는 오토바이 안 타."

"아무래도 안 되겠지? 알았어. 조금만 기다려."

놈이 어딘가에 전화를 걸어 몇 마디 하고는 내 어깨에 그 무거운 머리통을 얹었다.

"사천~ 무거워! 빨리 일어나!! 나 집에 보내줘."

"좀 있으면 내 친구들 올 거야."

이제는 놈이 내 무릎에 누워 허리를 감싸 안고는 잠을 자기 시작했다.

"이 변태야, 어딜 만져! 당장 일어나! 자는 척하지 말란 말이야!"

손바닥으로 놈의 몸을 마구 때렸다. 꿈쩍도 안 한다. 이번엔 주먹으로 놈의 등을 사정없이 마사지했다. 역시나 한 치의 미동도 없었다. 그럼 간지럼은 어떨까? 놈의 옆구리를 간질이려는데 쫙 달라붙는 까만색 섹시 미니 스커트를 입은 여자가 날 향해 소리쳤다.

"너 사천이가 아무 여자한테나 잘해주고, 그렇게 안기는 줄 알아? 사천이랑 말 한 번 해보는 것도 하늘의 별따기인데 감히 그런 사천이를 차지하고도 모자라서 이젠 몸에 상처까지 내?"

참으로 무서운 언니였다. 그 뒤로 조영남의 친구들이 올 때까지 난 꼼짝도 못하고 숨 한번 제대로 쉬지 못하고 그렇게 앉아 있었다. 난 조영남의 친구 2명이 끌고 온 외제차를 타고 얼어붙은 채로 집까지 왔다. 친구들 또한 범상치 않았고, 말 한마디 없었다. 인사를 하는 둥 마는 둥 차에서 내려 집으로 들어왔다. 숨 막혀서 죽는 줄 알았네. 조영남이 깨어만 있었어도 친구 녀석들의 눈빛에 쫄 일은 없었을 텐데.

집으로 들어와 내 방문을 여는 순간 안에서 열심히 무언가를 보고 있는 십 원의 뒤통수가 보였다. 저 자식이 왜 내 방에 들어와 있는 거야!! 가방을 침대에 내던지고 십 원 앞으로 걸어가 놈이 보고 있던 것을 빼앗았다. 내 사진첩이었다. 여기에는 맛이 간 사진이 조금, 아니, 많이 있는데.

"여자가 이렇게 늦게 들어오면 안 되지~"

"너야말로 누가 남의 방에 함부로 들어오래?"

"나 같은 꽃미남이랑 같이 살고 싶지 않아?"

"당장 내 방에서 나가!"

조용히 일어선 십 원. 얌전히 나가는가 싶더니 뒤돌아 내게 걸어왔다. 그리고는 몸을 숙여 내 볼에 뽀뽀했다.

"누나, 잘 자."

십 원은 윙크까지 날리고 방을 나갔다. 가슴이 뛰고 얼굴까지 빨개진 내 자신을 자책하며 베개로 침대를 패는 이상한 쇼를 벌였다. 침대의 먼지와 함께 십 원이 다래였으면 얼마나 좋았을까라는 생각까지 날아가길 바라며.

다음날 알람 시계 소리에 잠에서 깼지만 일어나기 싫었다. 더 자려고 이불을 얼굴까지 덮었는데 문 열리는 소리가 들렸다. 금방 일어난 듯한 다래가 보였다.

"밥 안 할 거야? 배고파."

허스키한 목소리가 듣기 좋았다. 아무래도 잠이 덜 깬 듯싶다.

"조금 더 잘 거야."

"빨리 밥 안 해?"

"안 해! 그냥 굶든지 네가 하든지 해! 왜 매일 내가 해야 하는데?"

말을 하다 보니 점점 잠에서 깨어났다.

"내가 이럴 줄 알았다. 시작하자."

다래와 갑자기 나타난 십 원이 침대로 오더니 나의 이불을 잡아당기기 시작했다. 안 돼~ 절대 빼앗기지 않을 거야! 이불만큼은 목숨을 걸고 지키려 했지만 난 건장한 두 남자의 힘을 당해낼 수 없는 연약한 여자였다. 다래가 이불을 던져 놓고 실실 웃었다. 다래 놈을 노려보느라 십 원이 내게 다가오는 걸 감지하지 못했다. 십 원이 내 어깨에 손을 두르고 내 볼에 입술을 가져다 댔다.

"누나, 잘 잤어?"

"너 뭐야?"

"모닝 키스야."

난 손으로 십 원의 입술이 닿은 볼을 닦아내며 놈을 향해 베개를 던졌다.

"나한테 한 번만 더 이런 짓 하면 매장시킬 테니 각오해!"

내가 방을 나와 주방으로 향할 때 뒤에서 다래의 유쾌한 웃음소리가 들려왔다. 내일부터는 정말 밥을 안 하리라 결심하고 쌀을 씻었다. 난 스피드를 자랑하며 밥을 해치우고 집을 나왔다.

"같이 가자니까 왜 먼저 가?"

뚱한 얼굴의 십 원과 뭐가 마음에 안 드는지 똥 씹은 얼굴을 한 다래가 내 뒤를 따라왔다. 십 원이랑 같이 가기 싫어서 밥 빨리 먹었는데…….아예 밥 먹지 말고 나올걸. 갈림길에서 왼쪽은 우리 학교 가는 길, 오른쪽은 이놈들 학교 가는 길.

"너희 수업 땡땡이치지 말고 잘 들어! 그리고 넌 제발 우리 집에 오지마."

뒤돌아 걷는데 왠지 뒤쪽이 찜찜해 왔다. 무시하고 계속 걸었지만 그

찜찜함이 더욱 강해졌다. 눈을 찢어 돌아보니 놈들이 어슬렁거리며 내 뒤를 밟고 있었다.

"너희 학교 가는 길은 이쪽이 아니라 저쪽이다."

"우리 오늘 누나 보디가드 해주려고."

십 원이 아양을 떨며 내 옆으로 바짝 붙었다. 우리 학교까지 가겠다는 십 원과 오지 말라는 나의 실랑이는 20분이 넘도록 계속되었다. 다래는 조용히 우리를 한심한 눈으로 쳐다보고 있었다. 그러면 네가 이 진드기 같은 놈을 끌고 가면 되잖아! 난 십 원에게 쫓아오면 알아서 하라는 협박을 던지고 무지막지한 힘을 내뿜으며 학교로 달려갔다. 하지만 기어코 학교 앞까지 날 따라온 진드기 십 원과 다래 녀석. 십 원은 이해하겠는데 다래 너는 왜 따라온 거냐? 목까지 차 오르는 숨을 밖으로 내뱉으며 놈들을 향해 말했다.

"이제 그만 가. 알았지?"

"누나, 수업 잘 듣고 내 생각 많이 해~ 이따 봐."

"이따 보긴 뭘 봐!"

"사랑해~"

다래가 안 가겠다는 십 원을 억지로 끌고 사라졌다. 이마에 흐른 땀을 닦고 학교로 들어가려고 몸을 돌린 순간 난 바로 코앞에 있는 시커먼 물체 때문에 비명을 지르고 말았다.

"카아악~!!"

주위에 있는 모든 아이들의 걸음이 정지되어 있는 게 보였고, 날 향한 여러 의미의 눈빛들을 읽을 수 있었다.

"너 공포 특집 할 때 가봐라. 목소리 죽인다."

그제야 순미가 눈에 들어왔다. 난 그것의 귀를 잡고 아무도 없는 구석으로 갔다.

"아아, 진짜 귀 떨어지겠다. 너 빨리 손 안 놔?"

내가 이것 때문에 아침부터 정신 나간 애로 찍히고. 아무도 없는 걸 확인하고 순미를 자유로이 풀어줬다.

"산어래! 내 귀 찢어지면 책임질 거야?"

"네 잘못은 생각 안 하냐?"

"내가 뭐?"

"사람 놀라게 왜 바로 뒤에 서 있는 거야! 내가 얼마나 놀랐는지 알아?"

"너랑 같이 온 꽃미남들 구경하려고."

다래랑 십 원? 귀찮아지게 생겼다.

"어래야~ 나 때문에 놀랐다고? 어머~ 너처럼 심장 약한 애가 놀랐으면 병원이라도 가봐야 하는 거 아니야?"

나만한 강심장은 없다며?

"괜찮아?"

"됐으니까 교실로 가자."

"근데 아까 그 꽃미남들은 누구야?"

"나한테 첫눈에 반했다고 하더라."

순미가 전혀 믿지 않았지만 난 끝까지 오리발을 내밀었다. 남자 친구가 있어도 당당하게 바람피우는 게 순미의 특기다. 내 동생과 동생 친구라고 말했다간 무슨 일이 일어날지 장담 못해! 그리고 순미에게 하나뿐인 내 동생을 줄 수는 없어!! 십 원이나 팔아버릴까? 앞문을 열고 내 자리로 가다 로하와 새아가 같이 있는 걸 보게 되었다.

"로하야, 엄마가 너 요즘 왜 안 오냐고 했어. 오늘 우리 집에 가자."

"......."

"피곤해? 그럼 내일은 어때?"

자세히 보니 로하는 새아를 외면하고 있었다. 새아는 그런 로하의 팔을 잡아당기며 자기를 바라보게 하려고 무던히도 애를 썼다.

"씹. 귀찮게 하지 말고 꺼져."

풀이 죽어 자기 자리로 돌아가는 새아에게 안타까움보단 고소한 기분이 들었다. 창밖을 바라보는 로하를 쳐다보고 있는데 갑자기 녀석이 얼굴을 돌리는 바람에 우린 눈이 마주치게 되었다. 가만히 날 바라보는 시선에 온몸이 뜨겁게 달아올랐다. 발가벗고 있는 느낌이 들 정도로 로하의 시선은 강렬했다. 순미를 방어벽으로 내세워 간신히 자리에 와 앉았다. 왜 그런 눈으로 날 바라봤을까? 로하는 미안하면서도 원망하는 그런 눈을 하고 있었다. 의자에 앉자 어제의 일이 떠올랐다. 조영남의 자리로 눈을 돌렸다. 어제의 모습은 온데간데없고, 평소의 조영남으로 돌아와 있었다. 학교에서는 범생으로, 밖에서는 폭주족으로 이중생활을 할 생각인가?

점심을 먹고 순미와의 내기에서 진 나는 매점을 향해 걸어갔다. 매점은 1동 건물 옆에 있었기에 가는데 10분도 넘게 걸린다. 내 다리 알통의 원인은 바로 이 넓어 터진 학교가 문제였어! 매점에 도착해 보니 많은 인간들이 줄을 서서 자신의 차례를 기다리고 있었다. 왜 이렇게 인간들이 많은 거야! 점심 시간이 끝날 때까지 기다려도 내 차례는 돌아오지 않을 것 같아. 맛있는 단팥빵을 포기하고 다시 2동으로 가는 도중 핸드폰이 울렸다. 모르는 번호여서 받지 않을까 하다 그래도 전화한 사람의 성의를 생각해서 받았다.

"여보세요?"

[오랜만이야.]

"누구세요?"

[벌써 내 목소리 잊었어? 나 지원이.]

중학교 때 갑자기 엄마가 있는 곳으로 전학을 가서는 연락 한번 없던 친구 공지원. 지금에서야 연락하는 지원이가 밉기도 했지만 그보다 반가움이 더 컸기에 눈물이 났다.

"지지배, 이제야 연락하다니."

[미안해. 잘 지냈어?]

"당연하지! 지원이 넌? 학교 잘 다니지? 어느 학교야?"

[나 가출했어.]

지원이의 대답에 가슴 한쪽이 욱신거렸다. 눈물이 나오려는 걸 참으며 밝은 목소리로 말했다.

"지낼 곳은 있어?"

[그냥 아는 애들이랑 살고 있어.]

엄마랑 함께 살고 싶어 엄마한테 간다고 해서 안심했었는데……. 그런데 그곳에서의 생활도 힘든 거니, 지원아?

"가출한 지는 얼마나 됐어?"

[한 3개월? 근데 교복 입은 애들 보니까 학교 다니고 싶다.]

학교 다니고 싶다는 지원이의 말에 참았던 눈물이 나왔다.

[어래야, 그럼 내가 다음에 또 연락할게.]

"그래."

[학교 열심히 다니고, 부모님 말씀 잘 들어.]

"으응."

[안녕.]

전화를 끊고 근처에 있는 벤치에 앉았다. 오늘따라 밝은 햇살이 얄미웠다. 세상은 왜 이렇게 불공평한 걸까? 지원이가 행복해지길 바랐는데. 학교 다니고 싶다는 지원이의 말이 떠나지 않고 귀에서 울려댔다. 그와 동시에 얼굴 위로 쉬지 않고 눈물이 떨어져 내렸다. 지나가는 아이들의 눈을 피해 고개를 숙여 눈물을 닦고 있는데, 꼬깃꼬깃한 정체 모를 천이 눈앞에 놓여졌다. 살짝 눈동자만 들어올렸다. 로하였다.

"손수건 필요없냐?"

그게 손수건이었냐? 난 걸레인 줄 알았다. 놈의 마음 씀씀이가 갸륵해서 걸레를 받아 코를 풀었다.

"윽! 더러워. 너 여자 맞냐?"

"상관 마! 그리고 코 풀라고 준 거 아니었어?"

"나 같은 미남 앞에서 그런 추한 모습을 보이다니. 정말 이해 안 되는군."

너한테 잘 보이고 싶은 맘 추호도 없으니까 가능하지. 산이었다면 절

101

대 있을 수 없는 일이지. 놈이 내 옆에 앉자 향긋한 냄새가 코를 자극했다. 향수 뿌렸나? 남자한테도 이런 좋은 냄새가 날 수 있구나.

"청승맞게 왜 우냐?"

아로하, 위로를 하려거든 좀 제대로 해라! 넌 항상 시비조다.

"이유가 있으니까 울지."

"뭔데?"

"내가 대답할 거라 생각해?"

놈이 어울리지 않게 도리질을 했다. 날카로운 인상을 가진 얼굴이었기에 진짜 안 어울렸다. 그래도 기분이 한결 좋아지는 걸 느꼈다.

"오늘 정말 제정신이 아니고 싶다."

"언제는 제정신이었냐?"

저놈의 주둥이를 그냥……

"오늘 10시까지 집 앞에 나와 있어."

"응?"

"귀 파고 잘 들어."

난 정말로 새끼손가락으로 귀를 후볐다.

"띨띨하긴~ 10시까지 집 앞에 나와 있으라고."

"왜?"

"싫음 말고."

한 번 튕겨본 건데 성질 하고는.

"10시까지 나가면 되지?"

"1초라도 늦으면 각오해."

그 다음부터 우린 말이 없었다. 그렇게 어색하게 앉아 있다가 함께 교실로 돌아왔다. 새아가 날 흘기더니 로하에게 꼬리를 살랑거리며 다가갔다. 하지만 놈은 새아를 무정히 뿌리치고 교실을 나갔다. 난 로하의 옆자리로 눈을 가져갔다. 산이는 따뜻한 햇살을 받으며 책상에 엎드려 있었다. 점심도 안 먹는 것 같았는데 어디 아픈 건가? 로하 자리에 앉아 산이의 팔을 살짝 흔들었다. 감겨 있던 눈이 조금씩 떠졌다. 산이는 눈을 떴지만 여전히 책상에 누운 채로 입을 열었다.

"왜?"

"아, 어디 아픈 것 같아서."

"괜찮아."

아~ 너의 미소에 나 쓰러질 것 같다. 산이의 맑고 깊고 예쁜 눈동자에 내가 보일 만큼 산이는 날 뚫어지게 쳐다봤다. 민망해진 난 어색하게 웃으며 자리에서 일어섰다.

"그럼 더 자."

나 정말 미쳤나 봐! 산이를 보면 볼수록 그의 모든 걸 내 것으로 만들고 싶다. 산이는 나 같은 애한테는 관심조차 없을 텐데. 수업을 마치고 순미와 교문을 향해 걸어가고 있는데 소리를 지르며 우리를 향해 달려오는 미친 것들이 보였다. 쪽팔림을 모르는 천하무적 나의 친구 엽쌍걸, 엽기적인 쌍둥이 자매다. 둘이 똑같이 생긴 건 물론이고 하는 짓도 정말 똑같이 엽기적이다. 엽쌍걸과 순미는 서로 얼싸안고 덩실 춤을 췄다. 지나가는 아이들의 안타까운 시선은 내가 다 받아야 했다.

"산어래, 너 반이 다르다고 우릴 찾아오지도 않고."

"맞아!"

이것들은 5반이라 1동에서 서식한다.

"그동안 바빴다. 미안."

"그건 그렇고 너 소문이 장난이 아니더라."

쌍둥이 중 30초 먼저 태어났다고 언니 행세를 하는 오새콤이 눈을 반짝이며 내 옆구리를 찔러왔다.

"무슨 소문?"

"투 페이스 이데랑 사귄다며?"

학교 전체에 다 퍼진 것인가? 이러다 나한테 고백하려는 남자들이 모두 날 포기하는 일이 생기는 거 아니야?

"그런데 우리는 믿을 수가 없어! 이데가 너 같은 애랑 사귈 리 없잖아."

30초 늦게 태어난 게 억울하다는 오달콤 양이다.

"나 같은 애라니? 내가 어때서?"

"성격도 포악하고, 힘도 세고, 배도 나왔고! 아무튼 우리 눈으로 이데랑 네가 키스하는 걸 보기 전에는 믿을 수 없어."

투 페이스랑 키스를? 저번에 당한 걸 생각하면 자다가도 이가 갈리는데. 보아하니 엽쌍걸이 쉽게 물러설 것 같지는 않구.

"너희가 정 못 믿겠다면 보여주지 뭐. 지금은 투 페이스 없으니까 나중에 보여줄게."

"어? 저기 로하랑 산이랑 이데다!"

새콤이의 손을 따라가 보니 정말로 놈들이 이쪽을 향해 걸어오고 있는 게 보였다. 엽쌍걸은 두 눈을 번뜩이며 사악한 웃음을 짓고 있었다. 그냥 이 순간을 넘기려고 한 말인데 내가 내 무덤을 판 꼴인가? 이 위기를 어떻게 벗어나지? 놈들이 우리와 점점 가까워질수록 심장이 빠르게 뛰며 현기증이 일어났다. 엽쌍걸과 순미가 놈들에게 넋이 나가 있는 동안 몰래 도망가려는 자세를 취하는 순간!

"못난아, 어디 가냐?"

아로하, 저 웬수 같은 놈! 내 언젠가 널 한강에 내던져 버릴 것이야. 달콤이가 내 팔을 꽉 잡고 미소를 지었다. 로하가 떡하니 내 앞에 서자 엽쌍걸과 순미가 침을 닦으며 입을 열었다.

"안녕? 우린 어래의 제일 친한 친구들이야."

하지만 놈은 그것들은 무시하며 나에게 소리쳤다.

"어디 가냐고 물었잖아!"

"집에 가지 가긴 어딜 가! 그리고 왜 소릴 지르고 난리야?"

"넌 지금 소리 안 질러?"

"네가 지르니까 지르지!!"

그때 투 페이스가 뒤에서 로하를 껴안았다.

"유치하게 왜 말싸움이야?"

나도 그렇고 엽쌍걸과 순미는 동그래진 눈으로 투 페이스를 쳐다봤다. 징그럽기도 했지만 워낙에 잘난 인물들이었기에 그림이 됐다. 오새콤이 내게 달라붙으며 투 페이스에게 말을 했다.

"저기, 어래랑 사귄다고 했는데 우린 믿기지가 않아."

"맞아! 그래서 방금 전에 어래가 이데 너랑 키스해서 사귀는 걸 증명한다고 했는데."

　왜 내 주위엔 입 싸고 눈치없는 것들만 있는 건지. 황당해서 입을 벌리고 날 바라보는 로하와 투 페이스를 보라! 산이는 조금 떨어진 곳에서 누군가와 통화를 하고 있었다. 내가 잠시 산이를 보고 있는 사이 옆구리에 이상한 감촉이 돌았다. 투 페이스가 내 허리를 감싸더니 웃으며 말했다.

　"안 믿는 인간들이 많네? 어래가 나랑 키스하고 싶었구나?"

　엽쌍걸과 순미의 얼굴이 조금씩 붉어졌다. 왜 너희들 얼굴이 붉어지는 거야!

　"좋아. 우리가 정말 사귄다는 걸 증명하지."

　투 페이스가 오른손으로 내 얼굴을 감싸더니 자신의 얼굴을 가까이 들이대기 시작했다. 그때 로하 녀석이 투 페이스의 옷을 잡아끌며 걸어가기 시작했다.

　"캑. 숨 막혀."

　"따라와."

　그리고 그들의 뒤를 따라가는 산이가 보였다. 녀석들의 모습이 희미해질 때쯤 순미와 엽쌍걸에게로 눈을 돌렸다. 그런데 갑자기 새콤이가 내 엉덩이에 똥집을 해왔다.

　"오새콤! 아프고 더럽게 이게 무슨 짓이야?!"

　"이데랑 키스까지 했으면 네 엉덩이 날아갔어."

　"너희가 키스하라고 했잖아!"

　"근데 어래야, 너 정말 이데랑 사귀는 거야?"

　순미가 새콤이의 눈치를 살피며 내게 물어왔다. 난 어쩔 수 없는 사정이 있어 사귀는 거라고 대답했다.

"다행이다."

"뭐가?"

"새콤이가 이데 좋아한대."

"오새콤, 어쩌다가 그런 놈을 좋아하게 됐는지 모르지만 포기해."

"누구도 우리의 사랑을 막을 수 없어!"

주먹을 불끈 쥔 새콤이의 눈이 활활 타올랐다. 내가 아무리 투 페이스를 욕해봤자 '쇠귀에 경 읽기'일 것 같으니까 관두자.

그런데 새콤이보다 투 페이스가 더 불쌍하게 느껴지는 이유는 뭘까? 순미와 엽쌍걸과 헤어져 학원으로 가는 대신 집으로 향했다. 무슨 일인지는 모르지만 로하가 10시까지 집 앞에 나와 있으라고 했으니까. 뭐 맛있는 거라도 사주려나? 온갖 맛있는 음식들을 떠올리며 걷다 내가 내 발에 걸려 넘어졌다. 난 우선 실눈으로 주위를 살폈다. 다행히 나의 뒤집어진 치마 속을 본 인간은 없었다. 내 발에 걸려 넘어졌지만 어디 화풀이할 곳이 없나 두리번거리던 중 내 눈치를 살살 살피며 지나가는 개 한 마리가 보였다. 오호라~ 빙고! 내 의도를 눈치 챘는지 놈이·꼬리를 내리더니 슬금슬금 뒷걸음질치기 시작했다.

"착하지~ 왜 도망가지? 난 널 예뻐해 주려고 하는데."

멍멍~

그 개가 목청 높여 짖어대자 땅의 울림이 심상치 않았다. 잠시 후, 뿌연 먼지가 흩날리며 어디서 굴러왔는지 셀 수도 없는 미친개들이 날 향해 돌격해 왔다. 난 뒤돌아 있는 힘껏 도망가기 시작했다. 한 1시간은 넘게 놈들이 날 쫓아온 것 같다. 거친 숨을 몰아쉬며 산발이 된 머리를 정리하고 주위를 살폈다. 집까지 1시간은 족히 걸리는 옆 동네까지 진출해 있었다. 날도 저물어가고, 이 일대는 범죄가 많기로 소문이 자자하기 때문에 최대한 빠른 걸음으로 걸었다. 하지만 놈들에게 나의 온 에너지를 다 빼앗긴 후라 빨리 걷기가 힘들었다. 차라리 굴러가는 게 더 빠를 것 같았다. 눈앞에 모락모락 김이 나는 통닭과 시뻘건 떡볶이가 아른거렸다. 이와 함께 배가 우렁차게 울어댔다. 빨리 집에 가서 원기 보충해야겠다.

초저녁인데 벌써부터 저러다니… 당신 아내와 자식들이 참으로 불쌍합니다. 난 쓰레기 주변에 자기 집인 양 벌렁 누워 잠을 자고 있는 아저씨를 보며 고개를 흔들었다. 이번엔 잘 차려입은 커플의 키스 장면을 목격하게 되었다. 찐하게 키스를 나누던 커플이 입을 뗐다. 여자가 남자의 주머니에 무언가를 넣고는 인사를 하고 금방 사라져 갔다. 여자 때문에 가려져 보이지 않던 남자의 얼굴이 여자가 사라짐으로써 자세히 보이기 시작했다. 한쪽 가슴이 칼로 도려내는 듯 아파왔다. 반산, 넌 왜 항상 여자랑 같이 있는 모습을 내게 보이는 거야? 네가 일부러 그러는 거 아니라는 거 아는데 그래도 자꾸만 네가 미워지려 해. 피곤 때문인지 술에 취한 탓인지 산이가 벽에 몸을 기대었다. 그 모습에 또다시 가슴이 뛰었다. 그냥 갈까? 아니면 인사라도? 의문의 사건을 처리하는 형사처럼 턱을 괴고 고민을 하던 난 진한 술 냄새에 코를 막았다. 욱! 이게 어디서 나는 냄새야. 갑자기 내 머리 위에 무거운 것이 올라왔다.

"산이야?"

"이런 곳에서 또 만나다니."

"그러게? 근데 너 술 많이 마신 것 같다?"

"별로 안 마셨어."

말은 그렇게 하고 혀도 꼬이지 않았지만 몸은 거짓말을 하지 않았다. 아무래도 중심을 잡기 위해 내 머리에 손을 얹은 것 같다.

"반산, 집에 안 들어가?"

"아~ 들어가야지, 가야지, 가야지."

앗! 산이의 이런 모습 처음이야! 두고 두고 기억해야지.

"혼자서 집에 갈 수 있겠어?"

"그럼! 내가 누군데!!"

아이고, 놀라라. 평소엔 말도 잘 안 하는 놈인데.

"그럼 난 간다! 너도 빨리 집에 들어가. 그리고 또다시 이런 곳에서 마주치면 알아서 해! 여자가 말이야."

"오케이! 조심해서 들어가고 내일 보자~"

반산, 너도 취하면 변하는구나. 뒤돌아 가는 척 몇 발자국 걷다 살며시 몸을 틀어 산이를 바라봤다. 내가 안 보일 때까지 지켜볼 줄 알았는데 역시나 나의 환상은 너무도 컸다. 잘 걸어가는가 싶더니 발이 꼬이며 넘어지는 녀석의 모습을 보게 되었다. 난 놈의 옆으로 가서 우선 놈의 오른쪽 팔을 내 어깨에 걸치고 나의 왼쪽 팔은 산이의 허리를 감쌌다. 이제 영차 하면서 일어서기만 하면 된다! 영~차!! 하지만 원기 보충이 필요한 나였기에 괴력을 쓸 수 없었다. 다시 한 번 자세를 바로잡고 산이에게 말했다.

"산이야, 나 힘들어 죽겠다. 어서 일어나."

"응? 너 왜 안 가고 여기 있어?"

"너 집에 데려다 주려고."

"나 혼자 갈 수 있어."

왜 취한 사람들은 왕고집이 되는 건지. 그렇다고 산이를 버리고 갈 수는 없는 일!

"나 너희 집에 놀러가고 싶어서 그래～ 가도 되지?"

"그래? 그럼 아무도 없으니까 우리 둘이 신나게 놀자."

어렵사리 놈을 들쳐 업고 택시를 타고 산이네 집까지 왔다. 택시비가 어마어마하게 나왔다. 거지였던 나는 산이의 주머니를 뒤져 택시비를 계산했다. 이래서 술 취한 사람들이 지갑이 잘 털리는 거구나. 한 번 와봤기 때문에 집은 쉽게 찾을 수 있었다. 어두운 방에 불을 켜니 저번과는 완전히 다른 풍경이 날 맞이하고 있었다. 이거, 진짜 돼지우리다!

산이를 바닥에 내던지고 방을 치우기 시작했다. 치우면서 괜히 착한 척 놈 챙긴 것을 후회했다. 깨끗하게는 아니고 대충 정리만 했는데도 9시가 넘었다. 맞다! 로하가 10시까지 집 앞에 나와 있으라고 했는데. 옷도 갈아입어야 하고 씻고 단장도 좀 해야 하는데. 여기에서 집까지 얼마나 걸리지? 안 되겠다. 빨리 가야지. 가방을 들고 자리에서 일어서려는데 갑자기 치마가 밑으로 당겨지는 바람에 엉덩방아를 찧었다. 으아, 엉덩이야. 찔끔 나온 눈물을 닦으며 옆을 보니 자빠져 있던 산이가 내 치맛자락을 꽉 잡고 있었다. 자는 것 같은데 어떻게 알고 잡았을까? 난 있는 힘껏 치마를 내 쪽으로 잡아당겼다. 왜 이렇게 안 빠지는 거야. 산이는 돈 떼어

먹고 도망간 놈을 간신히 잡은 사랑마냥 내 치마에 강한 집착을 보였다. 벌써 9시 40분이다. 안 되겠다 싶어 산이의 손목을 자르는 대신… 놈을 깨웠다.

"산이야, 반산! 좀 일어나 봐."

하지만 아무리 흔들고 꼬집고 때려도 놈은 일어날 생각을 안 했다. 물을 뒤집어씌우고 싶어도 놈이 내 치마를 부여잡고 있으니 주방까지 갈 수도 없었다. 그때 기막힌 방법이 생각났으니, 이름하여 잡초 뽑기. 산이의 팔에 가지런히 자란 잡초 하나를 잡고 힘을 가해 뽑아냈다. 7번째 잡초를 뽑았을 때 산이가 잡고 있던 치마를 놓고, 잡초가 뽑혀 붉어진 팔을 문질렀다. 쬐끔 미안하군. 하지만 내 치마가 처참하게 구겨져 있는 게 눈에 띄었을 땐 미안한 마음이 깨끗하게 사라졌다. 이거 다림질해도 정상적인 모습을 되찾을 것 같지 않다. 풀린 눈으로 날 올려다보는 산이가 보였다. 그래, 참자! 참아야 해!! 나의 산이니까.

"여기가 어디야?"

"너희 집이야. 내일 일찍 일어날 수 있겠어?"

녀석이 대답은 안 하고 내 얼굴만 빤히 쳐다봤다. 하하하, 그렇게 바라보면 나한테 빠져들 텐데.

"내 핸드폰 번호 알아?"

"응?"

"내 핸드폰 번호 말이야."

"모르는데."

가르쳐 준 적도 없으면서 묻기는 왜 묻는지.

"016-2XX-XXXX."

"한 번만 다시 불러줘."

난 얼른 핸드폰을 꺼내 입력시킬 준비를 했다.

"016-2XX-XXXX."

"그런데 왜 번호를 알려주는 거야?"

"모닝콜."

"뭔 콜?"

"모닝콜 부탁해. 나 잔다."

그러더니 산이는 다시 완전하게 꿈속으로 빠져들었다. 술 취해서 그렇다 해도 설레고 기쁜 마음은 쉽게 진정이 되질 않았다. 이러니까 꼭 사귀는 사이 같잖아. 혼자서 별 상상을 다 하며 흐뭇해하는 사이 10시가 훨씬 넘었다. 큰일 났다! 그놈 성격에 1초라도 늦으면 아주 난리를 칠 텐데. 있는 돈 모조리 털어 택시를 타고 집으로 출발했다. 택시 안에서 전화를 걸었지만 받지 않았다. 화나서 안 받는 건가? 집에 도착했을 땐 개미 한 마리 보이지 않았다. 다시 한 번 로하에게 전화를 했지만 놈은 끝내 전화를 받지 않았다.

다음날 교실로 가던 도중 여자애들이 우리 반에 우르르 몰려 교실 안을 들여다보고 있었다. 저것들이 아침부터 남의 반에서 뭐 하는 거야? 싸움이라도 났나? 가까이 가보니 엽쌍걸도 있었다.

"산어래, 정말 부럽다."

"아침부터 웬 호들갑이야? 뭐가 부러워?"

"너희 반에 킹카가 3명씩이나 있다니."

학교에서 학생들에게서 인정받은 인물 되는 놈은 우리 반에서 산이랑 로하뿐인데.

"산이랑 로하 빼고는 없는데?"

"넌 그 두 명만 보고 다니냐? 자, 저길 똑똑히 봐! 저렇게 섹쉬하고 아름다운 남자가 앉아 있잖아."

달콤이의 손가락을 따라 교실을 들여다봤다. 정말로 처음 보는 멋진 남자가 열심히 책을 넘기고 있었다. 오홋, 전학생인가? 교실로 들어가면서도 계속 그 전학생을 살폈다. 어라? 저긴 조영남 자리인데? 그때 얼굴을 든 전학생과 눈이 마주쳤다. 놈이 날 보며 웃더니 자리에서 일어나 내게로 걸어왔다. 내 앞에 선 놈이 갑자기 내 볼을 잡아당겼다. 흠칫 놀라는 소리들이 교실 안과 밖에서 들려왔다.

"왜 이젠 날 안 따라다니는 거야? 내가 벌써 싫증났어?"

웃고는 있지만 차가운 이 느낌!

"너 안경은 어디 갔어? 지금 이게 무슨 꼴이야?"

"왜? 맘에 안 들어?"

그 얘기가 아닌데…….

"나 이제 완전히 알에서 깨어났어. 그것뿐이야."

"그게 무슨 말이야?"

"이게 원래의 내 모습이야. 이게 사천이의 모습이라고. 어때? 네 남자 친구 자격으로 충분하지?"

여기저기에서 난리가 났다. 조영남을 아는 우리 반 아이들은 놀라움으로, 또 조영남을 모르고 사천이의 제대로 된 모습을 보게 된 창문에 붙어 있는 계집애들은 질투의 목소리로.

"조영남, 너 갑자기 왜 이러는 거야?"

"조영남이라니? 그리고 네가 날 깨운 거잖아. 잠들어 있던 왕자를 깨운 셈이지."

갑자기 복도에서 여자애들의 날카로운 비명 소리가 들려왔다. 목청도 좋다. 쥐라도 나타나셨나? 뒷문이 열리더니 얼굴에 '나 무지 열받았음'이라고 써 있는 로하가 나타났다. 아로하, 네가 쥐였구나. 로하는 조영남을 보더니 한쪽 입꼬리를 올리며 우리에게 걸어왔다. 조영남이 로하에게 웃으며 인사를 건넸다.

"안녕?"

하지만 로하는 아무 말 없이 조영남을 노려봤다.

"사천이가 아주 오랜만에 인사하는데 안 받아주나?"

"이제 가면을 벗는 건가?"

"당연하지~ 공주가 깨워줬는걸."

말하면서 놈이 날 가리켰다. 그러고 보니 조영남이 원래 모습을 찾았으니까 내 임무는 여기에서 끝난 거네? 로하가 날 보면서 입을 열었다.

"넌 이제 이 자식 옆에 있을 이유가 없다. 내 말뜻 알지?"

"으응."

"무슨 소리야? 어래는 영원히 내 옆에 있어야 돼."

"산어래!! 어쩔 거야?"

목소리에서 로하가 상당히 흥분되어 있다는 걸 느낄 수 있었다.

"뭘?"

"이 자식 옆에 있을 거냐고!"

"왜 소릴 지르고 난리야!"

이때 교실 밖이 상당히 시끄러워졌다.

"저년 뭐니? 정말 재수다."

"사천이라는 애는 몰라도 왜 로하가 저 애랑 아는 거야? 기분 나빠."

"원래 저런 년들은 남자 꼬시는데 도가 텄지. 쟤 꼴을 좀 봐."

"누가 감히 내 친구를 욕하는 거야? 나와!! 내가 입을 확 찢어놓겠어!!"

말이 좀 거칠었지만 나의 엽쌍걸 무지 고맙다.

점심 시간이 지나고 나서야 산이가 왔다. 왜 이렇게 늦었을까? 헉! 모닝콜 해주기로 했는데……. 이놈의 건망증, 그냥 죽자. 난 산이에게 미안하다고 문자를 보냈다.

「괜찮아.」

「내가 건망증이 좀 심해서.」

「오히려 내가 고맙지. 어제 우리 집까지 데려다 줬잖아.」

「내일은 정말 모닝콜 해줄게!! 정말이야!!」

「고마워.」

난 살짝 얼굴을 돌려 산이에게 웃어 보였다. 미소로 답해주는 착한 산이. 아, 정말 천사표야. 수업이 끝나고 가방을 메고 복도를 나가니 엽쌍걸이 나와 순미를 기다리고 있었다. 새콤이가 내 치마를 보더니 폭소를 터뜨렸다.

"산어래, 화장실에서 치마를 너무 꽉 잡고 있으면 안 되지~"

어제 산이가 만들어놓은 작품! 여러 번 다리미질을 했지만 치마는 본래의 모습을 되찾지 못했다. 불쌍한 내 치마. 아직 1년은 더 입어야 하는데. 오늘 집에 가서 또 다려야겠다. 건물을 나오는데 우리 앞에 로하와 투 페이스가 걸어가는 게 보였다. 모르는 척 놈들의 뒤를 따라가려는데,

"이데랑 로하다!"

진짜 크게 엽쌍걸이 외쳤다. 그 소리에 로하와 투 페이스가 뒤돌아봤다. 둘 다 막대 사탕을 입에 물고 있었다. 부부는 닮는다더니. 엽쌍걸과 순미가 양쪽에서 내 팔을 잡고 놈들 앞으로 뛰어갔다. 난 저놈들과 마주치기 싫다고! 새콤이가 투 페이스에게 눈웃음을 치며 인사했다.

"안녕? 나 알지?"

"몰라. 너 누군데?"

상처받은 새콤이의 얼굴이 보였다. 하지만 몇 초도 안 되어 다시 투 페이스를 보며 웃는 오새콤 양. 이번엔 순미와 달콤이가 로하에게 말을 걸었다.

"어머~ 로하 너도 이런 사탕 먹을 줄 알아?"

"와~ 나도 내일부터 딸기 사탕 먹을래."

엽쌍걸과 순미는 놈들에게 바짝 붙어서 온갖 아양과 애교를 떨기 시작했다. 내 친구들이지만 정말 쪽팔리다. 이것들을 뒤로하고 앞서 걷기 시작했는데 로하가 내 옆으로 왔다.

"짜증나니까 앞으로 너 혼자 다녀."

"무슨 소리야?"

"네 친구들 입에 모터 달았냐? 그리고 왜 콧소리 내면서 달라붙는 거야? 내가 아무리 잘생겼어도 그렇지. 재수없고 짜증나."

난 네가 더 재수없고 짜증난다.

"아까 내가 한 말 명심해."

"혼자 다니라는 말? 나 왕따 아니야."

"웬 헛소리냐?"

"그럼 헛소리 안 하게 네가 처음부터 알아듣게 말하면 좋잖아!"

또 신경질을 냈다. 놈이랑 있으면 이성이란 것은 사라진다.

"이젠 사천이 자식이랑 어울릴 필요 없다고! 알아들었냐?"

난 또 뭐라고. 근데 이놈 왜 이렇게 조영남에게 민감하지? 맞다! 어제 이 녀석과의 약속.

"저기, 어제 사정이 있어서 집에 늦게 갔는데 너 없더라? 전화도 안 받고."

"어제 바쁜 일 있어서 못 갔다."

"정말? 다행이다! 난 또 네가 화나서 그냥 간 줄 알았는데."

그때 많이 보던 오토바이가 우리 앞에 섰다.

"산어래, 데려다 줄 테니 타."

학교까지 오토바이를 끌고 오다니 이제 정말로 타락의 길을 가는구나. 내가 가만히 있자 조영남이 오토바이에서 내려 내 손을 잡았다.

"오늘은 아주 천천히 몰 테니까 걱정 말고 타."

난 옆에 있는 로하에게 눈을 돌렸다. 놈의 안면이 이미 굳어 있었다.

조영남도 웃고 있지만 로하를 견제하고 있었다. 아무래도 내가 희생을 해야 될 듯싶다. 오토바이 쪽으로 몸을 돌릴 때 로하가 조영남이 잡은 손과 반대되는 내 오른손을 잡았다.

"아야~"

너무 세게 잡는 바람에 눈물과 함께 비명이 나왔다. 내 왼쪽 팔은 조영남, 오른쪽 팔은 아로하, 그리고 조금만 더 잡아당기면 팔이 찢겨질 위기에 놓인 나.

제3장

벙아리의 아픔

　내 팔이 찢겨질 위기에 놓였을 때 날 구원해 줄 구원자들이 나타났다. 투 페이스, 순미, 엽쌍걸! 평소에 전혀 도움이 되지 않는 것들이 지금은 예뻐 보인다. 투 페이스가 조영남을 노려보고 로하 옆으로 왔지만 날 구원해 줄 구원자가 될 자세를 보이지 않았다. 난 엽쌍걸과 순미를 쳐다봤다.

　"아! 학원 가야지."

　"나 약속있다! 어래야, 먼저 갈게~"

　"나도 볼일이 있었구나. 그럼 내일 보자."

　최순미, 너 언제부터 학원 다녔냐? 초등학교 때 태권도장 다니다 하도 남자애들을 패서 쫓겨난 거 빼면 학원 근처에 가지도 않았을 텐데. 그리고 엽쌍걸! 너희 한가한 거 온 국민이 다 아는 사실이거늘.

이젠 나와 조영남, 로하와 투 페이스만 남게 되었다. 양쪽 팔이 저려왔다.

"저기 사천아, 나 팔 아프니까 놔줘."

"노우~ 난 어래가 좋아."

이번엔 로하를 쳐다보며 애절하게 말했다.

"아로하, 너라도 내 팔을 자유롭게 해주라."

"입 다물어."

"너도 내가 좋아서 계속 잡고 있는 거야?"

"농담이 나와?"

"그럼 놔! 피 안 통해서 죽겠단 말이야."

하지만 두 놈 다 내 말을 무시한 채 날 자기들 쪽으로 잡아당기기 시작했다. 싸우려면 자기들끼리 싸우지 왜 날 잡아당기고 지랄이야!! 그때 로하가 손을 놓자 내 몸은 자연스레 조영남에게로 쏠렸다.

"어디 실컷 연기해 봐! 그래야 관객이 신나지. 안 그러냐, 이데?"

"상대할 가치도 없는 자식이니까 그만 가자."

로하와 투 페이스가 조영남을 증오하는 눈빛으로 쏘아보더니 우리를 지나쳐 걸어갔다. 내게 한 말이 아닌데 내 가슴이 아프다. 조영남이 저 둘에게 용서받지 못할 짓이라도 저질렀나? 도대체 세 사람 사이에 무슨 일이 있었던 거지? 갑자기 조영남이 불쌍하게 느껴졌다.

"조영남, 괜찮아?"

"내 이름 잊었어? 다른 사람들은 날 뭐라 불러도 상관없지만 너만은 사천이라고 불러줬음 좋겠어."

목소리에서 알 수 없는 슬픔이 묻어 나왔다.

"이제부터 사천이라고 부를게."

"고마워."

아무렇게 않게 다시 웃는 사천이 놈이 오토바이에 타더니 날 빤히 쳐다봤다. 얼굴을 찡그려 울상을 지었지만 놈도 쉽게 포기하지 않았다.

"정말 천천히 운전해야 해. 알았지?"

"알았어."

못 미더웠지만 도망갈 처지가 아니었기에 오토바이에 올라탔다. 난 놈의 등 뒤에 바짝 붙어 허리를 단단히 잡았다.

"지금처럼 이렇게 내 옆에만 있어라."

"응?"

"꽉 잡으라고. 그럼 간다."

1시간을 달린 것 같다. 조영남, 이 나쁜 자식! 천천히 달린다고? 천천히 달리긴 뭐가 천천히 달려야!! 저번보다 빠르면 빨랐지 절대 느리지 않았다. 이번에는 눈물+콧물이었다.

놈이 오토바이를 세우고 내렸다. 난 그때와 마찬가지로 놈의 귀염둥이를 힘들게 했다. 놈이 가만히 내 얼굴을 보더니 손으로 내 눈물과 콧물을 닦아냈다. 놈이 날 납치해서 끌고 온 곳은 강과 들과 산뿐인 한적한 곳이었다. 강물은 서서히 지는 해로 붉게 물들어 있었다. 한동안 사천이가 말없이 강만 바라봤다.

"산어래."

"어? 왜?"

"로하랑 어떻게 아는 거야?"

뭐라고 해야 하나? 친한 것도 아니잖아.

"그냥 우연히 알게 됐어. 별로 안 친해."

"그래? 정말이지? 로하 좋아하는 거 아니지?"

"뭐? 내가 그렇게 제멋대로인 놈을 왜 좋아해?"

"다행이다. 그럼 나 너 좋아해도 되겠다."

지금 나 고백받은 건가? 말도 안 돼! 한 번도 고백이란 거 받아본 적 없는데.

"좋아해도 되지?"

바람결에 휘날리는 머리 때문에 사천이의 눈이 가려져 보이지 않았지만 날 뚫어지게 바라보고 있다는 게 느껴졌다. 심장이 빠르게 뛰기 시작했다. 놈이 오토바이에 앉아 있는 내 앞으로 걸어올 때마다 내 얼굴은 땅으로 곤두박질쳤다. 내 앞에 선 녀석은 두 팔 벌려 날 껴안았다. 사천이의 심장 소리가 고스란히 나의 귀로 전해졌다. 난 가만히 그 소리에 귀를 기울였다.

"넌 내 곁에 있어줄 거지?"

"으응."

너무 간절한 목소리였다. 그래서 나도 모르게 대답을 했다. 내가 왜 이러지? 나도 모르겠다. 그냥 사천이의 슬픔이 느껴질 뿐이다. 안타까운 슬픔이. 사천이가 얼굴을 숙여 입술을 내 입술에 가져다 대려는 찰나 난 얼굴을 돌렸다. 안 돼, 분위기에 휩쓸리면.

놈이 무안했는지 내 머리를 실컷 망가뜨리고는 오토바이에 올라탔
다.

"로하가 아닌 날 선택해 줘서 고마워."

"선택은 무슨."

"오늘 내 키스 거부한 걸 후회하게 될 거다. 다음엔……."

오토바이에 시동이 걸렸다.

"다음엔 뭐?"

"아니다."

"뭐야? 더 궁금하잖아! 말해 봐."

"싫어."

놈은 내가 뭐라 반박하기도 전에 귀염둥이를 출발시켰다. 제발 콧물
만은 나오지 말아라.

다음날 아침, 다래와 같이 나오는데 사천이가 집 앞에 서 있었다.

"잘 잤어?"

"우리 집엔 웬일이야?"

"같이 등교하려고."

내가 사천이와 얘기하는 사이 다래가 앞서 걸어가기 시작했다.

"동생이야? 중학생인가 보네?"

"응. 잘생겼지? 산다래, 같이 가!"

하지만 다래는 내 말을 들은 척도 하지 않고 무지 빠르게 걸어갔다. 우
띠, 다래랑 조금이나마 친해질 수 있는 기회였는데. 사천이와 2동 건물
로 가는 길에 새아와 친구들로 보이는 남자 3명을 만났다.

"사천 너 예전 모습으로 돌아왔네?"

강새아, 로하랑 산이도 모자라 이젠 사천까지 알다니.

"너야말로 아직까지 로하 뒤꽁무니만 졸졸 쫓아다니더라?"

"뭐라고?"

"평생 쫓아다녀도 넌 안 돼."

"이 자식이!!"

새아랑 같이 있던 남자가 사천이에게 달려드려는 걸 새아가 막았다.

"그만둬. 그건 그렇고 산어래."

왜 갑자기 불똥이 나한테 튀기는 것이냐.

"이데랑 사귄다면서 보란 듯이 다른 남자랑 등교해도 되는 거야?"

"네가 상관할 일 아니니까 신경 꺼."

"하긴 너같이 남자 밝히는 여자가 뭘 하든 나완 상관없지."

그때 언제 어디에서 나타났는지 로하가 새아 옆으로 왔다. 금세 여우의 탈로 바꿔 쓴 강새아.

"어머? 로하야, 지금 오는 거야?"

"뭐 하는 거야?"

"오랜만에 사천이랑 얘기 좀 했어. 참, 할 말이 있는데 우리 다른 곳으로 가서 단둘이 얘기 좀 하자."

새아는 온갖 콧소리를 내며 로하 팔에 팔짱을 끼고 우리 앞에서 사라져 갔다. 얼렐레? 평소 같았으면 새아를 쳐다보기는커녕 무시를 하고도 남을 놈인데. 그건 그렇고 날 모르는 사람인 듯 바라보는 로하의 눈빛이 자꾸 마음에 걸린다.

♫A better day~ 왜 날 떠나갔어♫

어색한 분위기 속에 내 핸드폰이 울렸다.

"여보세요?"

[나야, 지원이.]

"연락 못해서 미안해."

[뭘. 오늘 만날 수 있어?]

"오늘? 어디에서?"

[내가 그쪽으로 갈게. 5시 어때?]

난 전화를 끊고도 핸드폰을 한참 품 안에 안고 있었다. 오늘 만나면 거의 3년 만에 얼굴을 보는 셈이다.

"누구야?"

"내가 제일 좋아하는 친구."

"혹시 남자야?"

"아니, 여자."

굳었던 사천이의 얼굴이 풀렸다. 쑥스럽다. 어제 놈이 한 말이 자꾸 생각났다.

"나 너 좋아해도 되겠다."

"좋아해도 되지?"

교실로 들어갔을 때 로하가 나에게 걸어왔다.

"내일 강새아 집에서 생일 파티 하는데 참석해."

"내가 왜?"

"이데가 가는데 안 가겠다고?"

반 아이들의 뜨거운 시선이 느껴졌다.

"안 가긴~ 가야지."

"내일 8시에 이데가 너희 집으로 가니까 약속 지켜라."

"걱정 마."

수업이 끝나고 지원이와 만나기로 한 커피숍으로 향했다. 문을 열고 들어선 가게 안에는 진한 화장과 야한 옷을 입은 지원과 까만색 정장에 선글라스를 낀 건장한 남자가 앉아 있었다. 저 험상궂게 생긴 남자는 누굴까?

"어래야~"

"지원아~"

우린 서로 부둥켜안고 상봉의 눈물을 흘렸다. 내가 지원 옆에 있는 남자를 힐끔거리며 쳐다보자 지원이가 입을 열었다.

"잠깐 자리 좀 비켜줘."

그 남자는 잠시 망설이더니 우리와 조금 떨어진 곳으로 자리를 옮겼다. 나는 거의 속삭이는 목소리로 말했다.

"누구야?"

"감시인."

지원이가 지금 어떤 상황에 처해 있는지 잘 알기에 마음이 아파왔다.

"학교 다니는 건 재미있어?"

"그냥 그래. 넌 그동안 잘 지냈어?"

"응, 네가 너무 보고 싶었어."

"나도."

한 20분 얘기했나? 지원이와 같이 온 남자가 우리에게 걸어왔다.

"시간 됐다."

"알았어. 딱 5분만 더 얘기할게. 부탁이야."

남자는 곤란한 듯 시계를 보더니 다시 원래의 자리로 돌아갔다.

"정말 지옥이 따로 없어."

의자에 등을 기댄 지원이는 담배를 꺼내고는 불을 붙였다. 지원아, 아무 도움도 주지 못하는 내가 너의 친구가 될 자격이 있는 거니?

"어래야, 남자 친구 있어?"

"없어. 넌 있지?"

"짝사랑 중이야."

"정말? 어떤 남자야?"

지원인 여자인 내가 봐도 아주 섹시하고 예쁘다. 길거리를 지나가면 모든 남자들이 한 번씩 뒤돌아볼 정도로. 그런데 그런 지원이가 짝사랑?!

"나이는 같고 학교도 다녀."

"그래?"

"근데 고백했다가 차였다."

"뭐? 왜?"

"좋아하는 사람이 있대. 여러 여자를 만나고 다니지만 마음만은 안 주더라."

"그 남자 그렇게 잘났어?"

"남자들도 그냥 두지 않을 정도로 예뻐."

남자가 예뻐서 뭐에 써먹나. 난 그렇게 얼굴만 번지르르한 것들은 밥맛이야!

"이제 가봐야겠다. 다음에 또 보자."

"아프지 말고."

"응, 너도. 그럼 안녕."

공지원! 다시는 내 곁을 떠나지 마. 우린 친구잖아, 안 그래? 내가 어떤 모습을 하건 너에게 난 산어래 맞지? 나에게도 넌 공지원이야. 그러니까 다시는 내 앞에서 말없이 사라지지 마.

토요일의 짧은 수업을 마치고 바로 공항으로 향했다. 오늘은 다정이 녀석이 일본으로 가는 날이다. 2시 비행기라고 했는데 그때까지 도착할 수 있을지.

공항에 도착한 시간이 1시 50분. 공항은 처음이었기에 어디로 가야 하는지 몰라 공항 관계자에게 물어 일본행 게이트로 뛰어갔다. 토요일이어서 그런지 사람들이 발 디딜 틈 없이 많았다.

1시 57분. 도대체 어디로 가야 하는 거야!! 초조함에 발을 동동 구르고 있을 때 누군가가 뒤에서 내 머리를 쳤다. 돌아보니 다정이 자식이 실실 웃으며 서 있었다.

"끝까지 맘에 안 드는군, 원다정!"

"난 네가 의리를 저버리는 줄 알았다."

"뭔 놈의 공항이 이렇게 복잡한 거야."

"네 머리가 나쁜 게 아니고?"

오늘은 주먹을 쓰지 않으려고 했건만. 난 녀석의 정강이를 힘껏 걷어 찼다.

"윽! 마지막까지 이러기야?"

"멋있는 놈 꼬셔오는 거 잊지 말고."

"일본 남자들도 너 같은 왈가닥은 싫어하겠지만 노력은 하마."

"정말 끝까지 재수없어!!"

이번엔 녀석의 배에 주먹을 날렸다. 그때 일본행 출국 안내 방송이 나왔다.

"간다."

"가서 공부 열심히 해."

"멋진 대학생이 되어 만나자."

"그래."

녀석이 내 머리를 마구 헝클더니 손을 흔들며 안으로 들어갔다. 그놈의 정이 뭔지 괜히 콧잔등이 시큰거렸다. 이제야 놈이 진짜로 떠난다는 사실이 피부로 느껴졌다.

집에 도착해 침대에 누워 천장을 바라보며 허전한 가슴을 달래었다. 그러다 강새아 생일 파티가 생각났다. 생일 파티에 간다고는 했지만 마음에 걸리는 게 한두 가지가 아니었다. 강새아는 날 싫어하는 게 분명한데 왜 초대했을까? 이런 생각을 하면서도 난 어느새 준비를 다 마치고 투 페이스를 기다렸다.

8시가 조금 넘어서 핸드폰이 울렸다. '여보세요' 라는 말을 하기도 전에 반대편에서 투덜거리는 투 페이스 목소리가 들려왔다.

[지금 집 앞이니까 빨리 나와! 1초라도 늦으면 그냥 간다.]

역시나 내가 대답할 틈도 없이 전화가 끊겼다. 거울 앞에서 다시 나의 상태를 점검하고 밖으로 나갔다. 아이스크림을 홀짝거리며 먹고 있는 투 페이스를 보자마자 입이 떡하고 벌어졌다. 오늘의 의상 컨셉은 붉은 악마다. 붉은 건빵 모자에 깃털로 이루어진 붉은 스웨터, 요란한 무늬의 바지, 그리고 귀엽게 생겨먹은 빨간 신발. 누가 보면 연예인인 줄 착각할 정도로 화려했다.

"내가 여자를 마중 오다니. 있을 수 없는 일이야. 그것도 한참 얼굴 딸리는 너를."

"그만 궁시렁거려라. 누군 너랑 같이 가고 싶은 줄 알아?"

"그래? 그럼 혼자 알아서 와."

내가 2시간 동안 열심히 꽃단장한 게 아까워서라도 자존심을 버린다.

"아니야~ 너랑 같이 가는 거 너무너무 영광이야~ 우리 초코 아이스크림 먹으면서 갈까?"

"그럴까?"

초코 아이스크림이라면 껌뻑 죽는구나. 투 페이스 너 나한테 딱 걸렸어!

40분을 택시를 타고 갔다. 부자들만 사는 동네로 가더니 강새아의 집이라며 내린 곳은 넓은 정원과 이층으로 된 무지 좋은 주택이었다. 여기가 강새아네 집이란 말이야? 생긴 거나 행동하는 게 서민적인 나의 모습과 다르다 했더니 부잣집 딸이었군. 투 페이스가 초인종을 누르자 굳게 닫혀 있던 철문이 소리를 내며 열렸다. 정원을 지나 현관 앞에 섰다. 안에서 시끄러운 음악과 웃고 떠드는 목소리가 들려왔다. 문을 열고 집안으로 들어가는 투 페이스를 따라 나도 조심스레 안으로 발을 집어넣었다. 으허허헉!! 도대체 지금 이 광경은 뭐야? 들어오기 전부터 심상치 않은 기운을 느끼기는 했지만 100평도 넘는 거실에는 정말로 많은 인간들이 술을 마시고, 담배를 피우고, 춤을 추고, 이리저리 뒤엉켜 키스를 하고 있었다. 모두 꽃미남에 꽃미녀들뿐 나만 호박덩어리라는 생각이 들었다. 학교에서와는 다른 요염하고 섹시한 모습의 강새아가 나와 투 페이스를 가운데로 끌고 가더니 모두의 시선을 우리에게로 집중시켰다.

"너희 이데는 알지? 이데 옆에 있는 여자가 바로 이데 여자 친구야."

조용해진 집 안이 웃음소리로 바뀌었다.

"이데 보는 눈 독특하다."

"어떻게 하면 저런 여자랑 사귈 수 있는 거지?"

"그만~ 오늘이 내 생일이라는 거 잊었어? 주인공은 나야! 나만 주시해."

강새아는 요상한 웃음소리를 내더니 한 무리 속으로 파묻혔다. 옆으로 눈을 돌리니 투 페이스가 보이질 않는다. 하지만 워낙에 튀는 놈이라 금방 찾아낼 수 있었다. 고급 호텔에서나 볼 수 있는 음식들이 뷔페식으로 차려져 있었다. 투 페이스는 그곳 구석에서 열심히 아이스크림만 집중 공략하고 있었다. 아이스크림 돼지 녀석!! 이제부터 녀석을 아이스크림 돼지라 불러야겠다. 로하랑 산이도 왔겠지? 근데 어디 있는 거야? 술에 취해 비틀거리는 년, 놈들을 피해가며 놈들을 찾았다. 하지만 인간들이 많아서 찾을 수가 없다. 그때 이층으로 올라가는 계단이 보였다. 살글살금 올라가 보니 일층과는 달리 무척 조용했다. 그곳엔 5개가 넘는 문이 있었다. 호기심에 첫 번째 문을 열어보았지만 아무도 없었다. 두 번째 방 역시 사람의 흔적이 없었다. 그리고 세 번째 방을 열려다 안에서 나는 소리에 멈춰 섰다.

"한 번만 더~ 응?"

간드러지는 여자 목소리였다. 심장이 발딱발딱 뛰었다. 이거 미성년자 관람 불가 같은데… 궁금하다! 아주 살짝만 보는 건 괜찮겠지? 천천히 문을 열자 침대에 앉아 있는 남자와 여자의 다리가 보였다. 둘 다 미끈했다. 조금 더 문을 열었을 때 심장이 얼어붙는 걸 느꼈다. 산이가 상체를 드러낸 여자를 안고 키스하고 있었다. 왜 자꾸… 왜 자꾸 이런 모습만 보는 거지? 산이의 품 안에서 키스를 받는 저 여자가 나였으면 하는 말도 안 되는 생각을 떨쳐 버리려 문을 닫고 돌아서다가 난 숨이 멎을 뻔했다. 바로 뒤에서 로하 놈이 눈에 불을 켜고 서 있었다. 발소리 듣지 못했는데 언제 왔지?

"실제로 보니까 어때? 흥분되지 않아? 내가 해줄까?"

으, 정말 없던 정도 뚝뚝 떨어졌다. 보아하니 술을 한 짝은 들이킨 것 같다. 녀석을 무시하고 가려는데 손목을 붙잡혔다.

"왜 항상 날 무시하는 거야?"

"내, 내, 내가 언제?"

말더듬이 탄생!

"겨우 너 따위가 날 무시해?"

또 눈빛이 붉게 변하기 시작했다.

"우리 자리 옮겨서 얘기……."

내 말이 끝나기도 전에 놈이 맨 끝 방으로 날 끌고 갔다. 이러면 내가 도망갈 수가 없잖아. 놈이 무서웠기에 최대한 멀리 떨어져 있었다. 하지만 놈은 비틀거리면서도 내 쪽으로 걸어왔다. 내 등과 창문이 맞닿았다. 더 이상 도망갈 곳이 없다.

"너 정말 죽고 싶냐? 내가 사천이 놈이랑 다시는 어울리지 말라고 했을 텐데?"

혀가 꼬여서 발음이 부정확했다. 그래서 겨우 알아들었다.

"그게……."

"그게 뭐!!"

내 앞으로 바짝 다가온 놈 때문에 숨 쉬는 것조차 자유롭지 못했다. 술을 얼마나 퍼마셨는지 냄새가 장난이 아니다.

"네가 그 자식이랑 같이 있는 거 보면 속이 울렁거려. 알아?"

"그래."

이럴 땐 그냥 비위 맞추는 게 살 길이다. 근데 속이 울렁거린다는 건 내 얼굴이 울렁거릴 정도로 아니라는 소린가? 로하가 내 앞으로 쓰러지는가 싶더니 두 팔로 내 허리를 안았다. 너무 빠르게 뛰는 심장 소리가 놈에게 들리는 건 아닌지 걱정이 됐다. 젠장, 기분이 이상하다. 자꾸만 기분이 좋아지려고 한다.

"들이가……."

"으응?"

"들이가 보고 싶어."

그렇게 애타는 목소리로, 그리움 짙은 목소리로 다른 여자 이름 부르지 마. 로하의 보고 싶다는 말이 왜 이렇게 내 가슴을 아프게 하는 거지? 아로하, 지금 나에게 왜 그런 말을 하는 거야? 보고 싶으면 가서 보면 될 거 아니야!! 네가 이렇게 힘들어하는 거 어울리지도 않고 보고 싶지도 않으니까 나에게 그런 말 하지 마.

눈물이 날 것 같아 놈을 밀쳐 내고 방을 나왔다. 정원 나무 아래에 있는 벤치에 앉아 밤하늘을 올려다봤다. 여기에 괜히 왔어. 괜히 왔나 봐. 현관문이 열리고 밖으로 나오는 투 페이스가 보였다. 내 옆에 앉은 놈이 입을 오물오물거렸다.

"뭘 그렇게 먹냐, 이 돼지야?"

"초콜릿. 그리고 나처럼 귀엽고 깜찍한 돼지 봤어?"

"됐다. 농담할 기분 아니다."

"왜?"

들이라는 여자, 투 페이스도 알까? 이놈의 궁금병, 또 도졌다.

"너 혹시 들이라는 여자 알아?"

"다시 한 번 말해 봐."

"들이라는 이름 가진 여자 아냐고."

"그 이름 어디서 들었어?"

무섭게 깔린 목소리에 미세한 떨림도 느껴졌다. 투 페이스 녀석, 얼굴까지 굳어져서 날 차갑게 노려봤다. 투 페이스가 내 몸을 잡고 마구 흔들었다.

"그 이름 어디서 들었냐고 물었잖아!"

"방금 전에 로하가⋯⋯."

"로하? 로하가 왜?"

"나도 몰라. 술에 많이 취했어."

나쁜 아이스크림 돼지 새끼, 속 울렁거리잖아!! 들이라는 이름에 왜 이렇게 흥분하는 거야? 난 놈이 진정될 때까지 기다리다 내 특기인 남 눈치 살피기를 펼치며 놈에게 말을 걸었다.

"저기 말이야, 그 여자 누군지 물어봐도 돼?"

"안 돼!!"

그렇게 딱 잘라 말하면 내가 할 말이 많지. 내가 이럴 줄 알고 생각을 해뒀지!!

"로하가 내가 그 여자 닮았다고 해서 궁금해서 그래~ 응?"

"말도 안 되는 소리 마라."

그래, 나 같은 애가 또 있으면 큰일 나지.

"정말 로하가 그랬어?"

"엉!!"

"바보 같아."

"나도 느꼈어."

주머니에서 사탕을 꺼내 왕성한 식욕을 자랑하던 놈이 잠시 후에 입을 열었다.

"들이, 산이 동생이야."

산이 동생? 아!! 그 교복!! 저번에 내가 가출했을 때 산이가 나에게 우리 학교 교복을 줬는데 그게 울 시누이 거였구나. 근데 그때 산이는 아는 친척이라고 했는데. 왜 거짓말을 했을까? 그럼 로하가 산이 동생을 좋아하는 건가? 그리움 짙은 목소리로 그 아이의 이름을 불렀으니까 좋아하는 거겠지?

"그렇구나, 그럼 몇 살이야? 우리 학교 다니지?"

"더 이상은 안 돼!!"

"왜?"

"알 필요 없으니까! 그리고 들이라는 이름 입 밖에 내지 마!! 특히 로하 앞에서 입 조심해라. 안 그러면 넌 나한테 죽어."

너무 궁금해서 더 물어보려 했지만 놈의 눈빛이 무서웠다. 녀석이 일어나더니 내 손을 잡고 다시 그 감옥 속으로 날 끌고 들어갔다. 안으로 들어가 추기 싫은 춤을 추고, 마시기 싫은 술도 마셨다.

새벽 3시가 되서야 1부 파티가 끝났다는 강새아의 외침이 들렸다. 2부는 누드 파티라나 뭐라나. 그곳에 있는 아이들이 강새아를 시작으로 옷을 벗기 시작했다. 두 눈을 번쩍이고 보려다 참았다. 왜냐하면 산이가 집에 데려다 준다고 했으니까!!

강새아에게 잡혀 있는 로하와 그 파티에 참석하겠다는 아이스크림 돼지를 간신히 구출했다. 아이스크림 돼지, 이제 보니 꽤 밝히는군. 술에 뻗은 로하를 아이스크림 돼지가 부축해 산이의 무지 좋은 차 뒷좌석에 태우고 난 운전하는 산이 옆에 앉았다. 먼저 강새아네 집에서 가까운 아이스크림 돼지네로 출발을 했다.

난 차 안에서 아이스크림 돼지와 함께 로하를 부축하며 집으로 들어
간 산이를 기다렸다. 이제 우리 집까지는 단둘이 가겠구나. 5분 뒤 산이
가 돌아왔다.

"로하는 괜찮아?"

"오늘따라 왜 그렇게 많이 마셨는지. 넌 괜찮아?"

"응, 근데 이거 산이 네 차니?"

"아니."

"그럼?"

대답이 없다. 산이에게 마저 무시를 당하다니. 우린 정말 적막한 상태
로 30분을 달렸다. 집 앞에 도착하고 내가 내리려는 자세를 보여도 산이
는 아무 말도 없었다. 날 바라봐 주지도 않았다. 그래, 반산!! 네 주위엔
항상 예쁘고 잘난 여자들이 많으니까 나 같은 건 눈에 차지도 않는다 이
거지?

"고마워! 잘 가!"

퉁명스럽게 말하고 차 문을 열었다. 여전히 꿈쩍도 하지 않는 산이. 차
에서 내려 문이 부서져라 닫았다. 산이 나빠~ 나빠~ 나빠~ 뒤돌아 걸
어가는데 차 문 열리는 소리가 들렸다. 산이가 차에서 내려 날 바라봤다.

"내일 뭐 할 거야?"

"어?"

"놀이동산 가자."

"응?"

"아침 10시에 집 앞에서 기다릴게. 잘 자."

다시 차에 탄 산이는 빠르게 사라졌다. 혹시 데이트 신청? 어쩜 좋아. 너무 행복해서 가슴이 터질 것 같아. 근데 놀이동산이라니. 회전목마 아니면 탈 줄 아는 게 하나도 없는데. 하지만 산이가 데이트 신청했는데 거절할 수는 없지!! 도시락 싸가면 나한테 뿅 가겠지? 좋았어!!

생각이 여기까지 미치자 난 곧장 슈퍼로 달려갔다. 김밥 재료와 샌드위치 재료, 과일 몇 가지를 사니 거금 4만원이 깨졌다. 그래, 우리의 사랑을 위한 건데 4만원이 문제야? 집에 들어온 시간이 새벽 4시 20분. 도시락 준비 시작!! 여차여차해서 사랑의 김밥 완성~ 샌드위치 완성~ 그리고 디저트로 발가벗은 과일들 완성!!

졸린 눈을 비비며 씻고 나니 8시였다. 이제 2시간만 있으면 되는데…… 눈꺼풀에 쇠라도 얹어져 있나? 자꾸만 눈이 감긴다. 그래, 아주 잠시만 누워 있는 거야.

무언가가 자꾸 내 몸을 흔들고 있다. 안 떠지는 눈을 손을 이용해 억지로 떴다. 한쪽으로 솟아 있는 헤어 스타일을 연출한 다래가 날 내려다보고 있었다.

"배고파."

배에 거지 100명은 키우고 있는 놈 같으니.

"네가 알아서 먹어!! 나 졸려 뒈져."

"김밥이랑 샌드위치 먹었는데도 배고파."

뭐? 김밥이랑 샌드위치?!

"산다래!! 너 식탁 위에 있는 거 먹은 건 아니지?"

"맞아."

망했다! 아차차, 그나저나 지금 몇 시지? 창밖으로 눈을 돌리니 해가 중천에 떠 있다.

"지금 몇 시야?"

"11시 40분."

말도 안 돼!! 이건 꿈이야. 1시간 40분 초과다. 대충 옷을 입고 집을 나왔다. 집 앞에 어제 본 검은색 차가 세워져 있었다. 운전석 쪽으로 걸어가 꺼멓게 세팅된 유리창을 두드렸다. 지잉～ 하는 소리와 함께 눈부신 산이가 나타났다. 내가 산이를 1시간 40분이나 기다리게 하다니. 그건 그렇고 지금까지 날 기다린 건가? 겨우 나 따위를?

"피곤한데 내가 괜히 놀러가자고 했나 봐. 미안해."

"아니야!! 네가 왜? 내가 미안하지. 지금까지 나 기다린 거야? 그냥 가지."

"저기……."

"응?"

산이가 손가락으로 내 얼굴을 가리켰다. 백미러를 통해 바라본 내 얼굴에는 어디서 굴러왔는지 얇게 잘린 당근이 참 예쁘게도 달라붙어 있었다. 난 몰라, 자꾸 이런 추한 모습만 보이면 어떡해. 난 왜 이리도 칠칠맞은지.

"배고프다. 안 타?"

"타!!"

우린 비빔밥으로 배를 채우고 놀이동산으로 go～go했다. 난 못 탄다는 말 못하고 청룡열차 2번, 혜성특급 1번, 고공파도타기 3번을 탔다가 결국 거품을 물었다. 그래서 생각보다 일찍 집에 도착했다. 멀어져 가는 차를 보며 힘차게 손을 흔들 때쯤 나의 단음 벨소리가 경쾌하게 울렸다.

"여……."

[지금 당장 튀어와.]

"여보세요?"

[5분 내로 와라.]

전화가 끊겼다. 불과 10초 만에 벌어진 일이다. 아로하, 이 미친 자식!! 나 피곤한데 가야 하나, 말아야 하나? 난 아이스크림 돼지네로 가는 대신 집으로 들어와 누웠다. 잠이 들 무렵 내 핸드폰이 또 울렸다. 핸드폰을 귀에 가져다 대기가 무섭게,

[당장 일어나!]

라고 소리를 지르는 로하의 목소리가 들렸다.

"내가 왜 거길 가야 하는데? 싫어!"

[늦게 오면 없다.]

"어? 뭐가 없다고?"

[5분이다.]

뚝—

제발 좀 알아듣게 설명하란 말이야!! 나 궁금한 건 못 참는데. 아이스크림 돼지네로 가는 도중 1분에 한 번 꼴로 로하 놈에게 전화가 왔다. 난 차에서 내릴 때까지 버스에 있는 사람들의 따가운 눈총을 받아야 했다. 택시로도 20분이 넘는 곳인데 버스로는 40분이나 걸린다지?

두 번째 방문이어서 그런지 경비 아저씨와 사적인 얘기도 나누고, 농담도 주고받은 후 7층으로 올라왔다. 놈의 집이 보이고 초인종을 아주 세게 눌렀다. 하지만 아무리 기다려도 인기척이 없다. 그래서 오락을 하듯 벨을 쉬지 않고 눌렀다. 나와라, 나와라. 열려라 참깨! 10초 후 귀여운 줄무늬 티에 청바지를 입은 로하가 나왔다. 인물도 되고 몸매도 되니까 무슨 옷을 입어도 부티가 나는구나.

"내가 5분이라고 했을 텐데? 너 때문에 30분 늦었으니까 책임져."

내가 널 책임지고 싶지만 나에겐 산이가…….

"우리 집에서 여기까지 빨라야 20분이야!!"

"난 5분이라고 말했다. 날아서라도 왔어야지!! 하긴 넌 뚱뚱해서 뜨지도 않겠구나."

내가 뱃살이 조금 나오긴 했지만 뚱뚱한 건 아닌데.

"뭐 해!! 빨리 들어와서 시작해!!"

"뭐, 뭘?"

어버버하며 여전히 밖에 있던 난 놈에 의해 집 안으로 들어갔다. 허거 걱! 이게 다 뭐야? 그렇게 깨끗하고 깔끔했던 집은 자취를 감추고, 대형 쓰레기 매립장이 들어서 있었다. 내 앞에 앞치마, 청소기, 걸레, 먼지 털이개가 나란히 놓여졌다.

"나랑 이데는 나가야 하니까 우리가 올 때까지 완벽하게 치워놔."

"뭐? 무슨 소리야?"

"이데! 멀었냐?"

놈이 날 무시하고 방문을 두드렸다. 1분 후 나타난 아이스크림 돼지는 웬일인지 단정했다. 하얀색 티에 검정색 반바지. 팔찌가 좀 튀는구나.

"가자, 로하야."

"야!! 사람 불러놓고 뭐 하는 거야? 너희 지금 어디 가?"

"참, 밥도 차려놔."

"아로하!!"

놈이 문을 닫고 나갔다. 난 아이스크림 돼지에게 시선을 고정시켰다. 돼지야, 지금 내가 어떤 상황에 처한 거니.

"일하는 아줌마가 그만뒀어. 우리 새벽에나 올 거야. 그럼 열심히 치워."

돼지 놈마저 싱글거리며 집을 나갔다. 쓰레기 매립장에 홀로 남겨진 나. 뭐야, 뭐야!! 청소시키려고 날 불렀다는 말이야? 발에 체이는 것들을 걷어차며 화풀이를 대신하고, 집을 나오려는데 그것들이 내게 간절한 눈빛을 보냈다.

악!! 마음이 약해져선 안 돼!! 저것들은 악마야!! 안 돼. 안 돼!! 난 안 된다고 부정하면서도 널려 있는 옷들을 세탁기에 집어넣고 있었다. 그래, 불쌍한 놈들 도와주는 셈 치자.

소파 뒤쪽과 주방에서 50병이 넘는 술병들이 나왔다. 전부 양주였다. 이렇게 술 퍼마실 돈 있으면 나한테 기부 좀 하지. 거실과 주방을 치우는데 3시간이나 걸렸다. 시계는 어느새 9시를 가리키고 있었다. 마지막으로 남은 방 빨리 치우고 가야지.

처음으로 들어가 본 돼지와 로하의 방은 옅은 보라색과 흰색으로 꾸며졌는데 더러웠다. 졸린 눈을 비벼가며 침대에 널브러진 옷과 신발…

신발은 왜 여기에 있는 거냐. 침대, 무지 푹신푹신하다. 내 침대와는 비교도 안 되게 엠보싱이 죽인다. 잠깐 침대의 기능만을 살피려 누웠는데 잠이 들어버렸다.

이상하다, 무언가가 내 몸을 스치고 지나가는 느낌이 들어 번쩍 눈을 떴다. 로하가 바로 옆에 앉아서 날 지그시 내려다보고 있었다. 나는 눈을 가늘게 바꾸고 서서히 몸을 일으켰다.

"너, 나한테 이상한 짓 한 건 아니겠지?"

"청소하다가 머리 다쳤냐?"

오우~ 술 냄새 예술!! 또 술 마시고 왔나 보다.

"아이스크림 돼지는?"

"그게 뭐냐?"

"이데 아이스크림 돼지잖아!! 놈은 어딨어?"

"버렸어."

갑자기 놈이 윗옷을 벗었다. 미끈한 상체가 드러났다.

"기분 나쁘게 뭘 쳐다봐? 나가."

"네가 나가라고 하지 않아도 나갈 거야."

"거실에 네가 찾는 돼지 새끼 있어."

놈이 바지까지 벗으려 하는 동작을 취하기가 무섭게 난 방을 빠져나왔다. 나도 여잔데 아무렇지 않게 옷을 벗다니. 에이, 눈 버렸다.

아이스크림 돼지는 소파에 간신히 달라붙어 있었다. 저놈은 저기에서 뭐 하는 거지? 가까이 다가가 보니 개구리처럼 한쪽 볼이 볼록했다.

난 호기심에 볼록 나온 볼을 살짝 눌렀다. 딱딱하다. 입에 뭐라도 들어 있나? 좀 더 힘을 가해 누르자 녹색 알사탕이 쏙 하고 빠져나왔다.
익!! 더러워. 괜히 눌렀잖아. 소파에서 떨어질 것 같은 놈을 안전하게 해
주고 집으로 왔다.

제4장
아로하 vs 싸이코

난 녹색 알사탕이 점점 개구리로 변하는 징그럽고 요상한 꿈을 꾸며 월요일 아침을 맞이했다. 찜찜하다. 오늘 몸조심해야지. 학교에 도착했을 때 내게 쓰레기통이 쥐어졌다.

"최순미, 이게 뭐냐?"

"나 지금 급해. 나 대신 쓰레기 좀 버려줘."

"내가 왜?"

"친구잖아."

"우리가? 언제부터?"

얼굴이 점점 누렇게 뜨는 순미를 보자 그제야 급한 일이란 게 화장실인 걸 알아차렸다.

"어서 가봐라. 얼굴 누렇게 떴다."

"고맙다, 친구야."

휴지를 들고 잽싸게 교실을 나가는 순미를 지켜보며 더러운 쓰레기통을 들고 소각장으로 향했다. 어제부터 정말 내가 꼬봉이 된 듯한 느낌을 지울 수가 없었다. 쓰레기통이 더러워서 새끼손가락으로 간당간당하게 들고 가던 난 코너를 돌다 맞은편에서 오는 사람과 부딪힐 뻔했다. 하지만 그 사람을 피할 때 내 손에서 쓰레기통이 탈출했다. 쓰레기통이 붕~ 뜨더니 그 속에 있던 쓰레기들이 꽃잎 날리듯 멀리 퍼져나갔다. 오~ 마이~ 갓~!! 내 쓰레기들. 난 부딪힐 뻔한 사람보다 처참히 나가떨어진 쓰레기와 쓰레기통을 안타깝게 바라봤다.

"젠장, 이 시궁창 같은 냄새는 뭐야?"

그제야 난 그 남자에게 눈을 돌렸다. 남자의 머리 위에 하얀색 액체가 조금 많이 묻어 있었다. 누가 다 먹지도 않은 우유를 쓰레기통에 버렸나 보다.

"어? 너 산어래 아니야?"

응? 산어래면 난데. 앞에 있는 남자가 헝클어진 머리를 정리하자 얼굴이 나타났다.

"너 이 학교 다니냐?"

소름으로 몸이 떨려왔다. 싸이코 저놈이 왜 우리 학교에 있는 거야!! 싸이코만은 절대!! 다시는!! 마주치지 않게 해달라고 졸업과 동시에 하늘에 열심히 기도했는데. 싸이코, 중학교 시절 처음으로 사귄 놈이다. 아니야!! 그건 절대로 사귄 게 아니야~ 저 싸이코 놈이 제멋대로… 어라? 근

146

데 싸이코가 왜 우리 학교 교복을 입고 있지? 내가 저놈이랑 같은 학교 안 가려고 거짓말까지 했었는데.

"산어래, 너 봉산 여고 간다고 하지 않았냐?"

"전학 왔어. 근데 넌 어쩐 일이야?"

"나도 전학 왔다."

설마 같은 반은 아니겠지?

"몇 반이야?"

"12반."

헉! 바로 옆 반이다.

"이 학교에 아로하라고 있지?"

"응. 근데 왜?"

"몇 반이야?"

"10반."

"옆 반이군."

아침부터 재수없는 일만 일어나더니만 싸이코를 만나기 위한 징조였어. 그 개구리 꿈도 딱 맞아떨어지는구나. 난 대충 쓰레기통만 집어 들고 싸이코에게서 벗어나려고 했다. 그러나!

"나 오랜만에 보는데 벌써 가려고?"

"나 바빠."

"거짓말인 거 티나."

"아니야! 정말정말 바빠!!"

"오늘은 내가 특별히 널 안아주려고 하는데."

미친 싸이코 같으니. 난 놈을 무시하고 뒤돌았다. 그때 뒤에서 달콤한 향과 함께 두 팔로 날 안아오는 싸이코가 느껴졌다.

"아직도 쑥스러워하네? 귀여워라."

"미친놈아!! 지금 무슨 짓이야?!"

"사귀는 사이인데 뭐가 어때서?"

사귀는 사이? 중학교 때 두 달 정도 사귀긴 했지만 난 그때 분명히 끝을 냈단 말이야!!

"불뚝칠성, 너 지금 뭐 하냐?"

헉!! 아로하 저놈은 또 언제 온 거지? 그리고 북두칠성? 싸이코가 로하를 알고 있는 걸 보면 둘이 아는 사이? 싸이코 별명이 북두칠성이었구나. 그런데 갑자기 싸이코가 팔을 풀어 내 옆으로 오더니 자연스럽게 어깨에 팔을 둘렀다.

"불뚝칠성!!"

로하가 날 보며 소리쳤다.

"아로하, 지금 나한테 하는 소리야?"

"씨발, 진짜 짜증나네."

"저놈이 아로하군. 소문대로 얼굴은 봐줄 만하네."

싸이코, 로하랑 아는 사이 아니었어? 지금 뭐가 어떻게 돌아가고 있는 거야?

"얼굴을 확인했으니 오늘은 여기까지 하지. 산어래, 내일 보자."

싸이코가 혼자 중얼거리더니 사라져 버렸다. 로하가 긴 다리를 자랑하며 어느새 내 앞까지 진출했다. 그런 후 양손으로 내 귀를 잡아당기기 시작했다.

"악!! 아파!! 너 왜 그래?"

"귀 처먹었냐? 왜 매번 두 번씩 말하게 하는 건데?"

"난 네가 태노한테 하는 말인 줄 알았단 말이야."

"태노? 아까 그 새끼 이름이 태노냐?"

"응."

"그놈도 불쌍하군. 너 같은 불뚝칠성을 여자 친구로 두다니."

놈이 뒤돌아 앞서 걸어갔다.

"나 싸이코랑 아무 사이도 아니야!! 그리고 내가 왜 북두칠성인데?"

"불.뚝.칠.성.이다."

"불뚝칠성?"

갑자기 놈이 내 배로 손을 가져왔다.

"네 배에 점 7개 있으니까 불뚝칠성이지."

"너, 내 배에 점 있는 거 어떻게 알았어?"

"어제 퍼질러 잘 때 보였다."

엉큼해라. 산이에게도 안 보인 내 속살을 저놈에게 먼저 보이다니.

"근데 북두칠성도 아니고 불뚝칠성이 뭐야?"

"너, 배 튀어나왔잖아."

흠, 그렇군… 이 아니라 내 똥배. 로하는 교실에 도착할 때까지 날 불뚝이라 놀려댔다. 유치해서 죽는 줄 알았다. 내가 의자에 앉았을 때 사천이가 내 앞 책상에 와서 앉았다. 아, 사천이도 정말 잘생겼어. 반항적이면서 섹시하단 말이야.

"파티 재미있었어?"

"그냥 정신없었어."

"그래."

오늘따라 기운이 없어 보이네.

"불뚝칠성, 이리 와."

모두의 시선이 아로하에게 꽂혔다. 애들 많은 교실에서 그렇게 부르다니. 안 가, 아니, 못가!!

"5초 내로 와라. 1. 2. 3. 4."

5초가 되기 전에 로하 놈 옆으로 가 있는 나의 몸뚱어리.

"가서 딸기 사탕 사 와."

놈이 책상 위에 만 원을 올려놓으며 말했다.

"먹고 싶은 사람이 사다 먹어."

"그래? 그럼 내가 애들한테 무슨 말을 해도 상관없지?"

"무슨 말 할 건데?"

"보면 알아."

저놈의 주둥이에서 또 무슨 말이 나올까? 난 결국 만 원을 집어 들었다.

"딸기 사탕 1개면 되지?"

"너도 사탕 하나 먹어."

"난 어린애 아니야."

날 노려보는 놈을 뒤로하고 수업 시작 10분 전에 매점으로 힘껏 뛰었다. 걸어가면 왕복 20분이나 걸린다. 그래서 난 짧은 다리로 열심히 뛴

것이다. 딸기 사탕을 위해 매점을 모조리 뒤졌지만 없었다. 꼭 딸기 사탕이 아니어도 괜찮겠지? 돼지가 제일 좋아하는 초코 사탕을 사서 교실로 돌아왔다. 심부름 값을 제하고 남은 돈과 사탕을 로하 책상에 던지듯 내려놓았다. 사탕이 데굴데굴 굴러 바닥에 떨어졌다.

"야!! 내가 거지냐?"

놈이 발로 책상을 걷어차자 천 원짜리와 동전들이 우르르 바닥에 나뒹굴었다. 순식간에 교실이 싸해졌다.

"또 내 말 씹어? 어?"

이번엔 놈이 벌떡 일어나 내 앞에 섰다.

"아로하, 그만 해라."

슬금슬금 고개를 돌려보니 사천이가 내 뒤에 있었다.

"넌 꺼져!! 그 재수없는 면상 치워."

"아직도 그때 그대로군. 언제까지 그렇게 원망만 하며 살 생각이냐?"

"너 이 새끼!! 죽고 싶냐?"

로하가 사천이의 멱살을 잡았다.

"따라와. 말해 줄 게 있다."

사천이가 로하의 팔을 뿌리치고 이렇게 말하며 교실을 나갔다. 로하도 뒤이어 사천이를 따라 교실을 나갔다. 반 아이들이 웅성거릴 때 1교시를 알리는 종이 울렸다. 둘 사이에 도대체 무슨 일이 있었던 걸까? 내가 너무 참견하는 건가? 그래도 알고 싶다. 무슨 일이 있었기에 로하가 사천이를 미워하고 사천이가 조영남으로 지낸 건지. 운 나쁘게도 1교시는 담임의 수업이었다.

"거기 빈자리 사천이 자리 아니야? 사천이 어디 갔어?"

담임이 교실을 둘러보며 물었다. 아로하랑 산이 자리도 비었는데. 아무도 대답을 안 하자 담임이 다시 소리쳤다.

"사천이 안 온 거야? 사천이랑 제일 친한 사람 누구야?"

담임의 말이 끝나기가 무섭게 반 아이들의 시선이 모두 나에게로 쏠렸다. 난 아이들의 시선을 외면하고 열심히 책장을 뒤적였다.

"산어래, 네가 사천이랑 친하다고?"

담임이 전혀 믿을 수 없다는 시선을 보냈다.

"그냥 조금⋯⋯."

"사천이 오늘 왜 결석이야?"

"결석이 아니라 잠깐⋯⋯."

"잠깐 뭐?"

"제가 나가서 데리고 올게요!!"

난 벌떡 일어나 담임에게 소리쳤다. 담임이 놀랐는지 눈을 동그랗게 뜨고 가보라는 손짓을 보냈다. 이렇게 수업을 땡땡이치는 거구나!! 앗싸~ 순미에게 수업 열심히 하라고 약을 좀 올리고 사천이와 로하를 찾아 나섰다.

이놈들이 어디에 숨어 있을까? 내가 이미 말하지 않았던가, 학교 무진장 크다고. 20분 동안 헤매다 사천이의 목소리를 포착했다. 5동 뒤에 진짜 큰 나무가 있는데 그곳에 로하와 사천이가 있었다. 난 담벼락에 숨어 놈들을 엿봤다. 로하는 가만히 나무에 기대고 있고 사천이는 하늘을 바라보고 있었다. 난 사천이가 뒤돌아가기 전, 로하에게 하는 말을 들을 수 있었다.

"날 짓밟고 싶으면 너 절대 쓰러지지 마. 나약한 모습 보이지 마! 아직도 날 원망할 생각이면 마음대로 해. 하지만 엄마는 날 보면서도 항상 널 찾았다."

로하랑 사천이가 형제? 말도 안 돼. 사천이는 성도 없고 둘이 전혀 닮지도 않았는데. 사천이가 사라지고 로하 혼자 나무 아래 남게 되었다. 잠시 멍하게 하늘을 바라보던 로하는 미친놈처럼 웃기 시작했다. 하지만 웃는데 운다. 혼자 몰래 울고 있는 로하가 보인다. 얼굴을 가린 손 아래 흘러내리고 있는 저건 눈물이야. 울고 있어, 로하가. 로하의 눈물을 본 순간 내 가슴이 아프고 나도 따라 울고 싶어진다. 쓰러질 듯 위태로워 보이는 로하 옆으로 가 놈을 위로해 주고 싶어진다. 아로하, 나 불안해. 네가 그런 나약한 모습 보이면 가슴이 답답해지면서 두려워져. 내가 느끼는 이런 기분, 그냥 나의 과대망상이지? 그런 거지? 울지 마, 울지 마라. 그렇게 죽고 싶은 듯 울지 말란 말이야!!

로하는 끝내 교실에 돌아오지 않았다. 어디로 갔을까? 놈이 다 울 때까지 기다렸다가 끌고 오는 건데. 사천이도 점심 시간 이후 보이질 않았다. 수업을 마치고 순미와 걸어 나오는데 아이스크림 돼지가 내게로 전력질주했다. 펄펄 나는 슈퍼 돼지.

"로하는? 로하 어디 있어?"

"몰라. 아까 교실 나가더니만 아예 수업 제끼셨다."

"오늘 새로운 피치 맛 아이스크림 나와서 같이 가기로 했는데."

돼지의 눈빛을 읽은 난 재빨리 순미의 팔을 잡아당겼다. 하지만 여기서 포기할 돼지가 아니었다.

"시간만 많은 어래야."

"싫어! 너 혼자 다 먹을 거잖아!! 혼자 가!!"

"오늘은 한턱 쏠 건데?"

"정말?"

"피치 맛 아이스크림 정말 끝내주게 맛있을 텐데. 달콤하면서도 새콤 새콤."

아, 먹고 싶다.

"정말 사주는 거지?"

"당연하지."

"좋아. 가자!!"

난 아이스크림 돼지의 팔짱을 끼고 신나게 걸어갔다.

"야!!"

아차차차, 순미를 깜빡했다. 난 조그맣게 돼지에게 속삭였다.

"쟨 어쩌지? 같이 가면 너 거지 될 텐데."

"그럼 안 되지. 왕따시키자."

"그래."

아이스크림 돼지와 협상을 하고 순미에게 말했다.

"우리 데이트하는데 끼어들려고? 넌 진수나 만나. 그럼 내일 봐~"

손을 흔들고 돼지와 아이스크림 가게로 향했다. 난 우정보단 먹는 게 우선이다. 더군다나 공짜라는데 거절할 이유가 없지~ 저번에 갔던 그 아이스크림 가게로 갔기에 배 터지도록 아이스크림을 먹을 수 있었다.

집에 도착했을 때 한 통의 편지가 와 있었다. 아빠였다. 아마 나와 다래를 깜빡했을 것이다. 이놈의 건망증은 유전인가 보다. 사랑하는 우리 딸로 시작하는 편지, 불안감이 엄습했다.

"으아악~!!"

난 편지를 다 읽고 인정사정없이 찢어서 휴지통에 버렸다. 신발을 벗다가 날 불쌍하게 쳐다보는 다래가 보였다.

"정말 같이 살고 싶지 않다."

"아빠랑 엄마 안 온대."

"뭐?"

"편지에 7월이나 8월에 온다는 말만 써 있어."

난 다래가 웃는 걸 놓치지 않았다. 괜히 말했다.

다음날 아침, 눈곱을 떼며 나오던 나는 집 앞에 서 있는 두 남정네로 인해 입을 다물지 못했다. 사천이랑 싸이코 녀석. 사천이는 저번에 온 적 있으니까 이해하지만 싸이코 저 자식은 뭐야? 참, 우리 집 이사한 적 없지. 난 싸이코를 무시하고 사천에게 다가가 말을 걸었다.

"어제 점심 시간 이후로 어디 갔었어?"

"몸이 좀 안 좋아서 조퇴했어."

"지금은 괜찮아?"

"산어래!! 저 자식은 누구야? 설마 바람피우는 건 아니겠지?"

싸이코, 뭐라는 거야?

"황태노, 우린 2년 전에, 아니, 처음부터 사귄 적 없어."

"이 황태자가 사귀어준다고 좋아할 땐 언제고."

이게 사천이 앞에서 나의 과거를. 사천이의 팔을 잡고 빠르게 걸었다.

"저놈 제정신 아니니까 신경 쓰지 마."

"신경 안 쓰고 싶은데 쓰이는걸? 누구야?"

"같은 중학교 나왔어."

"산어래!! 너 자꾸 이러면 우리 사귀는 거 고려한다?"

여전히 헛소리하는 싸이코를 버려두고 학교에 왔다. 5분 뒤 싸이코가 우리 반으로 왔다. 놈이 이리저리 눈을 굴리더니 로하에게로 걸어갔다. 뭘 하려는 거지? 로하 성질 더러운데. 로하 책상에 사탕을 내려놓은 싸이코가 팔짱을 끼고 거들먹거리며 말했다.

"아로하!! 도전이다!!"

우리는 조용히 싸이코와 로하를 번갈아 바라봤다.

"아침부터 재수없게 뭐야?"

"그 사탕!! 난 1분이면 먹을 수 있다."

"근데?"

"너 나보다 빨리 먹을 수 있어?"

유치하고 싸이코적인 저 모습, 옛날 그대로다. 아로하는 싸이코를 1분 동안 노려봤다. 대단한 기술을 선보이는구나. 눈 한 번 깜빡이지 않다니.

"이젠 별게 다 와서 기분 망치네."

"역시 넌 내 상대가 안 되는 놈이야. 하하하~"

아, 같은 학교 나온 게 쪽팔리다. 아니, 중학교 때 잠시나마 저놈을 보며 가슴 설레었던 내가 저주스럽다. 싸이코가 웃는 사이 로하가 앞에 있던 사탕을 입에 집어넣었다. 설마 저 녀석의 도전을 받아들이는 건가.

…….

"정확히 35초!!"

"뭐야? 너 그냥 삼켰지? 그렇지?"

싸이코, 흥분했다. 정말 얼굴은 미소년 그 자체인데.

"그럼 다시 해볼까?"

주머니에서 딸기 사탕을 꺼낸 로하가 다시 사탕을 입에 넣었다.

…….

"29초. 너야말로 내 상대가 아니니 꺼져."

"오늘은 너의 승리다. 하지만 아직 끝난 게 아니야!! 두고 보자, 아로하."

아로하 너 어쩌려고 싸이코를 상대하는 거냐? 싸이코 무지 끈질긴데. 점심 시간이 돌아왔다. 밥을 싸오지 않아 순미의 밥을 빼앗아 먹으려 했지만 이눈 어느새 튀었다. 매점이나 가야겠다는 생각에 자리에서 일어섰는데 싸이코가 내 이름을 크게 외쳤다.

"산어래!! 나와!!"

반 아이들이 날 희한하게 쳐다봤다. 저런 싸이코랑 아는 사이구나, 잘 어울린다, 역시 친구는 닮는다더니 등등의 눈초리. 내가 자리에서 일어선 채 움직일 생각을 안 하자 싸이코가 다가왔다.

"오늘 아침에 잠시 한눈팔았던 건 용서하지. 점심이나 같이 먹자."

"싫어!"

"내가 네 도시락까지 싸왔어. 가자."

싸이코가 내 손을 잡았다.

"이 손 놔!!"

"언제까지 부끄러워할 거야? 지금부터라도 익숙해져야지."

아이들의 이상한 눈빛도 있고 하니 내가 포기한다. 사실은 도시락의 유혹에 넘어가 버렸다. 싸이코 어머니 음식 솜씨 죽인다. 우린 따가운 햇살을 정면으로 받으며 밥을 먹었다. 아~ 이게 얼마 만에 먹어보는 엄마표 정성 도시락이란 말인가~

"엄마랑 아빠랑 할머니가 너 보고 싶대."

"커커컥!"

허겁지겁 밥을 먹던 난 음식물이 목에 걸리는 바람에 잠시 극락세계를 다녀왔다.

"괜찮아?"

싸이코가 내 등을 두드려 주며 말했다. 괜찮냐고? 그럼 너도 극락세계 구경시켜 줄까? 싸이코네 부모님이랑 할머니가 날 왜 보고 싶어하는 거야!! 안 돼!! 다시 그 집 안으로 발을 들여놓으면 난 영원히 싸이코에게서 벗어나지 못할 거야.

"오늘 우리 집에 가자."

"오늘은 약속이 있어서 안 돼."

"무슨 약속인데? 나보다 중요해?"

"중요해! 아주 중요해!! 됐지?"

"흐흐흑."

아, 울고 싶은 건 나라구. 난 질질 짜는 싸이코를 버려두고 교실로 돌아왔다. 어쩐 일인지 자리를 지키고 있는 아로하. 난 편안히 퍼질러 자는 로하 뒤로 가서 놈의 등을 톡톡 쳤다. 너무 약하게 했나? 이번엔 놈의 양 겨드랑이를 살금살금 간질였다. 놈이 부르르 떨며 몸을 일으켰다.

"씨발, 어떤 새끼야?"

"나야, 나."

뒤에 있던 난 놈의 머리를 툭툭 쳤다, 오호호~ 재밌다!!

"너 뒈지고 싶냐?"

"글쎄?"

"여기 산어래라는 년 있지?! 누구야?!"

갑자기 날 찾는 목소리가 들려왔다. 뒷문을 보니 까맣게 살을 태운 계집애들이 자세를 잡고 서 있었다. 무서워 보이는데 날 왜 찾는 거지? 내가 산어래가 아닌 척 로하 뒤에 숨으려고 하는 순간,

"얘가 산어래야."

내 앞에 있는 인간이 정확히 날 가리키며 말했다. 아로하, 나 지금 죽기 싫단 말이야.

"따라와."

대빵으로 보이는 여자가 내게 말하고 뒤돌아서자 나머지 쫄따구들이 그 애를 따라나섰다. 저쪽은 5명, 난 1명. 도망가는 게 좋겠지? 내 이 아리따운 얼굴에 흠집이라도 나면.

"쟤네들이 따라오라는데 안 가냐?"

"조용히 해. 내가 미쳤다고 따라가냐?"

"그~래? 야!! 산어래가······."

난 재빨리 로하의 입을 틀어막았다. 이 재수없는 인간아! 결국 난 그

까만 년들의 호위를 받으며 2동 건물 뒤로 끌려갔다.

"난 블랙로즈의 회장 주현이다. 네가 우리의 이데님이랑 사귀는 애라고?"

블랙로즈? 이데님? 이것들 뭐야.

"이데님이랑 사귀는 것도 용서받지 못하거늘! 사천이도 꼬시고, 새로 전학 온 새끼랑 양다리를 걸쳐?"

"이데님이 널 정말 아끼는 것 같아 용서하려고 했는데 더 이상은 안 되겠다."

혹시 얘네가 돼지를 무지무지 좋아하다는 그 애들인가? 언제 한번 돼지가 블랙 어쩌구 저쩌구 한 것 같다. 괜히 이런 애들 건드리면 골치 아프다. 난 블랙로즈를 바닥에 앉히고 차근차근 설명하기 시작했다. 사실 아이스크림 돼지를 스토킹하는 애가 있어서 사귀는 척하는 거라고. 우린 진짜로 사귀는 게 아니라고. 그러자 너무나 안심하는 블랙로즈. 돼지를 스토킹하는 년이 누구냐는 질문에 난 강새아라고 대답했다. 어차피 학교에 잘 나오지도 않아 상관없다고 생각했는데 그런 일이 벌어질 줄은 꿈에도 몰랐다.

다래가 날 깨우지 않고 자기 혼자 가는 바람에 난 9시를 넘겨서 일어났다. 간단히 씻기만 하고 학교에 가니 벌써 2교시가 시작되었다. 2교시가 끝나고 선생님이 나가기가 무섭게 순미가 내 귀를 잡아당겼다.

"강새아 병원에 실려 간 거 모르지?"

"뭐? 강새아가 왜?"

"아까 1교시 전에 블랙로즈라는 애들이 왔었어."

블랙로즈? 설마 내가 어제 한 말 때문에?

"그래서? 강새아한테 무슨 일이라도 일어났어?"

"잘 아네? 어떻게 그렇게 잘 아냐?"

"병원에 실려 갔다며?"

순미의 얘기인 즉, 내가 집에서 잠을 자고 있을 시각 우리 반에 나타난 블랙로즈. 때를 잘 맞춰 학교에 나온 강새아! 블랙로즈는 강새아를 보자 마자 때리려고 하는데, 혼자 알아서 기절한 강새아는 병원에 실려 가고 블랙로즈는 튀고. 때리지도 않았는데 기절하다니. 약한 거야, 아니면 쇼 야? 어라? 사천이 자리가 깨끗하다.

"최순미, 사천이 오늘 안 왔어?"

"어? 안 왔나? 가방 없는 거 보니까 안 왔네."

꽃미남이라면 사죽을 못 쓰는 게 오늘은 왜 이런다냐. 사천이도 정말 잘난 인물인데.

근데 이놈은 왜 안 왔을까? 아파서 못 오는 건가? 밥이나 챙겨 먹었을 까? 가족들이 잘 보살펴 주겠지? 그러고 보니 난 놈에 대해 아는 게 아무 것도 없다. 종례를 마치고 순미와 교문을 빠져나오자 끝내주게 좋은 외 제차가 앞에 서 있었다. 우와~ 엄청 좋다!! 한 번만이라도 타봤으면 소 원이 없겠다~ 차 문이 열리고 정장을 쫙 빼입은 남자가 나왔다. 저 남자 가 내 이름을 부르면 얼마나 좋을까?

"산어래."

남자가 내 앞으로 걸어오며 말했다. 소원이 이루어졌어!! 그럼 이번에 는 어디! 저 잘생긴 남자가 내게 키스해라. 눈을 감고 기다렸다. 볼이 후끈거렸다. 순미가 내 볼을 꼬집고 있었다.

"정신 차려!! 너 부르잖아."

"산어래, 갈 곳이 있으니까 타라."

아무리 내가 예뻐도 그렇지, 이런 식으로 납치하면 너무 행복하잖아~

"야!! 너 언제 저런 킹카를 잡았냐?"

"나도 첨 보는 사람이야."

"근데 네 이름을 어떻게 알아?"

"그야 나도 모르지."

그러고 보니 내 이름을 알고 있잖아? 누구지? 그 남자가 차 문을 열고 날 기다리는 듯 서 있었다. 차도 좋고 남자도 잘생겼지만 첨 보는 사람인데.

"사천이 말대로 정말 기억력이 딸리는군."

"사천이?"

"기억 안 나? 저번에 너희 집까지 태워다 준 게 바로 난데."

아~ 그때 그 공포 분위기 조성한 놈 중 한 놈이구나. 그땐 무서워서 얼굴도 제대로 못 봤는데 이제 보니 잘생겼네!!

"근데 어디 가려고?"

"가보면 알아. 시간없으니까 얼른 타."

이놈의 새끼, 죽고 싶어 환장한 놈이었다. 시속 150㎞는 훨씬 넘는 스피드를 자랑하며 달렸다. 난 아마도 제명에 살지 못할 것이다. 도착한 곳은 어느 원룸 빌라. 돼지네 집에 비하면 좀 떨어지지만 여기 또한 예술이다. 놈이 303호 문을 열고 들어갔다. 나도 뒤를 따라 들어갔는데,

"어디 갔다 오는 거야? 내가……."

침대에 누워 있는 사천이가 날 보더니 입을 다물었다. 꼴을 보아하니 어디를 다친 듯싶다. 그래서 학교를 빠진 거구나.

"진! 어래는 왜 데리고 왔어?"

"보고 싶어했잖아."

"내, 내가 언제?"

말을 더듬으며 얼굴을 붉히는 사천이, 의외로 귀엽다.

"나 오늘 안 들어오니까 걱정 마라. 산어래, 사천이 잘 부탁한다."

"이 자식아! 어디 가? 윽!!"

친구라는 진이 놈이 집을 나갔다. 그리고 사천이는 배를 움켜지고 고통스러워했다. 가방을 내려놓고 녀석에게 걸어갔다.

"왜 다쳤어?"

"그냥 좀."

"밥은 먹었어?"

"아직."

집에 오기 전 진이가 사다놓은 재료들을 가지고 죽을 만들었다. 3시간 정도 죽치고 앉아 있자니 어색하고 할 말도 없어 일어서며 말했다.

"내일까지는 쉬고 금요일엔 학교에 나와."

"오늘 와줘서 고마워."

"싸움질이 뭐가 좋다고 하는 거야? 그런 거 하지 마."

"네가 싫어하면 안 할게."

가슴이 두근거린다. 뒤돌아 나가려는데 사천이가 날 잡았다.

"산어래……."

돌아보기가 두렵다.

"나, 너 좋아해. 설마 내 맘 모른다고 하지는 않겠지?"

자꾸 가슴이 두근거려.

"저기 그러니까……."

♬A better day~ 왜 날 떠나갔어♬

내 핸드폰이었다.

"여보세요?"

[이번엔 10분을 주마! 튀어와.]

"아로하?"

[딱 10분이다.]

여느 때와 마찬가지로 그대로 전화가 끊겼다. 난 핸드폰을 바닥에 던지려다 참았다. 또 청소시키려고 부르는 걸 거야! 안 가!! 내가 그때 얼마나 힘들었는데 사탕 하나 안 사주고.

"로하가 뭐래?"

"어? 아무것도 아니야."

"로하랑 연락 자주 하나 봐?"

"아니!! 나 부려먹을 때만 전화해."

"핸드폰 줘봐."

사천이가 내 핸드폰을 만지작거릴 때 전화가 왔다. 잠시 핸드폰 액정을 쳐다보던 사천이가 그대로 전화를 끊었다. 다시 벨이 울렸을 땐 놈이 아예 배터리를 빼버렸다.

"그거 내 핸드폰인데."

"사귀자! 대답은 다음에 내가 사귀자는 말을 다시 할 때 해줘. 그때까지 내가 어떤 놈인지 너에게 보여줄 테니까 나만 바라봐."

집으로 돌아오는 길에 핸드폰을 켰다. 문자가 10개나 와 있었다.

「감히 전화기를 꺼?」

「연락 안 해? 죽고 싶은 모양이군.」

「죽을 준비 해라.」

다 죽고 싶냐는 로하의 문자였다. 그리고 마지막 문자는 사천이었다.

「오늘 내가 한 말, 너무 신경 쓰지 마.」

사천이네 집에서 나올 때까지 난 말 한마디 못하고 사천이 얼굴 한 번 못 쳐다봤다. 그런 직접적인 고백은 처음이니까.

집으로 들어가기도 전에 시끄러운 잡소리들이 들려왔다. 현관문이 열려져 있고 무수히 많은 신발들이 무리를 이루고 있었다. 설마 산다래, 아니지? 이리저리 날뛰는 놈들 하며 뻐끔뻐끔 담배 피우는 놈들, 냉장고를 뒤적이며 나의 양식을 거덜 내고 있는 십 원의 모습까지 내 눈에 너무도 선명하게 들어왔다. 난 차근히 머리통의 숫자를 세었다. 한 놈, 두 놈, 세 놈, 네 놈, 다섯… 모두 합해 20개의 머리통들이 있었다. 그때 다래의 방에서 다래와 무지 귀엽게 생긴 놈이 나왔다. 22명이다. 아니, 23명! 내 방에서 나오는 시커먼 놈을 포착하게 되었다. 이놈들, 나중에는 가겠지? 그럴 거야. 집 없는 놈들도 아닐 테고. 내가 집 안으로 들어서자 제일 먼저 십 원이 날 반겼다.

"누나~ 왜 이렇게 늦게 오는 거야?"

"좀 떨어져."

내 팔에 달라붙어 있는 놈을 떼어내고 다래에게 걸어갔다.

"산다래, 너 친구 많다?"

"그래서?"

"부러워서. 근데 네 친구들 좀 있다 가는 거지?"

다래의 눈빛에 금방 소심해진 난 놈의 눈치를 살피며 말했다.

"며칠 동안 있을 예정이니까 너 나가라."

"뭐?"

"그럼 이 많은 남자들이랑 같이 자겠다고? 그렇게 남자가 그립냐?"

"누, 누, 누가!!"

"저능아처럼 더듬거리기는. 빨리 집에서 나가."

놈은 더 이상 말하기 귀찮다는 얼굴을 하고 화장실로 들어갔다.

"누나."

십 원이 내 옆으로 왔다.

"오늘 나랑 같이 잘까?"

그냥 집 나가는 게 낫겠다. 난 간단히 짐을 싸고 십 원의 배웅을 받았다.

"내일 놀러 와. 알았지?"

다래의 다른 친구 놈들은 나 같은 건 전혀 신경 쓰지 않았다. 산다래, 네 친구 놈들도 다 한싸가지 하는구나. 암, 그래야지. 난 순미에게 전화를 걸었다.

[미안해, 지금 친척 왔어.]

이번엔 엽쌍걸에게 전화했다.

[우리 할아버지 편찮으셔서 지금 병원이야.]

갈 곳 없는 나. 어디 가지? 나 이제 어디로 가? 사천이한테 전화해 볼까? 아니야. 사천이 얼굴 볼 자신이 없어. 아, 지원이!! 하지만 받지를 않는다. 나 그냥 이대로 거리에서 자야 하나? 그때 조용하고 음침한 골목에서 나의 일화음 벨소리가 무식하게 울렸다. 전화의 주인공은 돼지였다.

"돼지야, 왜?"

[어? 뭐야? 불뚝이 폰 아니야?]

아로하, 이 자식을 그냥.

"나 불뚝이 맞다!! 왜 전화했어?"

잠시 부시럭거리는 소리가 들리더니,

[이데 전화는 받고, 내 전화는 피하시겠다?]

로하 놈의 목소리가 들려왔다.

"내가 뭘?"

[지금이라도 오면 용서하겠다.]

용서 안 해도 되는데. 아니지!! 나 지금 길거리에서 자게 생겼잖아. 아, 역시 신은 날 버린 게 아니었어.

"알았어!! 지금 당장 갈 테니 조금만 기다려~"

흥분한 난 거의 거들떠보지도 않던 택시를 타고 아이스크림 돼지네로 출발했다. 정확히 10분 후에 도착. 초인종을 누르자 상반신 누드의 돼지가 나왔다.

"왜 옷은 벗고 난리야?"

"내 근육 죽이지?"

놈이 온갖 포즈를 잡아가며 얼굴에 맞지 않는 근육들을 뽐냈지만 난 놈을 밀치고 안으로 들어갔다. 돼지가 내 뒤를 따라오며 물었다.

"그 가방은 뭐야? 가출했어?"

"오늘만 신세지자. 괜찮지?"

나의 깜찍한 애교에 넘어와라~ 넘어와라~

"불뚝칠성, 지금 뭐라고 했냐?"

뽀샤시한 얼굴에 촉촉히 젖은 머리를 쓸어 올리는 로하가 욕실에서 나왔다. 저 입만 막아버리면 정말 완벽한데.

"얘가 오늘 여기에서 자고 싶다는데 어떻게 하지?"

돼지가 로하를 보며 말했다. 그러자 로하가 내 행색을 쭉 하고 훑었다.

"여기 처음 왔냐? 왜 멍청하게 서 있어? 청소 시작해."

"아, 응!!"

저번보다는 집 상태가 양호했다. 그래서 2시간 만에 청소를 완료했다. 나 아무래도 청소 아줌마로 취직할까 봐. 깨끗해진 거실에 셋이 어색하게 앉아 있었다. 이런 어색함을 달래주려 텔레비전이 무진장 애를 썼지만 돼지가 순식간에 입을 다물게 했다. 벌써 12신데 안 자나?

"너희는 몇 시에 자?"

"자고 싶을 때."

명답이로다~ 당연히 자고 싶을 때 자야지.

"나 잔다. 이데 넌 불뚝이랑 놀아줘라."

"걱정 마."

적응이 안 된다. 돼지의 저 닭살스런 말투와 표정. 로하가 방으로 들어가자 거실은 더욱 침묵해져 돼지의 숨소리만이 간간이 들려왔다. 갑자기 벌떡 일어난 돼지가 주방 쪽으로 걸어갔다. 냉장고 문이 열리고 닫히는 소리가 들리더니 두 손에 아이스크림을 들고 나오는 돼지.

"자, 먹어."

난 돼지가 다른 손에 들고 있는 쿠키콘이 탐났지만 바닐라 맛이라도 어디냐. 돼지가 자신의 양식인 아이스크림을 나눠 준다는 건 거의 기적에 가까운 일이니까.

"고마워. 맛있게 먹을게."

홀짝거리며 아이스크림을 먹는 돼지가 오늘따라 귀여워 보인다. 저 작고 앵두 같은 입술도 탐난다. 아이스크림에 집착하는 거 빼면 돼지도 쌔끈한데.

"으악!! 컥!!"

아이스크림을 다 먹을 때쯤 방 안에서 비명 소리가 들려왔다. 돼지가 벌떡 일어나 방으로 뛰어들어 갔다. 나 또한 방으로 들어가려고 일어섰는데 초인종이 시끄럽게 울렸다. 로하가 있는 방과 현관문을 번갈아 바라봤다. 다시 한 번 초인종이 울렸다. 결국 현관으로 가기로 결정을 하고 발을 떼는데 돼지의 다급한 목소리가 들려왔다.

"산어래!! 빨리 냉장고에서 하얀 통 가져와!!"

이데는 어디로 가야 할지 망설이던 나에게 다시 소리를 질렀다.

"야!! 내 말 안 들려? 빨리 가져오란 말이야!!"

난 놈의 말이 끝나기 무섭게 냉장고로 달려가 하얀 통을 찾아 방으로 뛰어갔다. 침대 위에 부르르 떨고 있는 로하를 돼지가 껴안고 있었다. 난 온몸이 마비되는 듯한 느낌을 받았다.

"뭐 해!! 그거 이리 던져!"

난 가까스로 통을 놈에게 던지고 바닥에 주저앉았다. 돼지가 통에서 분홍색 알약을 꺼내 로하 입에 넣었다. 잠시 후, 부들부들 떨던 로하의 몸이 정상적으로 돌아왔다. 그제야 굳어 있던 돼지의 얼굴이 풀렸다. 방 안이 조용해지자 초인종 소리가 또렷하게 들려왔다. 현관으로 가려고 일어서는 날 돼지가 잡았다.

"나가지 마."

"그래도……."

"집주인이 누구지?"

확실하게 내 입을 막아버리는 녀석. 은근히 머리가 비상한 것 같다. 난 고르게 숨을 쉬며 누워 있는 로하를 보고 다시 돼지에게 시선을 고정시켰다.

"로하, 왜 그런 거야?"

"……."

"말하기 곤란하면 하지 마."

"곤란해."

왜 섭섭한 마음이 드는 걸까? 놈이 내게 이불을 내밀며 말했다.

"거실에 있는 소파 잡아당기면 침대 되니까 거기에서 자."

"고마워."

"침 흘리면 죽어."

"뭐?"

"빨리 나가."

이젠 돼지가 사람도 친다. 놈의 발길질에 거실로 튕겨져 나온 난 옷을 갈아입고 소파를 침대로 변신시켜 그 위에 누웠다. 얼마 잔 것 같지 않은데 돼지가 날 깨웠다.

"뭐야?"

"아침밥 차려."

난 이불을 푹 뒤집어썼다. 남의 집에 와서까지 밥순이가 되고 싶지 않아.

"배고파~! 배고파~!"

"시끄러워."

"너 후회할 거야."

"맘대루."

잠시 후, 주위가 조용해진 게 수상해 이불 밖으로 얼굴을 내밀었다. 로하와 돼지가 팬티만 입은 나체의 모습으로 날 내려다보고 있었다.

"뭐야? 변태! 변태!!"

"밥을 안 하겠다고? 답답한데 팬티도 벗을까?"

아로하, 너 노출증 변태 환자였냐? 팬티에 손을 가져다 댄 로하와 돼지가 내게로 걸어왔다. 로하의 팬티가 점점 내려가기 시작했다. 이불을 박차고 일어선 난 후다닥 주방으로 들어가 아침밥을 준비했다. 변태 새끼, 노출증 변태 새끼!!

"콩나물국 얼큰하게 끓여."

"난 소시지 볶음."

돼지와 로하와의 첫 등교 길. 수많은 여자들과 그녀들의 시선, 선물 등을 구경하게 되었다. 난 싱글거리는 돼지의 팔을 잡아당겼다.

"매일 이렇게 등교해?"

"응!"

"정말 이 많은 선물들을 받는다고?"

난 내 손에 가득 쥐어진 선물 보따리를 들어 올리며 말했다. 선물이 하도 많아서 나의 손이 필요했다. 나의 질문에 고개를 끄덕이는 아이스크림 돼지. 우린 교실에 도착해서야 여자들에게서 해방될 수 있었다. 나는 자신의 모든 선물을 내게 맡긴 아로하에게 그것들을 던졌다.

"내가 짐꾼이야?"

"아직도 갖고 있었냐? 버려."

"뭐? 선물이잖아!"

"선물은 주는 사람이나 받는 사람이나 기분이 좋아야 하는 법이야."

그렇기는 하지만 학생이라서 얼마 안 되는 용돈으로 산 선물일 텐데. 정성이 담긴 편지도 있고.

"간직해!"

"왜?"

"넌 네가 좋아하는 사람에게 선물 줬는데 그 사람이 그걸 버린다면 기분 좋겠어? 마음 아프잖아."

"난 선물 같은 거 안 주니까 상관없어."

"아로하, 정말 실망이다."

내가 언젠 놈에게 실망을 안 했었나? 하지만 지금만큼은 정말 실망스럽다. 놈의 책상에서 다시 선물들을 들고 내 자리로 오려고 돌아선 순간, 로하가 내 손에서 그 선물 보따리를 낚아챘다. 내가 뻔히 쳐다보자 로하가 시선을 돌린 채 말했다.

"네가 여기까지 들고 온 노력이 가상해서 받는 거야."

"정말?"

"말꼬리 잡지 마."

짜식, 진작 그럴 것이지. 그때 씩씩거리는 숨소리가 들렸다. 강새아가 나를 노려보다 로하 앞에 섰다.

"로하야, 너 어젯밤에 어디 갔었어?"

로하는 강새아라는 존재를 완전히 무시하고 책상에 얼굴을 박았다.

"내가 어제 너네 집 앞에서 1시간 넘게 초인종 누르며 기다렸는데."

"입 닥쳐."

로하의 이 한마디에 금세 입을 다무는 강새아가 신기하다. 그럼 어제 그 초인종의 주인공이 강새아? 문 안 열어준 게 다행이었네. 강새아가 로하 옆에서 아무 말 못하고 망설이고 있을 때 강새아의 똘마니 년들이 왔다.

"새아야, 퇴원해도 괜찮은 거야? 나 어제 너무 놀랐어."

"괜찮아."

"감히 널 때리려고 하다니. 블랙로즈 그냥 둘 거야?"

"나 무서워."

어이구? 저게 로하 앞이라고 약한 척하네.

"그런 애들 그냥 두면 다시 그런 짓 하는 거 몰라? 절대 그냥 넘어가면 안 돼!!"

친구들이 제대로 물들었구만? 근데 나 때문에 벌어진 일인데 어쩌지?

"그래도."

"그냥 퇴학시켜."

"그래, 너희 할아버지 우리 학교 후원자시잖아. 그 딴 것들 퇴학쯤은 아무것도 아닐 거 아니야? 우리도 무서워서 학교 못 다니겠다."

내가 보기엔 블랙로즈보다 너희들이 더 건강해 보인다! 블랙로즈가 강새아를 때린 것도 아니고 그냥 자기 혼자 기절한 것뿐인데. 내가 사실대로 말하면 블랙로즈는 괜찮아지겠지? 혹시 내가 퇴학당하는 거 아니야? 날 싫어하는 강새아라면 충분히 가능한 일이야. 말 하냐, 마냐 고민하는 사이 강새아는 블랙로즈를 퇴학시킬 결심을 했다. 그러자 자는 줄 알았던 로하가 몸을 일으키며 입을 열었다.

"그럼 나도 퇴학이겠네?"

"로하야, 네가 왜 퇴학이야?"

"기억 안 나? 작년에 내가 너 기절시켰잖아."

"그건……."

강새아, 아무 말도 못한다. 작년이면 우리가 1학년인데. 무슨 일이 있었던 거지?

"널 기절시킨 게 퇴학이라면 난 벌써 퇴학당해야 하는 거 아니야?"

"그때랑 지금은 다르잖아."

"다르다고? 뭐가 다른데? 넌 나한테 맞기도 했을 텐데?"

어느새 조용해진 교실. 로하가 강새아를 때렸다고?

"그건 네 실수였잖아. 내가 잘못하기도 했고."

"난 실수 같은 거 안 해. 그건 네가 더 잘 알 텐데?"

침 삼키는 것조차 허락되지 않은 숨죽임.

"블랙로즈 퇴학 건은 없었던 걸로 하면 되지? 알았어!!"

신경질을 내며 교실을 나가는 강새아를 그 똘마니들이 뒤따랐다. 절로 안심의 숨소리가 나왔다. 그때 로하 놈이랑 눈이 마주쳤다.

"한턱 쏴."

"뭘?"

"데이트해 주는 대가."

"누가 너랑 데이트하고 싶대? 필요없어!"

싸이코랑 놀더니 싸이코를 닮아가는 아로하. 어라? 갑자기 뒷문에서 광채가 났다. 이 눈부신 광채는? 그렇다!! 나의 산이었다. 일요일 놀이동산에 놀러가고 난 후 사흘 만에 처음 본다. 난 눈물을 닦고 산이를 맞이했다.

"산이야, 그동안 학교에도 안 나오고 어떻게 된 거야?"

"걱정했어?"

"당연하지!"

"근데 왜 전화 한 통 없었을까?"

정말로 내가 연락 한 번 안 했구나. 분명 난 사흘 동안 귀신에게 홀려 있었던 거야. 내가 산이를 버려두다니.

"농담이야. 나 전화기가 고장나서 했어도 못 받았어."

"하하, 어쩐지~ 계속해도 안 받더라. 너무 걱정했어."

양심이 마구 찔렸지만 내가 연락 한 번 안 했다고 하면 산이 상처받을 거야.

"더 놀다 오지 왜 벌써 왔냐?"

저 싹퉁머리없는 말뽄세 보소. 아로하 넌 산이 따라오려면 한참 멀었 어.

"귀 간지러운 게 네가 날 부르는 것 같아서."

"얼굴 좋아 보이네? 무슨 좋은 일 있냐?"

"나한테 무슨 좋은 일이 있겠어. 그냥 네 얼굴 보니까 반가워서."

난 산이를 더 보고 싶었지만 로하와 즐겁게 얘기하는 산이를 보자 더 이상 그 자리에 있을 수 없었다. 오늘따라 수업이 왜 이리도 짧게 느껴지 는지. 아마도 갈 곳이 없어서 그런 게 아닐까? 아직도 친척이 있는 순미 집은 안 되고, 엽쌍걸도 집안 분위기가 안 좋은 것 같다. 제일 만만한 돼 지네 집이지만 가면 난 밥순이나 청소 아줌마로 전락하게 될 거야. 내일 이면 집에 갈 수 있으니까 오늘만 어떻게 넘어가자. 방향 감각을 상실한 사람처럼 이리저리 떠돌던 난 산이와 마주치게 되었다. 밤은 아니었지만 또 유흥가에서 만났다. 이런 걸 보고 흔히들 인연이라도 부르던데.

"왜 또 이런 곳에 있는 거야?"

"동생한테 버림받았어."

내 사연을 들은 산이가 고개를 끄덕였다.

"그럼 오늘도 갈 곳 없겠네?"

"으응."

"여자가 자꾸 남자 집에 들락날락거리면 안 되는데."

난 아주 불쌍한 눈빛으로 산이를 올려다봤다. 그냥 잠만 잘게. 널 위해서라면 난 평생 밥순이가 될 수도 있어.

"나 늦게 들어가니까 먼저 가 있어."

산이가 열쇠를 내밀며 말했다.

"어디 가는데? 나도 같이 가면 안 될까?"

"지금 그 차림으로?"

나 교복 차림 그대로다. 그래도 가고 싶어!! 또 여자 만나면 어떡해.

"우리 집에 가기 싫어? 그렇다면 난 그냥 간다."

무심하게 뒤돌아선 산이. 결국 열쇠를 받아 든 난 산이네 집으로 향했다. 올 때마다 느끼는 거지만 너무 외로워 보이는 집이다. 혼자 살아서 그런지 오늘도 약간 지저분했다. 침대를 정리하다 바닥에 무언가 소리를 내며 떨어졌다. 바닥에 떨어진 건 액자였다. 뒤집어진 액자를 집어 사진을 확인했다. 누구지? 이 여자 누구야? 평소에 내가 바래왔던 그런 청순가련형의 여자가 웃고 있는 사진이었다. 나이는 15살에서 16살로 보이는데. 산이의 여자 친구? 첫사랑? 잠깐, 자세히 보니 산이랑 닮았다!! 그럼 산이 동생 들이라는 앤가? 정말 예쁘다. 하긴 산이도 예쁜데. 아로하, 너 이런 여자 좋아하는구나. 나 같아도 이런 여자 안 좋아할 자신 없겠다. 근데 이 앤 어디 있는 거지? 돼지가 절대로 입 밖에 내지 말라고 했지만 그럴수록 더 궁금한 법인데 말이야. 액자를 탁자 위에 놓고 마무리 청소를 하려는데 핸드폰이 울렸다.

　다래가 나에게 처음으로 전화를 했다. 플립을 열고도 감격으로 인해 말을 꺼내지 못했다.

　[야!!]

　놈이 소리를 지른 덕에 정신을 차릴 수 있었다.

　"무슨 일이야?"

　[너 지금 어디야?]

　"그건 왜? 날 내쫓았으면서."

　[집에 들어오기 싫은 모양이군. 끊으마.]

　"다래야."

　[오늘 집에 안 들어오면 정말 안 들어오는 걸로 안다.]

　"나 집에 가도 돼? 네 친구들은?"

　제발 모두 꺼져라.

　[오기나 해.]

　산이에게 집에 가게 되었다고 전화하려는데 문이 열리면서 술 취해 비틀거리는 산이와 그런 산이를 부축하고 있는 여자의 모습이 보였다. 나보다 나이가 많아 보이는 꽤 지적이고 세련된 여자. 그 여자는 산이를 침대에 눕히고 나서야 내 존재를 인식했다.

　"넌 누구야? 제하는 혼자 살고 있는 걸로 아는데."

또 내가 모르는 제하라는 이름, 제하는 저 여자에게 어떤 존재일까? 내가 아는 산이와 같을까?

"친군데요."

"이 시간에 왜 여기에 있는 건데?"

무작정 반말로 날 쏘아붙이는 그녀.

"볼일 다 봤으면 가, 제하는 내가 챙길 테니까."

난 그 여자에게 떠밀려 집 밖으로 내쫓겼다. 저 여자가 산이에게 무슨 짓을 하려고!! 난 발로 현관문을 걷어찼다. 잠시 후, 문이 열리고 그 여자가 나타났다.

"뭐야?"

"저기… 제 가방."

가방을 받아 든 난 그 여자의 독기 서린 눈빛을 받으며 뒤돌았다. 반산, 너 설마 저런 여자 좋아하는 건 아니지? 난 안 되니? 나 같은 건 안 돼?

이틀 만에 돌아온 집은 깨끗했다.

"배고프다."

날 보면 밥 생각밖에 안 나는지 다래는 내가 신발을 벗기도 전에 배고프다는 말로 날 맞이했다. 그래, 밥순이라도 좋으니까 다신 날 내쫓지 말아줘. 다래와 밥을 먹고 TV 앞에 앉았다. 들어가서 자려고 했는데 녀석이 비디오를 빌려왔다며 같이 보자신다. 다래 이 녀석, 생긴 것과는 다르게 멜로 영화를 좋아한다. 난 이런 거 정말 취향에 안 맞는데. 분명 보다가 잘 것이다. 역시 지루한 대사와 장면에 눈이 감겼다. 꿈에서 내가 주인공 여자가 되었는데 멋진 남자와 키스를 하게 되었다. 내 입술에 살짝 닿은 입술이 떼어지면서 꿈에서 깨어났다. 주위를 둘러보니 옆에 있던 다래는 안 보이고 TV는 지지직거리고 있었다. 시계를 보니 새벽 3시였다. 영화 끝났으면 나도 좀 깨우지.

다음날 아침 하품을 하며 나오던 난 집 앞에 서 있는 사천이를 보다 혀를 깨물었다.

"몸은 다 나았어?"

"당연하지. 누가 간호해 줬는데?"

"우리 집에 안 와도 돼."

"부담스러워?"

내가 그렇다고 하면 섭섭해할 것 같은 표정.

"아니야, 가자."

"가방 줘."

"응?"

"내가 들어줄 테니 줘. 무겁잖아."

"괜찮아, 도시락밖에 없어서 하나도 안 무거워."

만화책을 보며 항상 바래왔던 일이건만 막상 현실로 닥치니 쑥스러웠다.

3교시가 끝나고 학교에 온 산이가 내 옆으로 걸어왔다. 내가 산이에게 갔으면 갔지, 산이가 나에게 먼저 다가온 적은 없었다. 달아오르려는 얼굴을 감싸 쥐었다.

"어떻게 된 거야?"

산이는 내 옆 자리, 즉 순미의 자리에 앉으며 말했다. 난 질투의 눈으로 날 노려보는 것들의 시선을 뿌리치고 산이만 바라봤다. 술 때문에 약간 초췌했지만 그 인물이 어디 가랴.

"왜 그래? 내 얼굴에 뭐 묻었어?"

내가 너무 빤히 쳐다봤나 봐!!

"아니야. 근데 아까 뭐라고 한 거야?"

"아침에 일어나 보니까 너 없더라? 설마 혼자 학교에 온 건 아니겠지?"

"아, 동생 친구들이 집으로 돌아가서 너 오기 전에 집에 갔어."

"그럼 누가 날 집에 데려온 거지? 난 너인 줄 알았는데."

어제 일을 기억 못하네? 하긴 거의 끌려오다시피 왔으니.

종례 시간. 담임의 한마디에 교실이 숙연해졌다.

"일주일 후에 중간고사 있는 거 다들 알고 있지? 이제 너흰 2학년이다!! 내년이면 고3이야!! 정신 바짝 차리고 공부해."

공부가 인생의 전부는 아니잖아요! 라고 소리치고 싶지만 세상과 어른들에게는 씨도 안 먹히는 소리.

"5월 2, 3, 4일이 시험 날이니까 지금부터 피 터지게 공부하도록!! 이상."

시험 얘기 때문에 기분 다운이다. 평균 85점 이상, 반에서 15등 안에 들어야 한다는 아빠의 엄포! 사실 예전부터 약속을 했는데 내가 지키지 못했다. 이번에도 안 되면 난 아마도 유학이나 과외 선생이 따라붙을지도. 나에게 심각한 표정이 안 어울렸는지 순미가 장난을 걸어왔다.

"무슨 고민 있어?"

"넌 시험 걱정 안 돼? 난 정말 큰일이야."

"이 언니가 도와줄까?"

나보다 한수 아래인 주제에. 말이라도 고맙게 받으마, 불쌍한 친구야.

"으악!!"

갑자기 누가 뒤에서 내 가방을 잡아당기는 바람에 몸이 휘청거렸다. 그 인간을 죽일 각오로 돌아보니 사천이었다.

"뒤에서 보니까 꼭 죽은 사람 같아. 무슨 일 있어?"

"아니야, 아무것도."

"아니긴! 얘 시험 때문에 죽으려고 그래."

최순미, 나 죽을 정도는 아니다!!

"시험? 시험이 왜?"

잊고 있었다, 사천이가 전교 1등이라는 사실을!

"어래, 성적이 바닥에 붙어 있거든. 오죽했으면… 아야!!"

난 더 이상 참을 수 없어 순미의 팔을 꼬집었다. 이게 정말 전교 1등 앞에서 쪽팔리게.

"어래야, 내가 도와줄까?"

"맞다!! 사천이 전교 1등이잖아. 산어래, 땡 잡았네."

사천이가 도와주면 조금이라도 오르겠지? 전교 1등 하는 놈인데.

"도와줘!! 부탁해!!"

"좋아."

"어? 그럼 나도 도와줘."

"미안하지만 어래 말고는 누가 어떻게 되든 상관이 없어서."

속이 다 후련하다~ 난 완전히 삐친 순미를 보며 속으로 나이스를 외쳤다. 이번 중간고사에서 나의 실력을 보여주겠어!! 순미와 헤어지고 사천이와 우리 집으로 향했다. 됐다고 해도 녀석은 꼭 날 데려다 주겠다고 고집을 부렸다. 이러면 내가 너무 미안하잖아. 난 해주는 거 하나 없고, 잘해주지도 못하는데.

"이제 나 안 데려다 줘도 되고, 우리 집 앞에서 기다리지 마."

"내가 어떤 놈인지 너한테 보여준다고 했잖아. 기회조차 주지 않을 셈이야?"

"아, 난 그냥……."

"정말 잘할 테니까 기회를 줘. 그리고 아까 얘기한다는 걸 깜빡했는데 세상에 공짜란 없다."

"그게 무슨……."

"내가 아무 대가 없이 공부 가르쳐 준다고 했을 것 같아?"

사천아, 지금 너 너무 얄미워 보여.

"그럼 뭘 원하는데? 돈만 빼고 말해."

"시험 끝나면 말할게."

밤새 사천이가 원하는 게 무엇인지를 생각하다 잠이 든 탓인지 내가 사천이의 하인이 되어 놈이 날 무지막지하게 부려먹는 꿈을 꾸었다. 내 꿈은 다 개꿈이니까 이번에도 그럴 거야.

즐거운 토요일이건만 비가 와서 분위기가 안 났다. 비 오는 날이 너무 싫어. 그 질퍽한 땅의 느낌도 싫고, 모든 소리를 잡아먹는 빗소리도 듣기 싫다. 그리고 이렇게 비 올 때 밖에 나가는 게 제일 싫다!! 그런 내가 지금 밖에서 서성대고 있다. 갑자기 사라진 아로하 놈을 찾아오라는 영어 선생! 왜 하필 나한테 놈을 찾아오라는 거야? 비 오는 날은 교실에서 얌전히 수업받고 싶은 나라고! 빗살 때문에 뚜렷하게 보이지는 않았지만 지금은 사용하지 않는 체육 창고로 들어가는 로하의 뒷모습을 보게 되었다. 아로하, 땡땡이치려고? 하지만 너 나한테 딱 걸렸어!! 난 우산을 접고 창고로 뛰어들어 가 소리쳤다.

"너!! 누가 땡땡이치래?"

"넌 여기에 왜 온 거냐?"

"영어 샘이 너 체포해 오라고 명령 내리셨다! 난 너 때문에 흙탕물에 신발 젖고."

그때 열려 있던 문이 닫히면서 창고는 암흑으로 변했다.

"카악~!!"

"뭐야?"

로하가 문고리를 잡고 열려고 애를 썼지만 문은 굳게 잠겨 있었다.

"어떤 새끼야? 어떤 새끼가 장난치는 거야?"

"아로하, 어떠냐? 이번엔 나의 승리다!! 어디 거기에서 빠져나와 보시지."

이 목소리는? 난 문에 매달려 소리쳤다.

"황태노, 나 어래야! 빨리 꺼내줘."

"너까지 갇힌 건 유감이야."

"나 무섭단 말이야!! 빨리 문 안 열어?"

"……."

"황태노!! 황태노!! 이 싸이코 같은 자식아!!"

내 목소리가 창고 안에서 크게 울려댔다.

"야!! 귀 아프니까 소리 그만 질러. 저 새끼 미친놈 아니야?"

지금이라도 알았으면 됐다. 갑자기 천둥이 울리는 바람에 난 바닥에 주저앉으며 소릴 질렀다.

"어떡해? 우리 이제 어떡해. 무서워."

로하가 내 옆에 앉더니 날 자신의 품으로 끌어당겼다. 로하의 심장도 나만큼 빠르게 뛰고 있었다. 조금은 안심이 됐다.

"아로하, 우리 오늘 못 나가면 이틀 동안 여기에 갇혀 있어야 돼. 어떻게 좀 해봐."

"생각 중이야."

벌써 1시간째 생각만 하고 계신 우리의 아로하님! 벽에 등을 기대고 편히 쉬고 있는 놈을 때리려는 찰나 어디에서 전화벨 소리가 났다. 주머니를 뒤적이던 로하가 꺼낸 건 다름 아닌 핸.드.폰. 왜 진작 생각하지 못했지? 이 바보!! 바보탱이들.

"나 불뚝이랑 창고에 갇혔다."

창고 안이 조용했기에 상대편 목소리가 들려왔다. 돼지야, 우리를 어서 구출해 줘. 얼마 지나지 않아 요란한 소리가 나더니 굳게 닫혀 있던 문이 열렸다. 내게 걸어온 산이는 날 일으켜 세우고 먼지를 털어주었다.

"괜찮아? 다친 곳은 없고?"

"고마워, 산이야."

185

싸이코의 엽기적인 쇼는 1시간 30분 만에 막을 내렸다. 이 사건 이후로 싸이코는 우리 학교를 떠났다. 돼지 말로는 로하가 싸이코적인 일을 벌였다는데 자세한 건 말해 주지 않았다. 하지만 며칠 뒤 돼지네 집에서 우연히 발견한 사진 몇 장으로 싸이코가 조용히 학교를 떠난 이유를 알 수 있었다. 팬티만 입고 울면서 로하에게 빌고 있는 싸이코의 모습이 담긴 사진. 아로하, 정말 대단하다!!

제5장
상처 주기 I

　오랜만에 뭉친 패밀리, 엽쌍걸의 큰 목소리에 지나가는 아이들의 시
선은 우리의 몫이었다. 막 교문을 빠져나오는데 앞에 사천이가 오토바이
에 기대어 폼을 잡고 있었다. 나와 눈이 마주치자 손가락을 까닥거리며
날 불렀다. 난 오토바이를 견제하며 말했다.

　"왜?"

　놈은 대답 대신 오토바이에 올라 타고는 뒷자리를 두들겼다.

　"나 오토바이 싫어하는 거 알면서 왜 또 타라는 거야? 때려죽여도 싫
어!!"

　"오늘부터 과외 시작하니까 타."

　"뭐? 아직 일주일 남았잖아. 시험 전날에 공부하면 안 될까?"

사천이는 내가 한심하다는 듯 머리를 흔들고 날 억지로 귀염둥이에 앉혔다. 엽쌍걸과 순미의 배웅을 받으며 오토바이는 힘차게 출발을 했다. 두 번의 경험 탓인지 오늘은 콧물이 안 나왔다.

며칠 전에 처음으로 와봤던 사천이의 집. 사천이도 혼자 살거나 진이라는 친구와 같이 사는 것 같은데. 왜 집을 나와서 사는 걸까? 이런 좋은 곳에 살려면 돈이 엄청 많이 들 텐데. 난 밤 10시까지 엉덩이를 바닥에 꼭 붙이고 있어야만 했다. 공부를 가르치는 사천이는 그 어떤 선생님보다 무섭고, 차가웠다. 나의 애교에도 넘어오지 않았다. 집에 돌아온 난 내일까지 외워오라는 수학, 과학 공식과 영어 단어가 적힌 노트를 침대에 던졌다. 노트엔 난생처음 보는 것들이 적혀 있었다. 안 외워오면 무시무시한 벌이, 외워오면 달콤한 상이 주어질 거라는 녀석의 말이 자꾸 날 괴롭혔다. 새벽 4시까지 무작정 외운 난 난생처음 책상에서 잠이 들었다.

두 번째 맞이하는 과외 수업에서 난 완벽했다. 사천이가 내게 준 달콤한 상은 놈이 직접 만든 음식이랑 약간의 휴식이었다. 휴식 중에 난 평소에 녀석에게 궁금했던 것을 물었다.

"원래 이름이 사천이야? 성은 없어?"

"없어."

"가족은? 혼자 사는 거야?"

사천이의 얼굴이 굳어졌다. 내가 괜한 걸 물었나 봐. 미안함에 다른 얘길 꺼내려는데 놈이 먼저 입을 열었다.

"그런 거 없어. 나에겐 성도, 가족도, 행복도 없어. 하지만 지금은 아니야. 딱 한 가지가 생겼어."

난 나도 모르게 침을 삼키며 물었다.

"뭔데?"

"그건."

띵동~ 띵동~

사천이의 말을 자르는 초인종 소리가 집 안을 울렸다. 하지만 사천이
는 누가 벨을 누르는지 관심조차 갖지 않은 채 오직 내 얼굴만을 응시했
다. 난 사천이의 시선을 피하며 허둥지둥 일어섰다.

"친구 온 거 아니야?"

내가 문 열기가 무섭게 무언가 쌩하고 내 옆을 지나갔다.

"오빠~!!"

이 괴성의 여자 목소리는?

뒤를 돌아보니 긴 파마 머리에 늘씬한 여자가 사천이의 목을 끌어안
고 있었다. 사천이는 그 여자를 떼어놓으며 놀란 얼굴을 했다.

"너, 어떻게 된 거야?"

"오빠가 보고 싶어서 왔어~ 오빤 나 안 보고 싶었어?"

"보고 싶었지. 진이는 너 온 거 알고 있어?"

"아니, 놀래켜 주려고 말 안 했어."

난 사천이 옆으로 가 물었다.

"누구야?"

"진이 알지? 진이 동생이야. 영국 유학 중인데 또 도망쳐 나온 모양이
네."

"오빠!! 누가 도망쳐 나왔다는 거야?"

"원래 가을에 오기로 했잖아."

"오빠 너무해. 난 오빠가 보고 싶어서 온 건데."

"미안."

놈이 우는 진이 동생을 달래주었다.

"어래야, 오늘은 여기까지 하자. 내가 바래다 줄 테니 가방 챙겨."

"으응."

우리가 집에서 나오려는데 진이 동생이 사천이를 붙잡았다.

"저 언니 혼자 못 가? 왜 오빠가 데려다 주는 거야?"

"신정금!!"

"싫어!! 난 오빠가 나 말고 다른 여자한테 잘해주는 거 싫단 말이야."

이 애, 사천이를 좋아하나?

"진이한테 내가 연락할 테니 여기 꼼짝 말고 있어."

사천이의 얼굴색이 변했다. 정금이라는 애 역시 쫄아서 얌전히 집으로 들어갔다. 우리 집에 도착했을 때 난 다시 진이 동생에 대해 물었다.

"17살인데 영국에서 공부한다고? 진이네 부잔가 봐."

"아니, 그 녀석 정금이랑 단둘이야."

"그럼 유학비는?"

웃음으로 대답을 대신하는 사천이. 곤란하다고? 그럼 묻지 않을게.

"진이 동생이 너 많이 좋아하는 것 같던데."

"그런데?"

"아니, 난……."

"나에게 정금인 친동생이나 마찬가지야. 왜? 걱정돼?"

"거, 걱정은 무슨!!"

내가 왜 말을 더듬는 거지? 이거 영락없이 사천이를 좋아하는 것 같잖아.

"오늘 숙제는 국어책이랑 국사책 처음부터 끝까지 읽어."

"뭐?"

"안 해오면 더 이상 과외는 없어. 잘 자."

그 많은 걸 지금 나보고 하라는 거야? 내가 망연자실해 있는 사이 오토바이가 시끄러운 소리를 내며 골목길을 빠져나갔다. 꼬박 밤을 새워 공부를 하고 학교에서까지 책상에서 꼼짝하지 않았다. 이를 수상히 여긴 우리의 최순미 양,

"너 설마 공부란 걸 하고 있는 건 아니겠지?"

"공부하는 거 맞아."

"거짓말~"

"순미야, 고려가 어떻게 성립되었는지 아니?"

"글쎄?"

"왕건이 송악 지방의 정치적, 경제적, 군사적 기반 위에서 후삼국을 통일하고 고려를 건국했어. 고려 전기에는 호족통제책, 왕권강화정책, 민심안정정책 등의 여러 정책들을 통해……."

내 말이 끝나기도 전에 자리에서 일어나 교실을 나가는 순미의 뒷모습을 만족스럽게 쳐다봤다. 사천이가 오늘은 소원 하나 들어준다고 했는데 뭘로 할까? 더 이상 공부하지 말자고 할까? 아니야. 안 될 것 같아. 그

럼 어디 놀러가자고 해볼까? 이것도 아니면 돈을…….

사천이와 함께 들어간 사천이 집에는 어제 봤던 진이 동생 정금이가 앞치마를 두른 채 한 손에는 국자를 들고 있었다.

"오빠, 배고프지? 어?"

"안녕."

맑은 눈으로 뚫어져라 날 바라보는 그 애의 눈빛에 나도 모르게 인사를 했다. 하지만 그것이 내 인사를 무시하고 사천이에게로 뛰어왔다.

"너 여긴 어떻게 들어온 거야?"

"비밀! 근데 이 언니 왜 자꾸 여기에 오는 거야? 여자는 나 하나만으로 충분하잖아."

"헛소리 그만 하고 가! 진이가 또 너 사라진 줄 알고 경찰에 신고하면 어쩔 거야?"

"편지 써놓고 왔어, 나 오늘 오빠 집에서 잔다고."

"따라나와."

사천이가 진이 동생을 끌고 밖으로 나갔다. 현관문에 귀를 기울여 봤지만 아무 소리도 들리지 않았다. 10분 정도가 지났을까?

"난 인정 못해! 아니, 안 해!!"

진이 동생의 앙칼진 목소리가 또렷하게 들려왔다. 그리고 집으로 들어오는 사천이의 모습이 보였다.

"무슨 일이야? 진이 동생은?"

"갔으니까 신경 쓰지 마."

"무슨 얘기 했어?"

"숙제 다 해왔지? 그럼 시작하자."

굳어버린 얼굴, 차가워진 목소리. 차갑게 날 대하는 사천이의 모습이
낯설다.

일주일 동안의 과외, 그리고 그 결과를 알 수 있는 중간고사. 난 옆에
서 호들갑을 떨며 열심히 컨닝 페이퍼를 만드는 순미가 참으로 안타깝게
느껴졌다.

3일간 있었던 중간고사가 끝나자 학교가 들뜨기 시작했다. 왜냐하면
다음 주에 기다리고 기다리던 학교 축제가 있기 때문이다. 비록 이틀밖
에 안 되는 시간이지만 이때 많은 커플들이 탄생한다.

교실을 나가던 중 산이가 날 불러 세웠다.

"어래야, 잠깐만."

"어? 왜?"

"오늘 시간 괜찮아?"

"당연하지! 나 시간 많아."

"그럼 부탁 좀 할게."

"뭐든지 말해."

산이의 부탁을 받은 난 슈퍼에서 장을 좀 보고 산이네 집으로 갔다. 우
선 청소부터 하고 음식을 준비하기 시작했다. 8시까지 맛있는 음식을 만
들어달라는 산이의 간곡한 부탁. 시계가 8시 20분을 막 가리킬 때 문이
열리고 산이가 들어왔다. 그리고 산이의 뒤를 따라 들어오는 비쩍 말라
금방이라도 쓰러질 것 같은 여자. 산이가 내 앞으로 와 말을 걸었지만 난
아무 말도 할 수 없었다.

"어래야, 산어래!"

"나한테 왜 이런 부탁을 한 거야?"

"무슨 소리야?"

"저 여자!! 저 여자를 위해서 나보고 음식 하라고 한 거 아니야? 나 바보 아니야."

그때 고개를 숙이고 있던 여자가 고개를 들어 날 바라봤다. 상당한 미인이었지만 늙었다.

"소개할게. 여기는 같은 반 친구 산어래고 이쪽은 우리 엄마."

지금 산이가… 저 여자가 산이네 엄마? 잘 알지도 못하면서 버럭 소리를 지르다니. 난 서둘러 인사를 했다.

"안녕하세요, 몰라 봬서 죄송합니다."

"반가워요. 우리 산이 학교에는 잘 다니나요?"

"그럼요~ 인기도 얼마나 많은데요~"

내 대답에 미소 짓는 산이 엄마, 편안해 보이는 얼굴이다. 그 모습에 왜 내 마음이 찡한 걸까? 내 할 일은 다 했기에 집에 가려는데 산이가 내 앞을 가로막았다.

"오늘 우리 엄마 생신인데 같이 생일 파티 하자."

거절할 수가 없었다. 밥을 먹고 나니 밤 10시가 훌쩍 넘었다. 이젠 정말 집에 가려고 인사를 하려는데,

"자고 가면 안 되니?"

산이네 엄마가 내 손을 꼭 잡으며 말했다. 날 바라보는 저 간절한 눈빛, 갑자기 엄마가 그리워졌다.

"엄마, 어래 곤란하게 왜 그래? 어래야, 신경 쓰지 마."

"아니야, 나 오늘 자고 갈래."

"응?"

"어머니, 제가 안마해 드릴게요."

어리둥절한 산이를 지나쳐 산이 엄마의 어깨를 주물러 드렸다. 너무 마른 탓에 조금만 힘을 줘도 부서질 것만 같았다. 산이 엄마와 같이 누워 잠을 자려 했지만 몇 시간이 지나도 잠은 안 오고 눈은 더 말똥말똥해졌다.

"잠이 안 와?"

화장실 갔다 다시 자리에 누우려는데 산이 목소리가 들려왔다.

"아니야. 이제 자려고."

"우리 엄마 어때?"

"고우셔."

"왜 같이 안 사는지 안 궁금해?"

궁금하지. 하지만 그런 거 물어보면 네가 곤란하잖아. 그럼 마음이 아프잖아. 너도, 나도.

"우리 엄마, 병원에 있어. 오늘은 생일이라서 특별히 외출 허가 받은 거야."

"어디 아프신 거야?"

"응, 많이."

산이가 운다. 속으로 슬픔을 삭이며 울고 있다. 그 슬픔을 달래주고 싶지만 난 방법을 모른다. 산이에게 다가가는 방법을 난 몰라. 나처럼 마음의 문을 꼭꼭 닫아두고 있으니까.

다음날 산이는 엄마를 데려다 주고 학교에 간다며 날 먼저 보냈다. 산이 엄마는 아무 말 없이 날 쳐다보다 마지막으로 한마디 하시고는 뒤돌았다.

"우리 산이 불쌍한 아이니까 상처 주지 마."

내가 산이를 상처 줄 만한 존재라도 되나? 내가 받으면 받았지, 산이가 내게 상처받을 일은 없을 거야. 교문을 막 지나 교실로 올라가려는 내 앞에 사복을 입은 여자가 나타났다. 천천히 살펴보니 진이 동생 정금이었다.

"학생이 학교에 일찍 와야지!! 지금이 몇 시예요?"

"8시 50분."

"제가 얼마나 기다렸는지 알아요?"

"얼마나 기다렸는데?"

"무려 30분이나 기다렸다구요!!"

양미간을 찡그리며 날 내려다보는 이 아이. 왠지 친해지면 나랑 잘 맞을 것 같은 느낌이 들었다.

"근데 왜 날 기다렸어?"

"전 절대 인정 못해요!!"

뭔가 찜찜하다 했더니 아이들이 우릴 구경하고 있었다. 자리를 옮기고 정금이에게 물었다.

"뭘 인정 못하겠다는 거야?"

"사천이 오빠 제 꺼란 말이에요!! 언니, 사천이 오빠랑 아무 사이 아니

196

죠? 그렇죠?"

"아, 응."

"언니가 오빠 쫓아다니는 거죠?"

"그래."

"거짓말!!"

갑자기 소리 지르는 정금이의 목소리에 하마터면 들고 있던 핸드폰을 떨어뜨릴 뻔했다.

"자기가 짝사랑하고 있는 거라고 오빠가 그랬는데."

정금이의 눈에서 기다렸다는 듯이 눈물이 떨어졌다. 진심이구나. 진심으로 사천이를 좋아하는구나.

"미안해."

"언니!! 사천이 오빠 좋아하는 거 아니면 오빠 곁에서 떠나주세요. 저 오빠 아니면 안 돼요. 지금까지 내가 버틸 수 있었던 이유가 뭔데!!"

그래, 사천이 곁엔 나보다 네가 더 잘 어울려.

"알았어."

"약속해요!! 확실하게 오빠에게 언니가 마음이 없다는 걸 말해야 해요."

난 대답 대신 고개를 끄덕였다. 왜 목이 메어 말이 안 나오는 거지? 난 사천이에게 아무 감정 없는데.

정금이와 헤어지고 2동으로 걸어가던 난 사천이와 마주쳤다. 꼭 누군가가 장난을 치는 것처럼 마주쳐 버린 사천이와 나. 사천이가 날 보더니 내게로 달려왔다.

"학교에 오자마자 널 보다니 오늘 좋은 일이 있으려나?"

"……."

"왜 그래? 혹시 시험 걱정 때문에 그래?"

"나, 네가 곁에 있는 게 부담스러워."

"뭐라고?"

사천이의 얼굴을 마주할 자신이 없어 다른 곳으로 시선을 돌려 말했다.

"네가 싫어!! 싫다고!! 그러니까 이제 우리……."

"진심이야?"

사천이가 내 얼굴을 돌려 자신과 눈을 마주치게 했다. 흔들리는 녀석의 눈동자가 보인다. 하지만 마음 단단히 먹어야 해. 난 어차피 사천이의 마음을 받을 수 없으니까.

"그래, 진심이야. 나 정말 네가 싫어. 귀찮다고."

사천아, 미안해. 나 이런 말 할 자격 없는 거 내가 더 잘 아는데. 얼굴 위로 흐르는 내 눈물을 상처투성이인 손으로 닦아주던 사천이가 천천히 돌아섰다.

"나 싫다는 사람이 웬 눈물이냐? 난 내가 사랑하는 사람이 우는 거 끝까지 못 본다. 먼저 갈게."

멈추지 않고 흘러내리는 눈물 때문에 시야가 흐려져 사천이의 모습을 끝까지 지켜보지 못했다. 종례 시간까지 교실에 나타나지 않은 사천이는 다음날도, 그 다음날도 학교에 나오지 않았다. 수차례 전화를 해봤지만 받지 않거나 꺼져 있을 뿐이었다.

토요일 수업을 마치고 바로 사천이네 집으로 향했다. 문 앞에서 열심히 초인종을 눌렀지만 인기척이 없었다. 사천이가 올 때까지 기다리자. 이건 같은 반 친구로서의 의무야. 책가방을 깔고 앉아 무작정 녀석을 기다리기로 했다. 밤 10시까지 무려 8시간을 기다리던 난 저린 다리를 주무르며 일어섰다. 바닥에 완전히 빈대떡이 되어버린 가방을 들어 먼지를 터는 순간, 발자국 소리가 들려왔다. 이틀 사이에 너무 많이 변해 버린 사천이의 모습에 잠시 넋이 나갔다. 그러다 날 모르는 사람마냥 지나치는 놈을 붙잡았다.

"너 어떻게 된 거야? 지금 이 꼴은 도대체⋯⋯."

"나 이런 놈인 거 몰랐어?"

날 대하는 말투까지 변했다.

"학교엔 왜 안 나오는 거야?"

"다니기 싫으니까!! 그만 가."

"사천아."

"내가 곁에 있는 게 부담스럽고 귀찮다며? 네가 이러면 기대하게 되니까 다시는 나 찾아오지 마."

　문이 열리고 닫혔다. 차갑고 따가운 빗방울이 얼굴 위로 쏟아져 내렸다. 비가 와서 다행이야. 밤이라서 다행이야. 혼자 울면 정말 청승맞아 보이잖아. 하늘아, 너도 지금 내 맘과 같은 거지? 그래서 이렇게 많은 눈물을 흘리고 있는 거지? 그런 거지? 비를 맞으며 집까지 걸어온 난 집에 들어오고 나서야 추위를 느낄 수 있었다. 비에 흠뻑 젖어 벌벌 떨고 있는 내 곁으로 다래가 다가왔다.

"너 남자한테 버림받은 애 같다."

"으흐흐흑."

"왜 그래?"

다래 앞에서 울면 꼬투리 잡히는데. 그래도 눈물이 멈추질 않는다. 언제 수건을 가지러 갔다 왔는지 다래의 손에 큰 수건이 들려져 있었다. 놈이 수건으로 내 머리부터 발끝까지 묻어 있는 물기를 닦아주었다.

"감기 들기 전에 얼른 옷 갈아입고 침대에 누워 있어. 5분 뒤에 들어갈 테니까 다 갈아입고 누워 있어. 알았어?"

벌벌 떨리는 몸을 부여잡고 방으로 들어와 옷을 갈아입었다. 이불을 꽁꽁 싸매고 누웠지만 추위는 더 강해졌다. 잠시 뒤 뜨거운 물과 수건을 들고 들어오는 다래가 보였다. 날 걱정하는 다래의 모습에 아픈 것도 그리 나쁘지만은 않다는 생각이 들었다. 산다래, 너 이젠 날 네 누나로 인정할 거지? 마음이 약해진 상태에서 2시간 동안 비를 맞아서인지 약을 먹어도, 시간이 지나도 열은 내려가지 않고 계속 오히려 올라갔다. 내 곁에서 이틀이나 날을 샌 다래가 내가 눈을 뜨자 말을 걸어왔다.

"어떤 자식 때문에 이런 거야?"

"아니야."

"차여서 비 맞고 들어 온 거잖아!"

"아니……."

"그럼 뭐야?"

"……."

말할 힘도 없었지만 누구의 잘못으로 이렇게 된 게 아니니까.

"젠장!! 이젠 네가 어떻게 되든 몰라."

학교 안 가고 날 간호하겠다는 녀석을 어떻게 학교에 보내나 걱정했는데 오히려 잘됐네. 학교엔 아파서 못 간다고 전화해서 걱정할 건 없지만 사천이 오늘은 학교에 나왔을까? 난 옆에서 식어가는 미음을 먹은 후 약 먹고 잠이 들었다. 자꾸 내 얼굴에서 뭔가가 꼼지락거린다. 간지러워. 눈을 뜨자 얼굴 가까이 무언가 바짝 다가와 있었다.

"으악!!"

어디에서 이런 목소리가 나올 수 있었을까? 난 어지러움을 뒤로하고 몸을 일으켜 세웠다. 그때 와락 나를 껴안는 이놈, 오랜만에 보니 반가운 마음마저 드는 십 원이었다.

"누나, 많이 아프다며? 지금은 괜찮아?"

아무래도 네놈 때문에 나을 병도 심해질 것 같다.

"너 학교는?"

"누나가 아프다는데 지금 수업이 중요해? 난 사랑이 우선이야."

"헛소리 그만 하고… 누구한테 들었어? 혹시 다래?"

"응."

산다래, 왜 하필 이놈에게 말해가지고 날 더 힘들게 하는 거냐. 아무리 생각해도 오늘 아침 일을 복수하는 것 같아.

"나 혼자 있어도 괜찮으니까 가."

"안 돼!! 다래가 무슨 일이 있어도 누나를 지키라고 했어."

"설마."

"자, 어디 열은 내렸나? 어? 거의 정상으로 돌아왔네?"

날 다시 침대에 눕힌 놈이 의사가 되어 날 진찰하기 시작했다. 귀찮기도 했지만 한편으론 날 걱정해 주는 사람이 있다는 생각에 가슴이 찡해왔다. 재미있는 이야기를 해주겠다며 자는 날 억지로 일으켜 세운 십 원. 한 시간, 두 시간이 지났는데 그 재미있는 얘기는 언제 나오는 거냐? 십 원의 말소리를 자장가 삼아 눈을 감으려는데 초인종이 울렸다.

"와~ 손님이다!!"

십 원이 끌어안고 있던 쿠션을 내 머리 위로 내던지며 현관으로 뛰쳐나갔다. 현관문이 열리는 소리가 들리더니 뒤이어 낮게 깔린 십 원의 목소리가 들려왔다.

"형이 여긴 어떻게?"

누구지? 십 원이 아는 사람인가? 근데 우리 집에는 왜? 아, 궁금해서 도저히 못 참겠다!! 내가 나가서 확인해 봐야겠어. 땅이 자꾸 빙글빙글 돌았지만 정신을 모아 간신히 내 방 문턱까지 걸어올 수 있었다. 눈부신 햇살에 눈살이 절로 찌푸려졌다. 그래서 난 한 손으로 햇빛을 가리며 현관 쪽을 쳐다봤다. 두 개의 그림자가 보였다. 하나는 십 원이었고, 나머지 다른 하나의 그림자 주인공은 뜻밖에도 아로하였다.

"넌 어떻게 여기 있는 거냐?"

"친구네 집이야, 형은?"

"나도다! 어이, 불뚝이~"

아픈데도 웃음이 나는 이유는 뭘까? 소파에 앉아 서로를 쳐다볼 뿐 아무 말 없는 우리 세 사람. 집주인이 나인만큼 내가 먼저 입을 열어야겠지?

"궁금한 게 있는데 너네 어떤 사이야?"

"아는 사이."

아로하가 주스 한 모금을 들이키면서 말했다.

"네가 대답해 봐."

난 손가락으로 십 원을 가리켰다.

"로하 형이랑 나, 사촌이야."

"뭐?"

"누나가 로하 형을 알고 있었다니. 형 취향이 많이 바뀌었네?"

"누가 저딴 걸 좋아한다고 그래?"

"그럼 어래 누나네는 왜 온 거야?"

잠시 정적이 흐르고,

"할 말이 있어서 왔으니까 로마 넌 그만 가."

"좋아! 누나, 잘해봐~"

내게 의미심장한 윙크를 날린 십 원이 금세 집을 나갔다. 십 원 이름이 로마였구나.

"아프다더니 멀쩡하네."

"아니야, 많이 아파. 근데 내가 아픈 건 어떻게 알았어?"

"알 필요 없어! 괜찮은 것 같으니 난 간다."

"근데 수업까지 빠지면서 왜 온 거야?"

난 일어서서 나가려는 로하를 잡았다.

놈이 내 얼굴을 뚫어져라 쳐다보더니 천천히 입을 열었다.

"아픈 거 따윈 싫으니까."

다음날이 되었을 때 내 상태는 양호해졌다. 집에서 더 쉬고 싶었지만 날 그냥 두지 않는 다래 놈.

학교에 가면 당연! 반겨줄 줄 알았던 친구들이 모두 날 외면했다. 아이들은 스승의 날 기념으로 담임을 깜짝 놀래킬 준비를 하느라고 정신이 없었다. 그리고 사천이의 자리는 여전히 비어 있었다.

"순미야, 사천이 어제는 학교 왔었어?"

"아니, 들리는 소문으로는 학교 그만둔다고 하더라."

"뭐? 정말이야? 그거 누구한테 들었어?"

"흥분하지 마. 침 튄다."

"나 지금 심각해!! 사천이 학교 그만둔다는 거 사실이냐구!!"

"그냥 소문이야. 자세한 건 나도 모르지."

사천, 너 정말 왜 그래? 겨우 나라는 애 때문에 널 망칠 셈이야?

스승의 날이라 오전 수업만 받은 아이들은 가방을 집어 던지며 환호했다. 이들 사이에 나처럼 무표정인 로하와 산이가 보였다. 내가 다가가자 놈들은 교실을 나가려던 걸음을 멈추었다.

"아로하, 어젠 고마웠어."

"됐어."

"뭐가 고마운데?"

옆에 있던 산이가 끼어들었다.

"응, 어제 로하가……."

"조용히 해! 그리고 산이 넌 상관없는 일이니까 신경 쓰지 마. 가자."

"어? 나 산이한테도 할 말 있는데."

하지만 로하는 재빨리 산이를 끌고 교실을 나갔다. 설마 아로하가 부끄러움을?

난 빵으로 배를 채우며 저번과 마찬가지로 사천이네 집 앞에서 놈을 기다렸다. 시계가 밤 10시를 가리켰다. 조금만 더 기다려 보자. 무슨 일이 있어도 만나서 얘기해야 해!! 11시가 될 무렵, 내 핸드폰 벨소리가 울렸다. 번호 표시 제한이다. 누구지?

"여보세요?"

[……]

"여보세요?"

[가.]

많이 지친 듯한 사천이의 음성이 들려왔다.

"사천!! 어디야? 나 할 말 있으니까 빨리 집으로 와."

[다시는 찾아오지 말랬잖아!! 내 말은 들을 가치도 없는 거야?]

"우리 전화로 이러지 말고 만나서 얘기해! 너 지금 나 보고 있지?"

[나, 너 보면 그냥 보내지 못할 것 같으니까 가. 이번이 마지막이다. 다시는 내가 연락하는 일 없을 거야. 만날 일도. 나 기다리지 마.]

"야!!"

이미 끊어져버린 전화. 주위를 둘러보며 녀석을 찾았지만 어두워서 아무것도 보이질 않았다. 바보 같은 자식!! 그렇게 숨어버리면 모든 일이 해결되는 줄 아니? 말해 봐, 이게 네 방식이냐고!!

난 다음날도 비워져 있는 사천이의 자리를 보며 창밖으로 시선을 돌렸다. 내가 어떻게 해야만 사천이가 다시 돌아올까? 이대로 학교에 안 나오면 퇴학당할지도 모르는데. 그때 종이 비행이가 내 앞으로 날아와 책상 밑으로 떨어졌다. 종이 비행기를 펴자 돼지를 닮은 그림과 '나 멋있지?' 라는 글자가 써 있었다. 뒤를 돌아보니 돼지가 여자들의 시선을 즐기며 웃고 있었다. 녀석이 내게 걸어와 옆 자리에 앉았다.

"로하 아직 안 왔는데?"

난 로하 자리를 가리키며 말했다.

"로하가 아니라 너 만나러 왔어."

"나? 웬일이야? 네가 날 만나기 위해 이쪽으로 오고."

"요즘 사천이 학교 안 나오는 모양이지?"

"어? 어. 근데 왜 갑자기 사천이 얘기야? 너 사천이 싫어하잖아."

"나랑 한 약속 잊지 않았지?"

"무슨 약속?"

돼지가 내 볼을 쭉~ 하고 잡아당겼다. 눈물이 핑 돌았다.

"아프게 왜 이래?"

"아이스크림 앞에서 한 약속을 잊다니. 너 사천이에게 아무 감정 없는 거지?"

"감정? 무슨 감정?"

"그 자식 좋아하는 감정 있으면 지금이라도 접어."

돼지가 나한테 왜 이런 말을 하는지 모르겠다.

"대답해."

"네가 무슨 권리로 내 감정까지 간섭하는 거야?"

잠시 내 얼굴을 응시하던 놈이 한숨을 내쉬며 말했다.

"사천이가 로하의 모든 걸 빼앗아갔으니까. 하지만 이제 더 이상은 안 돼. 내가 그냥 보고만 있지 않을 거야."

사천이를 바라보던 로하의 눈빛과 행동들이 눈앞으로 스치고 지나갔다. 사천이가 정말 로하의 모든 것을 빼앗아간 걸까? 무엇을? 왜? 좀 더 구체적인 이유를 물으려 할 때 로하와 산이가 교실 안으로 들어왔다. 돼지 놈은 산이와 로하를 보자 다시 밝은 표정을 짓고는 내 옆을 떠났다.

사천이가 학교에 나오지 않은지 일주일째, 축제 전날이기도 한 오늘. 아이들은 벌써부터 짝사랑하는 사람에게 어떻게 고백할지 준비 중이었다. 진수가 있는 순미 년도 부산하다. 며칠 전에 자신의 이상형을 만났다더니 그놈에게 고백할 심산인 것 같다.

"어래, 넌 누구한테 고백할 거야?"

"가슴 한쪽이 안 쑤시냐?"

"왜? 멀쩡한데?"

불쌍한 진수, 이 사실을 알고 있을까?

"말해 봐~ 너 찍어놓은 애 없어?"

"없어."

"정말?"

"그래!"

"시시해."

순미는 이내 뒤돌아 다른 무리에게로 뛰어갔다. 산이를 좋아하지만 그런 거 생각해 본 적 없다. 거절당할 게 뻔하니까. 수업을 마치고 가는 길에 로하, 산이, 돼지를 만났다.

"토요일에 축제 끝나고 우리 집에 올래?"

"왜?"

"우리끼리 노는데 끼워주려고."

돼지네 집에서 산이랑 놀 수 있다?!

"몇 시에?"

"9시까지 학교 후문으로 와."

"알았어."

"와~ 우리 학교에 저런 미인도 있었나?"

갑자기 돼지가 호들갑을 떨며 로하의 등을 때리기 시작했다. 그러다 결국 한 대 맞고 조용해진 아이스크림 돼지. 정금이가 천천히 내게 걸어왔다.

"시간있어요? 얘기 좀 해요."

"더 이상 만날 일 없을 줄 알았는데 무슨 일이야?"

"여기에선 곤란해요."

정금이가 말하면서 내 뒤에 있는 놈들을 쳐다봤다. 난 2동 옆에 있는 정자로 정금이를 데려갔다.

"얘기해 봐."

"언니, 사천이 오빠한테 무슨 말을 한 거예요?"

"네가 원하는 대로 됐잖아. 그럼 된 거 아니야?"

"내가 사천이 오빠 곁에서 떠나라고 했지, 오빠 삶을 망치라고 했어요?"

난 목구멍에 뭐라도 막힌 듯 아무 소리도 나오질 않았다. 정금이를 쳐다보는 것조차 힘이 들었다.

"요즘 오빠가 어떻게 살고 있는지 알기나 해요? 학교는 안 가고, 술과 도박, 심지어 여자한테 빠져 있다구요!! 오빠 한 번도 이런 적 없었는데… 이러지 않았는데……."

정금이의 눈물을 보자 내 눈시울도 뜨거워지기 시작했다.

"오빠한테 무슨 말을 한 거예요? 네?"

"그냥 귀찮다고, 싫다고 했어."

내 대답이 끝나자 정금이는 아무 말 없이 울기만 했다. 나 때문에… 나 때문에……. 잠시 후, 내 앞에 쪽지가 놓여졌다.

"오빠 있는 곳이에요. 가서 오빠 데리고 7시까지 집으로 오세요. 데려오지 않으면 저 정말 죽어버릴 거예요!!"

크게 소리 지른 정금이가 뒤돌아 걸었다. 어깨가 들썩이는 걸 보니 또 울고 있는 것 같다. 집으로 돌아온 난 옷을 갈아입고 정금이가 적어준 곳으로 찾아갔다.

들어가기 망설여지는 간판과 입구, 숨을 크게 한번 내쉬고 안으로 들어갔다. 시끄러운 음악과 희뿌연 담배 연기, 화려한 조명 아래 사천이가 제일 먼저 눈에 들어왔다. 여러 여자들 사이에서 술에 취해 비틀거리는 모습으로. 난 당장 녀석에게 달려가 들고 있는 술병을 가로챘다. 잠시 멍하니 내 얼굴을 보던 놈이 다시 술병을 입으로 가져갔다.

"가자."

난 녀석의 손을 잡아당기며 말했다.

"상관하지 마!"

"너야말로 왜 이래?"

"내가 뭐?"

"이러지 마. 학교에 다시 나오고 집에 들어가란 말이야."

사천이의 얼굴이 흐물흐물거린다. 무언가가 내 눈앞을 가로막아 사천이를 가리기 시작했다.

"왜 울어… 네가 왜 울어……."

거칠지만 길게 잘 뻗은 사천이의 손이 내 얼굴을 감쌌다. 미안해. 정말 미안해. 너에게 상처 줄 생각 없었는데 내가 왜 그랬을까? 누가 뭐래도 넌 내게 소중한 사람인데. 넌 이렇게 따뜻하기만 한데.

"가자."

"나, 안 귀찮아?"

"귀찮기는, 전혀."

"나 싫어하잖아."

"아니야, 싫어하지 않아."

사천이의 웃는 모습이 천천히 내 눈에 들어왔다. 그래, 항상 그렇게 날 보면서 웃어줘.

"다시 네 곁에 있어도 돼?"

내가 고개를 끄덕이며 대답하자 놈이 자리에서 일어섰다. 가지 말라는 여자들을 뿌리치고 나와 함께 사천이의 집으로 향했다. 집 앞에는 정금이가 우릴 기다리고 있었다. 사천이를 보자 많이 놀란 듯한 정금이의 얼굴.

"정말 난 안 되는 거야, 오빠?"

"대답."

"그래도 포기 안 해! 내 성격 알지? 그리고 어래 언니!"

"응?"

"다시 한 번 오빠한테 상처 주면 각오해요!! 그러면 그땐 정말로……."

아무렇지 않게 뒤돌아서려 했던 정금이가 끝내 울음을 터뜨렸다.

"어래야, 미안."

사천이가 내게 미안하다고 말하고 정금이를 안았다. 그렇게 정금이는 사천이를 내게 부탁하고 영국으로 떠났다.

제6장
진실 I

축제가 시작되는 금요일 아침, 난 교실로 들어서며 일주일 만에 자리를 채우고 있는 사천이를 볼 수 있었다. 우리가 서로 눈빛을 주고받을 때 담임 선생님이 들어오셨다.

"오늘은 아주 즐거운 날이다. 드디어 기다리고 기다리던……."

우린 초롱초롱한 눈으로 선생님을 바라봤다.

"기다리고 기다리던 중간고사 성적표가 나왔다! 1번부터 차례대로 나와서 성적표 받아 가."

성적표를 보자 가슴이 떨려왔다.

"35번 산어래."

드디어 내 차례다. 감은 두 눈을 뜨고 성적표를 펼쳤다.

212

2학년 10반 35번 산어래. 총점 850점. 평균 94점. 평균이 94점? 그리고 반 등수는 40명 중 8등!! 전교에선 600명 중 111등!! 믿을 수 없어 다시 한 번 내 이름을 살폈다. 내 성적표가 확실했다.

"푸하하하~"

너무 기쁘고 황당한 나머지 웃음이 나왔다. 다행히 담임이 나간 후라 난 반 아이들의 시선만 받을 수 있었다. 순미가 내 손을 잡더니,

"너 혹시?"

"그래."

"정말 꼴찌했어? 어쩜 좋니?"

"이게 날 뭘로 보고!! 자!"

순미는 내가 내민 성적표를 보더니 잠시 침묵했다. 그리고는 충격이었는지 아무 말도 안 하고 교실을 나갔다. 순미의 모습을 지켜보던 난 사천이와 눈이 마주쳤다. 내 눈빛의 의미를 알아차렸는지 놈에게서 문자가 왔다.

「약속 잊지 않았지?」

「응!!」

「내일 9시까지 스팅으로 와.」

「거기가 어디야?」

「내가 첨으로 너 데리고 간 곳.」

「알았어.」

축제의 하이라이트는 마지막 날에 있었기에 첫날은 약간 썰렁하게 지나갔다. 축제 두 번째 날이자 마지막 날인 5월 19일 토요일은 다른 학교 학생도 출입이 가능했기에 어느 곳을 가든 발 디딜 틈이 없었다. 해가 짧아서인지 6시가 되자 주위는 금세 어둑어둑해졌다.

저녁 7시!! 드디어 모두가 기다리던 축제의 하이라이트가 돌아왔다. 고백 성사. 마음에 드는 이성에게 고백하는 시간! 공개적인 프러포즈를 위한 무대도 마련되어 있었다. 저런 곳에서 사랑을 고백받으면 어떨까? 많은 사람들로 인해 친구들과 헤어져 혼자가 되어버린 난 무대 위로 뛰어올라 오는 여자애를 쳐다봤다. 우와!! 우리 학교 교복이 아닌데.

"사랑하는 사람이 이 학교에 다닙니다. 가끔 버스에서 마주치는데 제가 가까이 다가갈 수 없는 존재여서 눈조차 마주치지 못했어요. 하지만 오늘 용기를 내어 고백하려고요."

다른 사람들도 나와 마찬가지로 조용히 무대를 바라보고 있었다.

"반산!! 넌 내 이름은 물론 얼굴조차 모를 거야. 하지만 나 너 사랑해! 내 마음을 받아줘."

산이? 내가 알고 있는 그 반산? 사회자가 나오더니 산이를 찾았다. 잠시 후, 아이들의 손에 이끌려 무대 위로 올라오는 산이를 볼 수 있었다.

"우리 학교의 꽃미남 반산 군을 좋아하고 계신 숙녀 분, 성함이 어떻게 되시죠?"

"고유정이요."

"유정 양, 반산 군 어디가 좋으세요?"

"그냥 다……."

순간 주위에서 작은 웃음이 터져 나왔다. 그러자 유정이라는 여자 아이의 얼굴이 빨개졌다.

"반산 군, 여자 친구 있습니까?"

사회자가 산이에게 마이크를 가져가자 주위가 다시금 조용해졌다.

"없는데."

"아니, 이런 미남에게 여자 친구가 없다니. 그럼 유정 양의 고백을 받으시겠습니까?"

귀는 멍멍해지고, 입술은 타 들어가는 것 같아. 심장은 또 왜 이렇게 날뛰는 거야!!

"죄송합니다."

"혹시 좋아하는 여자가 있습니까?"

하지만 산이는 대답하지 않고 무대를 내려갔다. 차인 거나 마찬가지인 그 여자애도 친구들로 보이는 무리의 도움을 받아 무대를 내려갔다. 상처받은 그 여자가 불쌍했지만 나도 산이를 좋아하니까 안도의 한숨이 나왔다.

"이번엔 특별한 순서를 마련했습니다."

사회자가 크게 소리쳤다.

"우리 학교는 물론 타 학교에서도 이름을 떨치고 있는 2학년 아로하 군을 무대 위로 모시겠습니다!!"

아로하가 고백 성사 무대에? 말도 안 된다 생각했는데 억지로 끌려 나오는 녀석의 모습이 보였다. 갑자기 계집애들의 목소리가 커지기 시작했

다. 내 옆에 있는 것들도 서로의 손을 맞잡고 좋아서 어쩔 줄을 몰라 했
다. 교복을 보니 다래와 같은 중학교인데 앞으로 너희들의 미래가 걱정
이다. 저런 놈을 좋아하다니.

"여학생들이 우리 로하 군에게 궁금한 게 많아서 특별히 준비한 순서
입니다. 자, 그럼 첫 번째 질문!! 로하 군, 이상형은?"

"잘 먹는 사람."

"지금 이 시간부터 다이어트하는 여자들이 없어지겠는데요?"

그래서 돼지랑 같이 사는 걸까?

"두 번째 질문 나갑니다. 첫사랑은 언제였고, 상대는 어떤 여자였죠?"

"……."

"없었나요? 아니면 감추고 싶은 비밀?"

"다음 질문으로 넘어가."

듣고 싶었는데 아쉽네. 몇 가지 질문이 더 나오고 마지막 질문이 나왔
다.

"로하 군도 여자 친구가 없다고 하던데 그럼 좋아하는 여자는 있나요?
반산 군처럼 대답 안 하시면 안 됩니다."

"없어."

"정말 없습니까?"

"있으면?"

"있으면 말씀해 주세요."

저절로 침이 넘어갔다.

"갖고 싶은 게 생겨 버렸어."

"네? 그게 무슨……."

놈은 더 이상 말을 잇지 않고 무대를 내려갔다. 약간 떨리던 놈의 목소리가 귀에서 쟁쟁거렸다. 갖고 싶은 게 있다는 소리는 관심있는 여자가 있다는 말? 나에겐 그런 의미로밖에 안 들리는데. 아직까지 내 옆에 있는 중학생 꼬마들도 나와 같은 생각을 하고 있었다.

"로하 오빠 좋아하는 여자 있나 봐."

"좋겠다! 저렇게 잘생긴 남자가 좋아하다니."

역시 로하의 말은 그런 의미겠지? 나도 궁금해진다. 누굴까? 열심히 머리를 굴리고 있을 때 순미에게서 문자가 왔다.

「나 지금 고백했는데 성공했다~ 부럽지?」

아, 불쌍한 진수. 연달아 문자가 와 순미인 줄 알았는데 사천이었다.

「약속 시간까지 1시간 남았지만 지금 출발해야 늦지 않을 텐데.」
「지금 출발할게.」

순미에게 먼저 간다고 말하려다 말았다. 지금쯤 그 남자애랑 신나게 노느라 나 같은 건 안중에도 없을 것이다. 사천이와의 약속 장소까지 걸린 시간은 40분. 문을 열자 딸랑거리는 종소리가 울렸다. 이 시간이면 손님이 제일 많을 시간인데 어둡고 조용하다. 종업원도 없고, 주인도 없고 해서 잘못 들어왔나 싶어 나가려는데.

"왔어? 뭐 해? 이리 와."

바에서 잔을 들고 나오는 사천이가 보였다.

"오늘 여기 장사 안 해?"

"하루 빌렸어. 여기 앉아."

파란색 초가 일랑거리는 테이블에 있는 의자를 빼내며 녀석이 말했다. 테이블에 가까이 다가가자 향긋한 냄새가 코를 자극해 왔다.

"이거 향초구나? 와~ 좋다."

웃는 내 얼굴과는 달리 사천이는 굳은 얼굴을 하고 있었다. 어떻게 보면 화가 난 것 같기도 하다. 녀석이 들고 있던 리모콘을 누르자 경쾌한 음악이 흘러나왔다.

"지금부터 아무 생각도 하지 마. 나만 생각해. 그리고 저 무대 위에서 날 위해 춤춰."

"나보고 지금 춤을 추라고?"

"내가 원하는 게 뭔지 궁금했지? 이거야, 네가 날 위해서 춤을 추는 거."

맨 정신으론 춤을 출 수 없을 것 같아 앞에 놓인 칵테일을 원샷으로 들이켰다. 그래도 정신이 멀쩡하다!! 세 잔을 쉬지 않고 마신 후 씩씩하게 무대로 걸어나갔다. 묶은 머리를 풀어헤치고 음악에 귀를 기울였다. 긴장이 풀리면서 몸이 저절로 움직이기 시작했다. 처음에는 사천이의 시선이 신경 쓰였지만 춤을 추면서 아무 생각도 들지 않았다. 춤을 추느라고 느끼지 못했는데 어느새 사천이가 내 옆에서 춤을 추고 있었다. 정말 몸짓 하나하나가 타고난 춤꾼이다. 그때 음악이 조용한 곡으로 바뀌었다.

노래도 바뀌고 쉴 겸 무대를 내려오려는데 사천이가 날 잡고 자신의 품으로 끌어당겼다. 춤으로 인해 거칠어진 사천이의 숨소리가 고스란히 들려왔다.

"선물 고마워."

"고맙기는 내가 더 고맙지. 근데 나 목말라."

"할 얘기가 있으니까 잠시만 이렇게 있자."

결국 난 사천이의 품에 안겨 녀석의 리듬에 맞춰 발을 움직였다. 갑자기 녀석이 날 더욱 세게 안았다.

"나 고아야. 엄마가 누군지도, 언제 태어났는지도 모르는 고아. 난 내 이름조차 몰라."

녀석을 바라보려 얼굴을 빼내려는데 놈이 내 머리를 잡았다.

"그냥 들어. 사천이라는 이름은 고아원에서 지어준 거야. 네가 저번에 왜 성이 없냐고 물었잖아. 그때 솔직하게 대답하지 못해서 미안해."

"아니야, 내가 곤란한 걸 질문한 거잖아."

"내가 로하랑 무슨 사인지 궁금하지?"

"아니."

"어렸을 때 잠시 로하네 집에서 살았었어. 고아원을 가출해서 방탕한 생활을 하고 있던 날 로하 엄마가 구해주셨어."

듣기만 하는 나도 이렇게 맘이 아픈데, 아픈 과거를 말해야 하는 사천이는 얼마나 괴로울까?

"근데… 근데 말이야. 아직까지 날 미워하는 로하를 보니까 미안하기도 하고 화도 나. 이런 내 맘 알아? 모르지?"

"로하가 왜 널 미워하는 건데?"

전부터 묻고 싶었던 얘기.

"내가 로하 엄마를 죽였거든."

왜 이데가 칼로 내 목을 긋던 일이 생각나는 거지? 내가 떨고 있다는 걸 느꼈는지 사천이가 날 안고 있던 팔을 풀었다.

"내가 무서워?"

아니라고 머리를 흔들었다.

"그럼 왜 떨어? 진짜로 내가 죽였다고 생각해? 세상에서 날 믿어주는 사람이 한 명도 없네."

"사천아."

"사실은 로하 엄마."

♬A better day~ 왜 날 떠나갔어♬

분위기를 왕창 깨는 내 벨소리. 이런 중요한 순간에 누구야!!

"여보세요?"

[너 학교 후문이 어딘지 까먹었냐?]

"아로하?"

난 사천이의 눈치를 살피며 작게 말했다.

[좋게 말할 때 후문으로 와라.]

"저기 그게……."

[불뚝아, 빨랑 와~ 나 초코 아이스크림 먹고 싶단 말이야.]

옆에서 궁시렁거리고 있을 돼지 모습을 떠올리니 웃음이 나왔다.

"알았어. 한 30분만 기다려."

그래 지구다
220

[미쳤냐? 5분 내로 안 오면 그냥 간다.]

전화를 끊고 보니 사천이는 다시 테이블에 가 있었다. 가야 한다고 말하려는데 녀석이 먼저 입을 열었다.

"늦기 전에 가야지."

"들었어?"

"들렸어."

"미안. 저번에 약속했거든, 같이 놀기로."

사천이에게 왜 이렇게 미안하지? 왜 이렇게 맘이 아픈 거지? 정말 괜찮다고 녀석의 귀염둥이를 거부했지만 난 힘이 없었다. 최대한 빠르게 달려갔는데도 20분이나 걸렸다. 당연히 날 기다리고 있을 줄 알았던 놈들은 보이지 않고 그곳에 있었다는 흔적만을 남긴 담배와 더러운 침만이 날 반겼다. 정말 5분만 기다리다 간 거야? 으, 이 쫌생이 같은 놈.

다음날인 일요일 오후, 지원이에게서 연락이 왔다. 오늘 밤 9시쯤에 만날 수 없겠냐고, 30분 정도 시간 있으니까 자신이 있는 곳으로 오라는 전화. 지원이를 만난다는 기쁨도 있었지만 이렇게 만날 수밖에 없는 지원이의 상황이 마음 아팠다.

나가기 전에 낮잠 한숨 자려는데 시끄럽게 떠드는 소리가 들렸다. 불길한 기운이 감도는 걸 느끼기도 전에 십 원이 내 방을 습격했다.

"너 이번엔 어떻게 들어온 거야?"

"문이 아주 활짝 열려 있던데? 나 기다린 거 아니었어?"

"다래 없으니까 가."

"누나 만나러 온 거야."

이놈이 불안하게 왜 날 찾아왔지?

"나는 왜?"

"로하 형 말인데."

갑자기 얼굴 표정과 목소리가 바뀐 십 원.

"로하 형 좀 잡아줘."

"뭐? 그게 무슨……."

"안 좋아하면 좋아하는 척이라도 해서 로하 형 맘 잡게 도와줘, 제발."

지금 십 원, 이 녀석 무슨 말을 하고 있는 거야?

"로하한테 무슨 일 있어? 왜 그래?"

"그건 나중에 말해 줄게. 꼭 형을 붙잡아 줘."

"뭘 어떻게 붙잡으라는 거야? 야!!"

자기 할 말만 하고 급하게 뛰어나가는 십 원의 뒷모습을 보며 소릴 질렀지만 녀석은 돌아보지 않고 사라져 갔다. 로하에게 무슨 일이 일어난 걸까? 지원이를 만나러 가는 도중 산이를 만났다. 이젠 이런 곳에서 낯선 모습으로 있는 산이가 익숙해질 만도 한데 아직은 마음 한구석이 쓰려온다.

"잘 차려입은 거 보니 오늘은 약속있나 보네?"

"친구 만나기로 했어. 산이 넌?"

"여기는 내 집이나 마찬가지니까. 근데 어제는 왜 안 왔어?"

"가보니까 없더라? 조금만 더 기다리지."

"로하, 기다리는 거 익숙하지 않거든."

그럴 줄 알았어. 정말 제멋대로라니까!! 산이랑 얘기하면서 걸었더니

지원이가 말한 장소에 금방 도착하게 되었다.

"난 여기에서 친구 만나기로 했어."

"여기에서?"

"응, 산이 너도 볼일 있는 것 같은데 가봐."

"그럼 내일 학교에서 보자."

"응, 잘가~"

바람에 헝클어진 머리를 쓸어 올리며 뒤돌아 가는 산이. 알싸한 향수 냄새가 퍼져 나왔다. 지금 내가 어떤 눈으로 바라보고 있는지조차 관심 없는 바보. 내 마음 따윈 신경 쓸 시간이 없지? 넌 항상 다른 곳만 바라 보잖아. 산이가 사람들에게 묻혀 보이지 않을 때 쯤 뒤에서 누군가가 내 어깨를 쳤다.

"떠나간 님이 돌아오기만을 기다리는 여자 같아."

"지원아, 언제 나왔어?"

산이를 바라보다 지원이가 왔다는 것도 눈치 채지 못하다니.

"지금. 근데 같이 있던 남자는 누구야? 애인?"

갑자기 얼굴이 화끈거리고 심장이 뛰었다.

"애인은 무슨, 그냥 같은 반 친구야."

"눈빛이 심상치 않던데~"

"눈치 한번 빠르네."

난 누구에게도 말하지 못한 산이 얘기를 하게 되었다.

"사실 나 그 애 좋아하고 있어."

"정말? 이 사실을 그 앤 알아?"

"모르지!! 산이 주위에는 예쁜 여자들이 많아서 나 같은 건······."

"잠깐!!"

약간 흥분한 듯한 지원이가 내 말을 끊었다.

"왜 그래?"

"네가 좋아한다는, 아까 같이 있던 그 남자 이름이 뭐라고?"

"난 또~ 산이야, 반산. 이름 예쁘지? 얼굴은 더 예쁘지만."

"반산··· 진짜 이 이름 맞아?"

뭔가를 믿을 수 없어 확인하려는 모습. 지원이가 왜 이러지?

"맞아. 같은 반인데 그것도 모르겠어? 그리고 나 산이 엄마도 만났었는데."

"아, 미안. 이름이 특이해서."

이때 갑자기 지원이가 바닥에 주저앉았다. 난 가방으로 짧은 치마를 입고 있는 지원이의 다리를 가리며 일으켜 세웠다.

"지원아, 왜 그래? 괜찮아?"

"으응. 너무 많이 마셨나 봐."

"바보, 주는 대로 마시니까 그렇지."

지원이가 희미하게 웃는다. 세상에 대한 원망을 쓸쓸한 웃음으로 대신하는 내 친구 지원이.

"어래야, 너 그 남자 많이 사랑하니?"

"사랑은 모르겠고 그냥 보면 막 떨려. 산이랑 있으면 어떻게 해야 할지 모르겠고."

"그게 사랑이야. 나 이제 들어가야겠다. 여기까지 오라고 했는데 이런 모습 보여서 미안해."

"뭐가 어때서. 근데 괜찮겠어?"

난 일어서서 옷매무새와 머리를 정리하는 지원이를 바라봤다. 그곳에서 나올 수 없냐고 말하고 싶은데……. 안 된다는 걸 아는데도 자꾸 미련이 생긴다.

"괜찮아."

"근데 저번에 네가 좋아하는 남자 있다고 했잖아."

"어? 어."

"언제 보여줄 거야? 내가 어떤 사람인지 봐줄게."

"떠났어."

"떠났다고?"

"사랑하는 여자 곁에서 행복하게 웃는 모습을 봤어. 그런 모습 처음 봤어. 나 이제 그 남자 정리했으니까, 쉿!"

진심으로 좋아했구나.

"조심해서 가. 그리고 고백해."

"응?"

"그 남자에게 네 마음 솔직하게 말해. 그리고……."

지원이가 잡은 내 손을 놓으며 안으로 들어갔다. 들릴 듯 말 듯한 목소리로 마지막 말을 남긴 채…….

제7장

고백… 그리고 자살 중독증

축제의 후유증이 사라지지 않은 월요일 아침, 싱글벙글거리는 순미를 외면하고 교실을 나왔다. 새로운 남자 친구가 생겼다고 어찌나 자랑을 하던지. 진수에게 헤어지라고 말해야겠다. 저놈의 바람기가 잠들 줄을 모르니 진수만 불쌍하지. 화장실에서 힘을 주며 앉아 있는데 여러 명이 들어와 시끄럽게 떠들어댔다. 그러다 내 귀가 솔깃해지는 얘기가 들려왔다.

"너희 그거 알아?"

"뭐?"

"산이 여자 친구 없잖아."

"근데? 근데, 근데?!"

226

호들갑 떨기는.

"자기 좋다는 여자, 거부하지 않는대!"

"그게 무슨 소리야? 자세히 좀 말해 봐."

"내 친구가 산이한테 키스해 달라고 했는데 그 자리에서 바로 해주더래."

"정말? 정말 산이랑 키스했대?"

"사실이야! 이 소문 듣고 산이한테 간 애들이 꽤 있는데."

쾅—!!

내가 문을 열었지만 정말 나도 놀랄 만큼 소리가 컸다. 말도 안 되는 소리를 더 이상 듣고 있을 수 없었다. 난 우유를 들고 있는 제일 만만해 보이는 여자애 앞에 섰다.

"나 산이랑 아~쭈 친한 사인데 그런 소문 누가 퍼뜨리라고 시켰어? 말해 봐!"

"별꼴이야. 네가 산이랑 친하다고? 난 네가 산이랑 같이 있는 거 본 적 한 번도 없는데?"

같이 있던 적 몇 번 있는데 못 봤구나.

"아무튼!! 산이는 그런 애 아니니까 괜한 소문 퍼뜨리지 마."

"친하다면서 모르나 봐? 지금 우리 반 어떤 애가 체육관 뒤로 산이 불렀으니 가봐. 소문인지 아닌지는 보면 알 테니까."

반산, 나 지금 달려가서 내 눈으로 똑똑히 확인할 거야!! 내 기대 져버리면 알아서 해!! 숨도 쉬지 않고 달려간 체육관 뒤, 그 애 말대로 그곳에서 마주 보며 서 있는 산이와 여자애가 보인다. 심장이 빠르게 뛰는 이유가 뛰어서 그런 건지, 아니면 믿고 싶지 않은 사실이 퍼즐처럼 맞춰져 가서 그러는 건지 잘 모르겠다. 여자가 뭐라고 말하자 산이가 여자에게 다가가 천천히 입을 맞추었다. 뾰족한 게 자꾸 내 가슴을 찔러온다. 숨 쉬는 게 이상할 정도로 불편하다. 키스가 끝나자 여자는 얼굴을 가리고 빠르게 뛰어갔다. 난 벽에 기대어 서 있는 산이를 한참 동안 바라봤다. 그리고 산이 앞으로 걸어가 녀석을 올려다봤다.

"아니라고… 아닐 거라고 생각했는데."

"여긴 어떻게……."

"왜… 왜 아무 여자랑 키스하는 거야?"

비스듬히 서 있던 녀석이 자세를 바로잡아당황한 얼굴로 날 바라봤다.

"봤어?"

"왜 했어!! 도대체 몇 명이랑 한 거야?!"

"나 원래 이런 놈이야."

"그럼 널 좋아하는 여자들이 키스해 달라고 하면 다 해줄 거야? 대답해봐."

"내가 좋다는데 거부할 이유가 없지."

뭐라고? 내가 처음으로 진심으로 좋아한 남잔데… 그랬는데 이 나쁜 자식!!

"그럼 나도 너 좋아하니까 키스받을 수 있겠다? 맞지?"

눈썹이 꿈틀거리고, 눈동자가 흔들리는 산이가 보인다. 더 이상 내 마음 숨기지 않을 거야. 사랑해. 나도 산이 널 사랑한단 말이야.

"내게도 키스해 줘."

내 말이 끝나기가 무섭게 들려오는 둔탁한 소리에 뒤를 돌아보니, 로하가 차가운 시선으로 우릴 보며 서 있었다. 바닥에 떨어진 초코 우유와 딸기 우유를 거칠게 걷어찬 로하가 뒤돌았다.

"로하야!!"

난 다급하게 로하를 부르며 가려는 산이를 붙잡았다.

"내 얘기 아직 안 끝났어."

"놔. 로하한테 가야 돼."

"지금 로하가 무슨 상관이야? 왜 가야 하는데?"

"난 더 이상 할 말 없어."

사실 나 조금은 기대했는데. 네가 나 좋아할 거라 생각했는데 아니었어? 눈시울이 뜨거워지더니 뚝 하고 눈물이 떨어졌다.

"먼저 갈게."

고개를 떨구고 있어 산이의 뒷모습을 지켜볼 수 없었다. 난 바닥에 주저앉아 소리 내어 울었다. 그래, 내 마음 말했으니까 됐어. 후회하지 않아. 미워하지도 않고. 근데 왜 자꾸 마음이 아픈 거야. 왜 눈물이 나는 거야. 산이야, 나 때문에 많이 당황했지? 하지만 나 너 정말 좋아했어. 네가 나한테 잘해줘서 기대도 했고. 하지만 이제 네 마음 알았으니까. 수업을 알리는 종이 울렸지만 난 교실에 들어가는 대신 돼지에게 연락했다.

"지금 당장 후문으로 와."

[불뚝이? 수업은 어쩌고?]

"네가 언제부터 수업 들었다고 그래? 아이스크림 사줄게."

언제 전화가 끊어졌는지 모르겠다. 아마 아이스크림이라는 단어가 나오자마자 제정신이 아니었으리라. 아이스크림을 다섯 그릇이나 비운 돼지 녀석이 그제야 내게 관심을 돌렸다.

"어? 울었어? 누가 우리 불뚝이를 울렸어?"

내가 아직도 많이 남아 있는 아이스크림 그릇을 빼앗으려 하자, 놈이 잽싸게 그릇을 가져가 끌어안았다. 아이스크림이 그렇게도 좋을까?

"돼지야, 나 우울해. 기분 풀어 줘."

"너답지 않게 왜 그래?"

"나답지 않다? 나다운 건 뭔데?"

가만히 날 바라보는 녀석의 시선이 느껴진다. 네 친구 산이가 날 찼어. 네 친구니까 네가 책임져. 상처받은 내 맘 네가 위로해 줘. 아까 일이 떠오르자 또다시 눈물이 났다.

"무슨 일이야? 사천이 때문이야?"

아니, 사천이가 아니야. 산이야, 반산 때문에 그런 거야. 잘난 네 친구 때문에.

"사천이 이 자식을 그냥!!"

돼지가 주먹으로 테이블을 내려치는 바람에 그릇이 땅에 떨어져 깨졌다.

"사천이는 아무 상관 없어."

"그럼 왜 우는데? 네가 울 정도면."

"그냥 눈물이 난 거야. 엄마, 아빠가 보고 싶어서."

내 거짓말이 너무 티가 난 걸까? 돼지가 창밖을 바라보며 평소엔 피우지 않던 담배를 피우기 시작했다.

♫띠리리띠～ 띵띵띠～♫

발랄한 벨소리, 돼지의 핸드폰이었다.

"어, 알았어."

전화를 끊은 돼지가 피어싱한 귀를 만지작거리며 중얼거렸다.

"오늘따라 다 왜 이러는 거야?"

"누군데?"

"혹시 로하한테 무슨 일 있어? 목소리가 장난 아니다."

아까 나랑 산이가 같이 있는 거 봤지. 그리곤 무서운 얼굴을 하고는 갔는데. 산이가 쫓아갔는데 무슨 얘기 했을까?

"우울하면 이따 우리 집에 와. 난 로하한테 간다."

"으응."

날 두고 먼저 가는 녀석을 지켜보다 밖으로 시선을 돌렸다. 무표정으로 걸어가는 남자, 친구와 웃으며 가는 여자, 다정한 연인들, 걷는 게 힘겨워 보이는 할머니. 무슨 생각을 하고 있을까? 기분은 어떨까? 기쁠까? 아니면 나처럼 슬플까? 가게 안에 흐르는 노래를 따라 부르는데 진동이 느껴졌다. 사천이의 전화였지만 누구랑도 통화하고 싶지 않아 받지 않았다. 그랬더니 녀석이 30분이 넘도록 쉬지 않고 내게 전화를 했다.

"왜?"

[어디야?]

"나 지금 전화받을 기분 아니야. 미안해. 끊을게."

[어디냐니까!!]

이렇게 화내는 사천이 모습 처음이다. 사천이를 보면 눈물이 날 것 같은데. 간신히 추스른 내 마음 다시 무너질 것 같은데. 10분도 채 안 됐는데 문을 열고 들어오는 사천이가 보였다. 느리지도, 빠르지도 않는 걸음으로 걸어와 내 팔을 잡아당겼다.

"아, 아파."

"일어서."

"명령하지 마! 네가 뭔데 나한테 명령하는 거야?"

"가!!"

사천이가 더욱 세게 나의 팔을 잡아당겼다.

"싫어! 혼자 있고 싶어. 혼자 있게 해줘."

"나 더 이상 화나게 만들지 마. 지금도 미쳐 버리기 직전이니까."

"네가 왜? 미칠 것 같은 건 나라고!! 바로 나야!!"

우는 거 딱 질색인 내가, 그것도 차였다고 질질 짜는 여자들을 한심하게 생각하던 내가 평생 흘리고도 남을 눈물을 사천이 앞에서 흘리고 있다.

"내 앞에서 다른 남자 때문에 울지 마."

"네가 내 마음 알아? 지금 내 심정 아냐고!! 정말 좋아했는데. 마음이 아프다고! 시릴 정도로 아프단 말이야."

"그럼 난? 널 바라보고 있는 난 뭐야!! 내가 널 사랑하는 마음은 무시해도 상관없고 네 사랑은 그러면 안 된다고?"

"내가 언제 무시……"

"너, 날 조금이라도 좋아하려고 노력해 봤어? 내가 뭘 좋아하고, 어떤 것에 관심있는지 알기나 해?"

붉어진 녀석의 눈시울이 보인다. 녀석의 눈동자를 보면 왠지 알 수 없는 깊은 슬픔이 밀려온다. 사천이가 천천히 몸을 숙여 가까이 다가왔다. 눈물로 엉망이 된 내 얼굴을 손등으로 닦아주고 볼에 살짝 입을 맞추었다. 그리고는 날 안아 나지막하게 귓가에 속삭였다.

"사랑해, 죽도록. 너 하나만 사랑하는 내가 있다는 거 잊지 마."

다음날 교실에서 마주친 산이는 나의 시선을 외면했다. 숨이 탁 하고 막히는 것 같다. 내가 원한 건 이런 게 아니었는데. 내 마음을 말해도 예전처럼 지낼 수 있을 거라 생각했는데. 수업 시간에도 난 수업에 집중할 수가 없었다. 살며시 고개를 돌려 뒷자리를 바라보니 엎드려 자고 있는 산이와 비어 있는 로하 자리가 보였다. 순미가 팔꿈치로 날 쳤다.

"야, 어제는 수업 빠지고, 오늘은 멍하고. 무슨 일 있어?"

"아니."

"지지배야! 기운 내! 네가 이러니까 나까지 살맛 안 나잖아."

내 머리를 살짝 쥐어박은 순미가 칠판으로 눈을 돌렸다.

학교를 나오다 교문 앞에 서 있는 다래와 십 원을 보게 되었다.

"누나~"

십 원 녀석이 날 향해 달려왔다.

"우리 학교엔 무슨 일로?"

"누나 보러 왔지."

"왜? 그리고 다래는 어떻게 왔어?"

"다래가 오자고 했어."

다래가 먼저? 혹시 어제 내가 울고 들어간 것 때문에? 난 십 원과 다래에게 이끌려 정신없이 돌아다녔다. 다른 생각 할 틈조차 주지 않은 채, 그렇게 날 즐겁게 해주려고 노력했다. 헤어질 무렵, 십 원이 내게 귓속말을 해왔다.

"저번에 말한 거 잊지 않았지?"

"뭐?"

"로하 형을 잡을 수 있는 건 누나뿐이야!! 누나라면 해낼 수 있을 거야."

"둘이 뭘 그렇게 속닥거려?"

"비밀~ 그럼 난 간다."

십 원이 손을 흔들며 버스를 탔다. 서로 말없이 어색하게 집으로 걸어가는 길에 다래가 담배를 꺼내 물었다.

"끊어, 몸에 안 좋은 거."

"오랜만에 잔소리하네?"

"그래? 아무튼 담배 끊어!"

"끊으면? 끊으면 뭐 줄 건데?"

"꼭 내가 뭘 줘야 돼?"

"동기가 있어야지."

그래, 뭐든 줄 테니 담배 좀 끊어라.

"갖고 싶은 거 말해 봐. 너무 비싼 거 말고."

"돈 안 드는 거야."

돈이 안 들면 당연히 OK지~

"줄게. 뭔데?"

"……."

"뭐야~ 말해 봐. 준다니까."

"정말?"

왠지 느낌이 심상치 않다. 준다고 했는데 다시 아니라고 하면 화내겠지?

"그래, 갖고 싶은 게 뭔데?"

"유."

"유? 그게 뭐야?"

"Y.O.U."

다래 쪽에서 보면 너, 내 쪽에서 보면 나? 갑자기 얼굴이 화끈거렸다.

"준다며, 싫어?"

"날 갖고 싶다는 거야?"

"그래, 널 갖고 싶어."

"산다래!! 장난치지 마."

"장난? 장난이 아니라면 어쩔 건데?"

녀석이 걸음을 멈추곤 날 잡고 마주 바라보게 했다. 어두운 탓인지 다래가 무섭게 느껴졌다.

"왜 그래? 넌 내 동생이고, 난 네 누나야."

"그래서 이렇게 위로해 주잖아. 진짜로 내 말을 믿은 거야? 네 기분 풀어주려고 농담했다."

"이 나쁜 자식!! 놀랐잖아. 장난이라도 이런 장난은 하지 마."

"그럼 다음부터 밖에서 울고 들어오지 마."

역시 걱정하고 있었구나. 이젠 날 인정하는 거지?

"왜 대답이 없어?"

"응, 고마워."

"엎드려 절받기네."

다음날엔 산이 마저 결석이었다. 점심 시간, 순미는 축제 때 사귀게 된 남자와 같이 밥을 먹는다며 날 혼자 두고 교실을 나갔다. 혼자 먹는 것도 나름대로 멋있다고 내 자신을 위로하며 도시락을 꺼내 밥을 먹으려는데 사천이가 순미 자리에 앉았다.

"혼자 밥 먹으면 결혼 못한대."

"결혼 안 해도 상관없어."

"같이 밥 먹자, 영원히."

이놈의 심장이 또 두근거린다. 난 수저로 죄없는 밥만 열심히 쑤셔댔다. 아이들의 시선이 따가웠지만 사천이와의 점심 시간은 즐거웠다.

수업을 마치고 집에 가는 길에 마트에 들렀다. 다래가 들어오기 전까지 음식을 만들어야 했기에 집에 도착하자마자 요리를 시작했다. 저녁 6시가 지나고 7시가 되었는데도 다래 녀석은 들어올 기미가 보이질 않는다. 놈에게 전화하려고 수화기를 들었는데 방에서 내 핸드폰이 울리기 시작했다. 모르는 번호인데 누구지?

"여보세요?"

[어래, 산어래 맞지?]

"맞는데 누구야?"

[나 초등학교 동창 금호!! 알지?]

금호라, 처음 듣는 이름인데. 그리고 사람 이름 못 외우는 내가 그 많은 학생들 중에서 이름을 기억할 리가 없지.

[기억 못하는구나? 초등학교 3학년 때 전학 갔지만 그때 너한테 편지까지 써서 줬는데.]

"아, 기억나!"

말은 그렇게 했지만, 초등학교 5학년 때의 일도 가물가물한 상태였다.

"근데 내 번호는 어떻게 알았어?"

[지금 초등학교 동창회 하는데 나와라.]

"초등학교 동창회?"

[응, 나 너 좋아했었는데 어떻게 변했는지 궁금해.]

"그래? 나도 궁금하다."

[그럼 지금 XX 앞으로 와.]

난 식탁 위에 편지를 써놓고 금호가 말한 곳으로 출발했다. 택시를 타고 10분도 안 걸리는 곳이었다. 그리고 산이와 자주 마주치는 곳이었다. 금호가 말한 건물 쪽에 잘 차려입은 남자가 서 있었다.

"혹시 금호?"

"와, 예쁘게 변했네? 반가워."

금호라는 녀석, 무지하게 잘생겼다.

"근데 동창회는 어디에서 하는 거야?"

"우선 내가 여기에 볼일이 있는데 들어갔다가 가자."

녀석이 들어간 곳이 단란주점이어서 망설여졌지만 믿고 따라 들어갔다. 놈이 그곳에서 일하는 웨이터들이랑 인사를 나누더니 어느 빈 룸으로 날 데리고 갔다.

"앉아."

"으응, 여기 자주 오나 봐?"

"뭐 그렇지, 한잔해."

"아니야, 근데 볼일 본다더니."

"누굴 기다리는 중인데 이제 올 거야."

내가 술을 거부하자 녀석은 혼자 마시기 시작했다. 그 큰 양주 1병이 금세 없어졌다. 붉어진 눈동자에 뚜렷하지 못한 시선. 뭔가가 아니다 싶어 나가려는데 놈이 날 잡아당겨 의자에 눕혔다. 순식간에 벌어진 일이라 난 눈만 동그랗게 뜬 채 내 위로 올라오는 놈에게 아무 말도 하지 못했다.

"순진하긴."

"동창회 거짓말이지?"

"당연한 거 아니야?"

어쩐지 주말도 아닌 평일, 이 늦은 시간에 동창회를 할 리 없잖아!!

"이거 놔!! 싫어!!"

"내가 상대해 주는 걸 감사히 여겨. 그리고 주제 파악해."

녀석은 내 양팔을 잡고 몸으로 날 움직이지 못하게 누른 채 술 냄새가 진동하는 입을 내 목으로 가져왔다.

"비켜! 죽여 버릴 거야!!"

"어디 죽여보시지."

238

단추가 떨어져 나가는 소리가 들리고 내 옷이 서서히 벗겨지기 시작했다.

　"안 돼!!"

　이리저리 발버둥 치며 기도했다. 그때 뭔가가 부서지는 소리가 들리더니 익숙한 향기가 내 콧속으로 흘러들어 왔다. 눈을 꼭 감고 부들부들 떨고 있는 날 안는 이 사람. 이거 꿈인가? 꿈이라도 좋아. 내가 잘못했으니까 나 버리지 마. 긴장이 풀리자 저절로 눈이 감겼다. 따뜻한 손이 내 얼굴을 쓰다듬고 있는 게 느껴진다. 조심스레 눈을 떴지만 아무것도 보이질 않았다. 시간이 지나자 흐릿하던 형상이 보이기 시작했다.

　"괜찮아?"

　"산이야……."

　내 옆에 있는 게 산이라는 게 믿어지지 않는다.

　"고마워."

　"일어날 수 있겠어?"

　난 산이의 도움을 받아가며 일어섰다.

　"근데 여긴 어디야?"

　"아는 형네 집. 늦었지만 지금이라도 바래다 줄게."

　밖으로 나오자 집 앞에 승용차 한 대가 세워져 있었다. 난 운전만 하며 아무 말도 하지 않는 산이를 바라봤다. 며칠 사이 많이 핼쑥해진 것 같다. 마침내 우리 집 앞에서 정지한 차.

　"오늘 학교에 왜 안 왔어?"

　"사정이 있어서."

"저기, 고마워. 근데 어떻게 알고 왔어?"

"너 들어가는 거 봤어."

만약 산이가 날 보지 못했다면… 1초라도 늦었으면… 차 안에 시계 소리만이 적막한 분위기를 이어가고 있었다.

"내가 한 말……."

"산어래, 내가 이런 말 하는 거 우습지만."

산이가 망설인다. 무슨 말을 하려는 걸까? 두려움에 가슴이 떨렸다.

"로하, 어떻게 생각해?"

"아로하? 로하가 왜?"

"로하한테 아무 감정 없어? 조금도 좋아하지 않아?"

"아니!! 내가 로하를 왜 좋아해? 내가 좋아하는 사람은……."

도저히 말을 꺼내지 못하겠다. 또다시 상처받을 것 같아 두렵다.

"로하가 좋아지도록 노력하면 안 될까?"

"뭐?"

"네가 필요한 건 내가 아니라 로하야. 그러니까 로하를 부탁해."

"로하에게 내가 필요하다니, 무슨 소리야?"

"그놈 위태로워. 그래서 네가 필요해."

나 지금 산이가 무슨 말을 하는지 모르겠어. 아니, 알고 싶지 않아.

"반산!! 이런 식으로 로하 핑계 대면서 나 거절하는 거야?"

"내 말을 믿든 안 믿든 그건 네 자유야. 하지만 로하 곁엔 네가 꼭 있어야 돼. 부탁이야."

십 원도 내게 로하를 붙잡아달라고 했는데……. 하지만 내가 필요로하는 건, 내가 원하는 건 산인데.

"너 아로마라고 알아?"

"로하 사촌 동생?"

"그 녀석도 너랑 똑같은 말 하더라. 로하 좋아하라고. 그래서 맘 잡게 도와달라고."

"로마가? 언제?"

"며칠 전에 우리 집에 왔어. 모두 나한테 왜 이러는 거야? 로하한테 무슨 일 있어?"

"밖에서 얘기하자."

산이가 차 문을 열고 밖으로 나가며 말했다. 녀석은 집 앞 화단에 주저앉더니 담배를 피우기 시작했다. 자꾸 이런 멋있는 모습 보여주면 내가 널 잊을 수가 없잖아. 너의 사소한 것까지 모두 내 기억 속에 담아두고 싶은데 내가 어떻게 널 잊을 수 있을까? 벌써 10분 째 말없이 담배만 피우고 있는 산이.

"우선 약속해 줘."

드디어 입을 열었다.

"무슨 약속?"

"로하를 사랑하겠다고."

어떻게 자기를 좋아하는 사람에게 저런 말을 할 수 있는 거지? 난 정말 너에게 아무것도 아니야?

"싫어."

"싫어도 그렇게 해줘. 부탁이야."

"네가 좋아. 난 산이 네가 좋단 말이야."

다리 사이에 얼굴을 묻고 눈물을 닦았다.

"네가 로하 옆에 있어야 하는 이유를 말할게. 그러니까 약속해."

"그럼 나도 부탁 하나 할게. 내 남자 친구가 되어줘."

"사랑하는 여자가 있어. 난 그 여자가 아니면."

"거짓말!! 내가 싫으면 차라리 싫다고 말해. 그래야 내가 깨끗이 포기하지. 안 그래?"

반산, 내가 이런 말까지 해야 하니? 이제 보니 너 나쁜 놈이다.

"그래, 영원히 너에겐 사랑이란 감정이 생기지 않을 거야."

날 좋아하지 않는다고 말하면 시원할 줄 알았는데 마음이 더 아프다. 무언가가 자꾸 내 숨통을 조여온다. 목이 메어 잠시 아무 말도 하지 않고 있었다.

"약속할게. 됐지?"

"고마워."

왜 산이의 목소리가 떨릴까?

"대신 너도 내가 로하를 정말 좋아할 때까지 여자 친구 만들지 마. 여자들이랑 키스하지 마. 들어줄 수 있지?"

화단 흙더미에 '응'이라고 쓴 산이가 내 손을 꼭 잡는다. 난 쿵쾅대는 심장을 진정시키려 애를 썼다. 흔들리면 안 돼! 난 산이에게 좋은 친구로 남아야 해.

"어래야, 이 얘기 우리 둘만의 비밀이다. 죽을 때까지."

"알아."

"이제 내가 왜 이런 부탁 하는지 말할게."

아직까지 내 손을 잡고 있는 산이의 손이 차가워졌다.

"로하가 그 일이 있고 나서 관심 가진 사람, 더구나 여자한테 관심 가진 거 처음 봤어. 너로 인해 즐거워하는 표정도 봤고."

"그 일이라니?"

말하기 쉽지 않은 얘기 같다. 한참을 초조해하던 녀석이 내 손을 놓으며 말했다.

"들이가 우리 곁을 떠난 일."

"들이라면, 네 동생?"

"응, 하나뿐인 내 동생."

동생에 대한 사랑과 그리움이 목소리를 통해 전해졌다.

"로하는 들이가 죽고 나서부터 주위 사람들에게조차 마음을 열지 않았어. 들이가 살아 있을 때도 마음을 주지 않는 녀석이었지만 들이가 죽었을 땐 줬던 마음마저 다시 빼앗으려고 했어."

아로하, 들이라는 여자 많이 좋아했구나. 지금도 좋아하고.

그럼 난? 로하는 아직까지 그 여자 좋아하는데 내가 좋아해 봤자 아무 소용 없는 거 아니야?

"반산, 로하는 아직도 네 동생 좋아해. 잊지 못하고 있어."

"아니, 이젠 아니야."

"어떻게 그렇게 확신할 수 있어?"

"나와 이데조차 열지 못한 문을 연 사람이 너야. 로하는 아직 깨닫고 있지 못하지만."

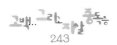

온통 믿을 수 없는 산이의 말들.

"우리가 처음 만난 날 기억나? 옥상 난간 위를 걷던 로하 모습."

"기억하지."

"그때 네가 안 나타났으면 로하 뛰어내렸을 거야."

"뛰어내렸을 거라고?"

또다시 긴 침묵을 지키던 산이가 힘겹게 말을 이어 나갔다.

"로하 그 자식, 불치병 있거든."

산이 얘기를 전부 듣고 집으로 들어와 잠을 청했지만 불안한 마음에 자꾸 로하가 떠올랐다. 처음 만났던 그때가 생생히 되살아났다. 산이가 들려준 로하 얘기는 이러했다.

"로하 그 자식, 불치병 있거든. 특히 높은 곳에 올라가면 뛰어내리고 싶은 충동이 강하게 일어나."

"병명이 뭐야?"

"자살 중독증이라고 들어봤어?"

"자살 중독증?"

"그게 로하의 불치병이야. 로하 말로는 태어날 때부터 가지고 태어났데. 근데 로하 엄마와 형, 그리고 들이가 죽자 그 병이 더 심해졌어."

지금 산이가 엄청난 사실들을 말하고 있는데 믿기지 않는다.

"말도 안 돼."

"이 사실을 알고 있는 사람은 로하 가족과 나, 이데뿐 아무도 몰라."

"그런데 왜 자살을 하려는 거야?"

"모르겠어. 몇 번이고 목숨을 끊으려는 걸 간신히 막았어. 그러니까 이젠 네가 로하를 지켜줘."

　나도 엄마가 죽었을 때 정말 많이 슬펐는데 로하는 사랑하는 사람을 세 명이나 잃었다. 당분간 학교에 가지 않겠다고 말했다는 로하. 그런 로하를 학교로 데리고 와달라는 산이 부탁으로 인해 난 지금 돼지네 집으로 가는 중이다. 경비 아저씨의 요즘 왜 안 놀러 오냐는 말에 이젠 자주 올 거라고 답하고 7층으로 올라왔다. 초인종을 몇십 번 누른 후에야 갓잠에서 깨어난 듯한 돼지가 문을 열고 나왔다.

　"아침부터 웬일이야?"

　"학교 안 가? 학교 가자!!"

　"가려면 너 혼자 가. 아웅~ 졸려."

　문을 닫으려는 돼지를 밀치고 얼른 집으로 들어갔다.

　"아로하! 일어나!!"

　방으로 뛰어들어 가며 소리쳤다. 로하는 침대에서 인형을 끌어안고 태평하게 자고 있었다. 난 놈의 몸을 흔들며 속삭였다.

　"자기야~ 나랑 놀자~"

　이때 방으로 들어오던 돼지가 코를 찡그렸다.

　"너 아침에 뭐 먹었어?"

　"시금치랑 김치찌개."

　"그거 상했다."

　"뭐? 네가 먹어봤어?"

　"그럼 왜 아침부터 속 울렁거리는 소리 하냐? 로하 들으면 충격먹는다."

잠시 머뭇거리던 돼지가 날 안쓰러운 눈으로 쳐다보며 말한다.

"산어래, 지금이라도 가라."

"왜?"

"로하 아직 너 볼 생각 없는 것 같으니까."

"그래? 들었어?"

"지겹도록 들었다."

돼지가 로하를 발로 차며 말했다. 이런 와중에도 깨지 않고 잘 자는 아로하.

"난 네가 사천이 좋아하는 줄 알았는데 아니라서 다행이지만 산이라니."

"장난이었어."

"뭐?"

"난 단지 산이의 얼굴이 좋았던 거야. 또 그런 잘생긴 남자랑 키스해 보는 게 소원이었고."

기가 막힌다는 돼지의 얼굴이 보인다. 이렇게 할 수밖에 없잖아. 로하에게 미안하지만 이건 로하를 위한 일이니까.

"나 로하랑 더 친해지고 싶어."

"무슨 꿍꿍인지 모르겠지만 로하에게 상처 주면 각오해."

"앞으로 잘 부탁해~"

돼지는 내 시선을 피하더니 방을 나갔다. 보기보다 눈치가 빠른 놈이다. 난 다시 로하에게 시선을 고정시켰다. 어떻게 깨우면 효과적일까 생각하다 소리를 크게 지르기로 결심을 했다.

"불이야—!!"

입을 로하 귀에 바짝 가져다 대고 소리쳤다. 소리 지른 사람 민망하게 아무 반응이 없다. 다시 한 번 소리 지르려고 다가갔을 때 로하가 날 잡아당겼다. 그 바람에 난 침대에 놈과 나란히 눕게 되었다.

"무단침입에 고성방가, 그리고 성추행."

"너 아직 잠 덜 깼지? 어서 일어나!"

무안함에 녀석을 밀치며 일어섰다. 그러자 녀석도 나를 따라 일어섰다.

"학교 가게 빨리 씻어! 아침은 내가 빵 사줄 테니 걱정하지 말……."

"왜?"

막 방을 나오려는데 로하가 입을 열었다.

"왜 사천이가 아니고 산이야? 그럼 사천이는 뭐야? 장식용이야? 아님 장난감?"

"그게 무슨 말이야?"

"그럼 아니야?"

"내가 너 같은 줄 알아?"

갑자기 놈이 옆에 있던 핸드폰을 집더니 내 쪽으로 던졌다.

"카악!!"

내 비명 소리와 핸드폰이 부서지는 소리에 돼지가 방으로 들어왔다.

"무슨 일이야? 왜 그래?"

"야, 아무래도 로하 잠이 덜 깬 것 같으니까 더 자라고 하고 우린 나가자."

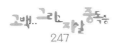

247

"짜증나니까 내 앞에 나타나지 마! 역겨우니까 다시는 나한테 얼굴 내밀지 말라고!!"

돼지의 팔을 잡고 방을 나왔다. 마지막 로하의 말에 내 자신이 무너져 내린다. 주먹을 움켜잡고 눈물을 참았다. 난 괜히 이러지도 저러지도 못하는 돼지의 볼을 마구 잡아당겼다.

"정말 슬퍼서 우는 거랑 정말 기뻐서 웃는 얼굴 표정은 똑같대. 그러니까 울고 싶으면 울어. 기뻐서 웃는 거라 생각할 테니까."

돼지 바보, 이럴 때만 자상한 네가 미워. 이젠 누구보다 내 맘을 잘 알고 내 편이 되어주는 돼지가 밉다. 눈물 보이는 건 죽어도 싫었기에 뒤돌아 소리를 삼키며 울었다. 날 증오하는 로하의 눈빛이 자꾸 눈앞에 아른거렸다.

다음날은 로하도, 산이도 자리를 채우고 있었다. 그리고 오랜만에 보는 강새아도. 강새아는 오자마자 로하 곁으로 달려갔다.

"로하, 너무해. 병문안도 안 오구. 며칠 동안 학교도 안 나왔다면서?"

"……"

"왜 그래? 어디 아파?"

"너, 내가 그렇게 좋아?"

조용한 분위기에, 또 들으라는 식으로 크게 말한 로하 목소리 때문에 듣고 싶지 않아도 들을 수밖에 없었다.

"당연한 걸 왜 물어?"

"그럼 예전에 하기로 한 약혼해."

단순한 기분 탓인가? 아주 잠깐 로하랑 눈이 마주친 것 같다. 주위의 시선 따윈 상관하지 않은 채 로하를 끌어안으며 기뻐하는 새아가 왜 이렇게 미운지 모르겠다.

점심 시간 이후 로하와 새아는 조퇴를 하고 사라졌다. 난 종례를 마치고 교실을 나가려는 산이를 잡았다.

"잠깐 얘기 좀 해."

우린 아이들이 교실을 다 나가기를 기다렸다.

"나 못하겠어."

"뭘?"

"로하, 새아 있잖아. 약혼한다잖아. 새아한테 부탁하면 되겠네."

"맘이 바뀐 이유가 뭐야? 약혼한다는 소리 때문에?"

가슴이 따끔거린다.

"로하 약혼 같은 거 안 해. 설사 하더라도 강새아는 로하 못 지켜."

"안 죽을 수도 있잖아. 왜 죽을 거라 생각하는 거야?"

산이의 긴 한숨이 살짝 내 이마를 스쳐 갔다.

"어제 내가 너한테 그런 얘기 한 이유를 아직도 모르겠어? 이렇게 부탁할 테니까 제발 도와줘."

산이가 내 앞에서 무릎을 꿇는다.

"왜 네가……."

"로하가 없었으면 우리 엄마는 물론이고 지금의 나도 없어. 난 로하를 위해서라면 무슨 짓이든 해."

손을 내밀어 산이를 일으켜 세웠다. 네가 이런다고 로하가 네 맘 알아줄 것 같아? 천만에, 녀석은 평생 네 마음 따윈 신경 쓰지 않을 거야. 자

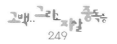

249

기 자신도 돌볼 줄 모르는 놈이니까.

"미안해, 다시는 그만둔다는 소리 안 할 테니까 이러지 마. 나 같은 거한테 왜 무릎을 꿇어?"

"소중하니까. 로하가 소중하니까."

슬프면서도 따뜻한 산이의 눈빛에 가슴이 아프다. 아로하, 가진 것도 많은 놈이 왜 죽으려는 거냐? 너무 많아서 부담스럽냐, 아님 투정이냐? 부럽다. 네가 너무 부러워. 그리고 아무리 힘들고 괴로워도 쉽게 세상 등질 생각하지 마. 네가 없으면 누가 돼지한테 아이스크림 사줘? 안 그래?

토요일 아침. 집 앞에서 날 기다리던 사천이와 함께 등교를 하던 중, 운동장으로 들어오는 고급 승용차가 눈에 들어왔다. 차가 멈추고 안에서 나오는 로하와 새아를 볼 수 있었다. 내 마음을 알아차렸는지 서둘러 날 데리고 다른 곳으로 가려는 사천이를 뿌리쳤다. 그리고 로하 앞으로 뛰어갔다.

"어머~ 걸어왔나 보네? 그래서 네 다리가 그렇게 튼.튼.하구나?"

"강새아, 너한텐 볼일 없어. 아로하, 이리와 봐."

"까불지 마."

로하가 내게서 뒤돌아간다.

"주제 파악해! 나랑 로하는 한 달 뒤에 약혼하니까 괜히 남의 남자한테 집적거리지 마. 방해하면 죽여 버릴 거야."

한동안 멍해 있는 사이 그 둘은 사라지고 없었다. 내 손을 잡고 걸어가는 사천이가 느껴졌다.

"이상해."

"뭐가?"

"네가 내 마음을 아주 많이 아프게 할 것 같아."

"그게 무슨 소리야?"

"궁금하면 다른 남자 신경 쓰지 말고 날 봐."

미안함에 녀석의 시선을 외면했다. 사천이 마음, 내가 누구보다 잘 아는데 어떻게 할 수가 없다. 산이도 그럴까?

강새아는 수업 시간을 제외하고 내내 로하 옆에 붙어 있었다. 그래서 로하에게 말 걸 기회조차 얻지 못했다. 그러던 중 집에 갈 때 기회가 왔다.

"로하야, 나 먼저 가봐야 할 것 같아. 미안해."

"됐어, 가봐."

난 강새아가 사라지자마자 로하를 잡고 말했다.

"나 죽을 때까지 너 따라다닐 거야."

날 차갑게 쳐다보던 로하가 내 팔을 잡고 옥상으로 끌고 갔다. 로하는 나를 등지고 난간에 기대어 담배를 피웠다. 난 가만히 놈 옆으로 가 앞을 바라봤다. 건물들만 있는 도심 속에 간간이 보이는 푸른 나무들을 보자 가슴이 탁 트이는 기분이다.

"산이가 그러더라고."

억양없는 로하 목소리가 들려왔다.

"네가 자기에게 한 말은 진심이 아니라고. 그렇게 말하더라. 그런데 왜 굳이 내게 변명을 하려 하지?"

"산이 말이 맞아, 나 산이 좋아하지 않아. 그냥 잘생겨서 관심 가졌던 것뿐이야."

　"훗, 잘생겨서 관심이 갔다?"

　"내가 널 좋아한다면? 이것도 안 믿을 거야?"

　한동안 말이 없던 로하가 입을 뗐다.

　"네 말이 사실인 걸 증명해."

　"어떻게?"

　"산이 앞에서 날 좋아한다고 말해."

　난, 난 못해.

　"제길, 다신……."

　"할게! 하면 되잖아."

　"그럼 월요일 아침에 보자."

　로하는 그렇게 말하고 옥상을 내려갔다.

제8장

상처 주기 II

월요일 아침이 돌아오지 않기를 기도했으나 오히려 너무나도 빨리 지나간 주말을 원망하며 교실로 들어갔다. 오늘따라 꼬박꼬박 학교에 나온 아이들이 원망스러웠다. 로하는 날 보자마자 눈빛을 보내왔다. 로하 옆에 핸드폰을 만지작거리는 산이가 보였다. 속으로 마음을 다잡고 로하 앞으로 걸어가 입을 열었다.

"좋아해."

긴장한 탓인지 목소리가 들릴 듯 말 듯했다.

"뭐라고?"

로하의 말에 난 다시 목에 힘을 주고 말했다.

"로하, 널 좋아해."

말하면서 슬며시 산이를 쳐다봤지만 녀석은 내게 아무런 관심도 없었다. 오직 문자를 보내는 데 열을 올리고 있었다. 아이들의 웅성거림이 들린다.

"반산, 어래가 나 좋다는데 어떻게 해야 하지?"

"알아서 해."

"내가 어래랑 사귀어도 되나?"

"너만 좋다면."

정말 아무렇지 않게 대답한 산이가 자리에서 일어나 교실을 나갔다. 이제야 산이의 진심을 알겠다. 이제야 나의 마음을 정리할 수 있을 것 같다.

"아직도 믿을 수 없어."

"믿을 수 없다니?"

"지켜볼 거야, 네가 나한테 하는 행동들을. 실망하지 않게 잘해라."

그래! 네가 속아 넘어갈 때까지 나 또한 포기하지 않을 거야. 로하가 교실을 나가자 사천이가 내 손을 잡고 복도 끝으로 갔다. 고개를 들 수 없다. 눈을 마주칠 수 없다.

"어떻게 된 거야?"

"……."

"어떻게 된 건지 말해! 산이한테 차였다고 이젠 로하야?"

"미안해."

"무슨 일 있지? 그런 거지?"

로하에게 완벽하게 다가가려면 사천이와의 관계도 정리해야겠지?

"사천아, 부탁이 있어."

"말해."

"우리 당분간, 당분간만 모르는 사이로 지내자. 그래줄 수 있지?"

내 손을 잡고 있던 녀석의 손이 천천히 떨어져 나간다.

"다시 올 거지?"

"으응."

"대신 약속 꼭 지켜. 그리고……."

말을 잇지 못하고 돌아서는 사천이의 모습에 고개를 돌렸다. 차라리 이런 날 미워하고, 욕이라도 하면 내가 덜 미안할 텐데…….

평소와 같은 하루가 끝날 무렵 핸드폰이 울렸다. 자려던 참에 울린 거라 받지 않으려다 받았다. 난 이때 쉽게 새아의 말을 믿은 걸 두고 두고 후회했다.

"강새아, 네가 어쩐 일이야?"

"난 너한테 전화하면 안 되니? 할 얘기가 있어."

내가 로하에게 좋아한다고 말한 지 이틀이나 지났으니 새아도 알 것이다.

"할 얘기가 뭐야?"

"산이가 지금 널 찾고 있어."

심장 박동수가 빠르게 변하는 게 느껴진다. 흔들리지 않기로 다짐했건만.

"산이가 날 찾고 있다고? 거짓말하지 마."

"내가 너한테 잘해준 적은 없지만 거짓말한 적도 없는 걸로 아는데?"

산이가 다른 여자 품에 안기기 전에 오는 게 어때?"

"거기 어디야?"

나도 참, 무슨 생각으로 나왔는지 츄리닝 차림에 슬리퍼다. 덕분에 지나가는 사람들의 웃음거리가 되었다. 새아가 오라고 한 가게 입구엔 잘 차려입은 남자가 서 있었다.

"네가 산어래?"

"네. 산이는 어디 있죠?"

"따라와."

남자를 따라 들어가면서 일주일 전의 악몽이 떠올랐다. 그곳과 같이 어둡고 끈적한 느낌이 감도는 술집. 괜찮아, 지금은 산이가 있으니까. 구석진 룸으로 날 밀어 넣는 남자, 산이는 없었다.

"산이는 어디 있죠? 없으면 저 갈래요."

"어딜? 남의 남자를 넘보면 어떻게 되는지 보여주겠어."

"저리 비켜!!"

내가 발버둥을 치자 남자가 사정없이 나의 얼굴을 때렸다.

"가만히 있어. 반항하면 더 심한 고통이 있을 거야."

두려움에 숨 쉬는 것조차 잊어버렸다. 난 옷이 벗겨져 나가는 걸 그냥 지켜볼 수밖에 없었다. 내 머리 속엔 여자에 굶주려 헐떡대고 있는 이 남자를 죽이고 싶다는 생각뿐이었다. 아무것도 생각할 수 없었다. 남자의 입술이 내 입술을 덮치고, 손으로 내 가슴을 움켜잡았다. 다른 남자에 의해 더렵혀져 가는 나의 몸. 허벅지로 이상한 감촉이 돌기 시작했다. 아, 안 돼. 더러운 자식. 죽여 버릴 거야!

256

"진시현!!"

날카로운 여자의 비명 소리에 하던 행동을 멈춘 남자가 다급하게 내게서 떨어져 나갔다.

"지원아?"

천천히 눈을 돌려 문 쪽을 바라봤다. 따각따각 구두 소리가 들리더니 내 옆에 앉는 지원이가 보인다.

"자, 옷 입어."

축 처져 있는 내게 옷을 입혀준다.

"지원이 네가 여긴 어떻게?"

"진시현, 누가 시킨 거야? 누구야?"

"그건 말 못해."

"시킨다고 이런 짓을 해? 더러운 새끼!!"

"뭐라고?"

진시현이라는 남자가 지원이의 멱살을 잡았다.

"그래, 나 더러운 놈이야. 그럼 네 친구도 더러워지는 모습을 똑똑히 봐."

다시 내게로 발길을 돌리는 남자. 난 간신히 옷을 추리며 뒷걸음질쳤다.

"그만 해!! 경찰에 신고하겠어."

"맘대로 해. 내가 괜히 이런 짓 하는 줄 알아? 믿는 구석이 있으니까 맘 놓고 하는 거라고."

강새아, 이거 분명히 네 짓이지? 그렇지? 서러움과 두려움과 수치심에 눈물이 흘렀다. 그 남자가 내 얼굴에 손을 가져다 댔을 때 지원이가 겉옷을 벗으며 말했다.

"너, 나 갖고 싶어했지? 가져."

"진심이야?"

"대신 어래에겐 손 대지 마. 약속해."

"우정이란 거 대단하군. 나야 이런 애한테 애초부터 관심없었으니까."

남자의 손길에 의해 나체가 되어가는 지원이를 보고도 아무것도 못하는 내가 죽이고 싶을 정도로 미웠다.

"그만 해! 지원이 건들지 마! 지원아, 안 돼."

바지를 내리던 남자가 뒤돌아 발로 날 걷어찼다.

"컥―!! 윽!!"

숨 쉬지 못할 정도로 몇 번이고.

"진시현!"

"이제야 겨우 조용해졌군. 그럼 시작할까?"

차가운 바닥에 얼굴을 대고 나체의 남녀가 뒤섞이고 있는 걸 지켜보는 한 소녀가 보인다. 눈은 떴지만 초점이 없다. 여자의 비명 소리와 남자의 헐떡이는 소리가 귀를 울리며 뇌 속으로 들어와 이렇게 속삭였다. '친구를 팔아먹은 년, 넌 죽어야 해. 죽어야 해'.

통증이 밀려와 눈을 떴다. 햇빛이라곤 찾아볼 수 없는, 곰팡이 냄새가 코를 자극하는 눅눅한 지하 방. 담배 연기에 기침이 났다.

"콜록……."

"깼어?"

침대 밑에 있던 지원이가 얼굴을 돌렸다. 나 때문에 지원이가… 볼을 타고 흐르는 눈물이 따갑고, 뜨겁다.

"바보같이 울기는. 나 괜찮아. 이미 익숙한 일인걸."

"미안해, 미안해."

"너 자꾸 이러면 나 영원히 떠날 거다?"

놀란 내 눈을 외면한 지원이가 주머니를 뒤지더니 반지를 꺼내 보였다.

"자, 가져."

"이게 뭐야?"

"주인을 찾아가는 거야."

"나 이런 반지 없는데?"

눈으로는 울면서 입으로는 웃는 지원이가 내 손을 잡고 반지를 끼워 주었다.

"무슨 일이 있어도 끼고 있어. 그리고 누군가가 이 반지 어디에서 났냐고 물으면 천사가 줬다고……."

지원이가 결국엔 울음을 터뜨렸다. 움직일 때마다 통증이 찾아왔지만, 바닥으로 내려가 지원이를 꼭 껴안았다.

"알았어. 소중히 간직할게."

"고마워, 내 마지막 부탁을 들어줘서."

"불안하게 왜 그래? 마지막이라는 말 하지 마."

"나 잠깐 여행을 할까 해."

"여행?"

"아주 잠시만 떠나는 거야."

내 손을 있는 힘껏 잡는 지원이의 손은 참으로 따뜻했다.

"나가자!!"

"어디?"

"사진 찍으러 가자. 우리 둘이 찍은 적 없잖아."

지원이의 성화에 못 이기는 척 나왔지만 사람들, 특히 남자들이 내 옆을 지나갈 때면 몸이 움츠러들었다. 사진 찍기 전 거울을 봤다. 피멍으로 얼룩지고 퉁퉁 부어오른 얼굴이 보인다. 그리고 내 뒤에서 눈을 반짝이며 웃고 있는 지원이도. 나도 같이 따라 웃어 보였다. 어색하게 있던 우리에게 다정한 포즈 좀 취해보라는 사진기자의 말에 지원이가 뒤에서 날 안았다.

찰칵~

사진 속에 정반대의 표정을 지은 여자들이 있다. 웃고 있지만 어딘가 불안해 보이는 여자. 이런 여자를 안은 채 아주 행복한 미소를 지으며 손가락으로 V 자를 그린 여자.

탈출구를 찾아서

from. 공지원

수업을 마치고 집으로 돌아오는 길, 가끔 쉬었다 가는 강둑에 앉아 지는 해를 바라보았다. 나도 차라리 저 해처럼 안 보이는 곳으로 사라졌으면.

"날씨가 후끈거리는 게 여름이 오나 부다~ 그치, 지원아."

"으응."

내 옆에 있던 어래가 내 기분을 풀어주려 활기찬 목소리로 말했지만 난 힘없는 목소리로 대답했다. 내가 집에 들어가기 싫어하는 걸 어래는 누구보다 잘 안다. 나 역시도 어래가 나 때문에 집에 늦게 들어가면 혼날 거라는 걸 잘 안다.

"너무 늦었다. 너 집에 가봐야지."

일어서며 어래에게 말했다. 그리고 인사를 나누고 돌아섰다. 하지만 발길을 돌리지 않고 내 뒷모습을 바라보는 어래가 느껴졌다. 어래야, 그런 눈으로 쳐다보지 마. 그러면 나, 널 보면서 웃는 게 힘들어지거든.

그날 밤, 무언가 깨지는 소리에 눈이 번쩍 떠졌다. 하루라도 맘 편히 자보는 게 소원일 정도로 우리 집은 시간을 가리지 않고 시끄럽다. 그리고 이런 소리들에 익숙해졌기에 다시 이불을 뒤집어쓰고 잠을 청했다. 하지만 오늘따라 시끄럽고 느낌이 이상했다. 술 취해 물건을 집어 던지며 소리 지르는 삼촌 목소리에 뒤이어 가늘지만 찢어지는 듯한 비명 소리가 들려왔다. 난 대충 옷을 걸치고 마당으로 뛰어나갔다.

나는 마당에 펼쳐진 광경에 입을 다물지 못했다. 피가 흘러나오는 배를 움켜지며 바닥에 뒹굴고 있는 할머니. 바로 옆에 붉은 피로 물든 칼을 들고 숨을 헐떡이는 삼촌. 나와 같이 아무 말 못하고 이 끔찍한 광경을 지켜보고 있는 아빠, 할아버지, 오빠 그리고 어린 조카. 아빠가 삼촌이 들고 있던 칼을 빼앗으며 소리쳤다.

"이 미친 자식!! 이게 무슨 짓이야?!"

"다 죽여 버릴 거야!!"

"빨리 경찰에 신고해."

잠시 후, 경찰차와 응급차의 사이렌 소리가 고요한 새벽을 깨웠다. 점점 사람들이 모여들면서 집은 아수라장이 되었다. 삼촌은 경찰차에 타면서도 아빠에게 심한 욕을 했다. 경찰에 신고한 걸 후회하게 만들어주겠다며. 이 사건으로 삼촌은 교도소로, 할머니는 하늘로 떠났다. 그리고 난 몇 달 후, 5살 때 나와 오빠를 버리고 간 엄마 곁으로 가게 되었다. 하지만 새아빠는 내 존재를 탐탁지 않아했다. 엄마는 친딸인 나를 매일같이 때렸다.

오늘도 엄마는 집으로 들어온 나를 보자마자 소리쳤다.

"왜 이렇게 늦게 들어오는 거야? 아빠가 너 때문에 엄마 버려도 좋아?"

"엄마."

"나가! 이러려고 왔으면 당장 나가!!"

엄마가 나가라고 소리치며 옷걸이로 날 때렸다. 엄마는 무슨 생각으로 친딸인 날 이렇게 때리는 걸까? 난 착한 딸이 되기 위해 노력했는데. 엄마랑 같이 살면 행복할 거라는 나의 꿈은 오늘로 끝이다. 아니, 엄마가 날 버린 5살 때 이미 깨져 버린 것이었다.

눈을 떴다. 아직까지 옆 자리엔 늙은 대머리의 체취가 남아 있었다. 그리고 탁자 위엔 돈 봉투가 놓여져 있었다.

"하하… 하하하~"

분명히 난 웃는데 얼굴 위로 떨어지는 이건 뭐지? 웃고 싶어. 행복해지고 싶어. 가난했지만 예전으로 돌아가고 싶어. 내 또래가 누리는 그런 시시한 것들이 부러워. 하지만 늦어버렸어. 너무 늦어버렸어.

"거기 안 서? 야!"

"귀찮아."

"씨발, 너 죽고 싶냐? 지금이라도."

"싫어! 우린 이제 끝난 사이야."

3개월 동안 같이 동거한 동갑내기 남자. 마음이 아닌 몸으로 맺어진 사이.

"불쌍해서 봐줬더니만."

"윽─!!"

놈이 내 머리칼을 잡아끌었다. 이 녀석, 며칠 전에 누군가를 죽기 직전까지 만들었다. 그리고 나와의 관계에서도 항상 날 때리며 쾌락을 즐기는 놈이었다.

"신민우, 너 뭐 하는 거냐?"

낯선 남자의 음성이 들리는 곳엔 민우보다 더 잘난 남자가 서 있었다.

"그러는 넌 지금쯤이면 그 여자랑 재미 봐야 하지 않아?"

"네 취미가 여자 머리 잡아당기는 건 줄은 몰랐다."

"이 자식을 그냥!"

"내 얼굴에 흠집이라도 내려고?"

주먹을 쥐며 그 남자에게 달려가던 민우가 멈춰 섰다. 둘이 아는 사이인 것 같은데 민우가 저 남자의 말에 꼼짝도 못하다니.

"그리고 한 여자한테 이렇게 집착하는 걸 장이 알면."

"그래, 이 잘난 자식아!! 주둥이 그만 놀려. 그리고 공지원, 다시는 내 눈에 띄지 마라."

민우가 순순히 물러섰다. 난 날 구해준 남자를 쳐다봤다. 이렇게 잘생긴 남자는 처음이다. 잘생겼다는 말조차 부끄럽게 만드는 얼굴을 가진 남자. 가려는 그 남자를 잡았다.

"고맙습니다."

하지만 그 남자는 무표정하게 다시 돌아섰다.

"잠깐! 이름이 뭐예요? 이름이라도 말해 줘요."

"제하."

그가 사라진 지 꽤 오래되었지만 난 쉽게 자리를 떠날 수 없었다. 그 남자가 다시 돌아올지도 모른다는 말도 안 되는 미련 때문에……. 다시 오지 않을 거란 걸 알면서도 난 바보같이 그곳을 떠나지 못했다.

"야, 왜 이렇게 멍해?"

누군가 내 몸을 치는 바람에 그 남자의 얼굴이 사라졌다.

"어? 뭐라고?"

"이제 들어갈 준비 해야 하는데 어디다 정신을 파는 거야?"

같이 일하는 2살 많은 언니였다. 이 언니라면 알지도 몰라. 나보다 오래 있었으니까.

"언니, 혹시 제하라는 남자 알아?"

"너 몰라? 일반인이든 우리 같은 년들이든 여자들이 아주 그놈한테 미쳐 있더라."

아니길 바랐는데. 하지만 아니었다면? 오히려 같은 위치니까 다행으로 여겨야 하는 거 아닌가? 언니는 내가 물어보지 않아도 제하라는 남자에 대한 모든 이야기를 해주었다. 나와 동갑인 16살, 확실하진 않지만 학교에 다닌다는 소문도 있다고. 만나는 여자의 수는 헤아릴 수 없을 정도로 많은 바람둥이에, 강남은 물론 강북의 클럽 중 최고의 미모를 가진 남자.

"제하라는 남자 어디에서 일해?"

"너 설마? 포기해. 아무리 너라 해도 하룻밤의 노리개만 될 거야."

"그래도 만나고 싶어."

다음날 난 골목길을 뒤져 가며 제하가 일하는 곳을 찾았다. 경찰의 눈을 피해 장사를 해야 하기에 그 클럽을 찾는 데 오랜 시간이 걸린다. 하지만 이곳에서 생활하는 난 베일에 가려진 그곳을 쉽게 찾을 수 있었다. '강림 단란주점'이라 써 있는 간판. 여자들의 출입만 가능한 남자 접대부들이 있는 술집.

그를 만난다는 사실에 몸이 떨려왔다. 난 천천히 계단을 올라갔다. 문 앞에 있던 두 명의 사내가 나의 출입을 막았다.

"어떻게 오셨죠?"

"나는 말할 줄 모르는 벙어리."

이곳에 출입하려면 암호를 말해야 한다는 소문에 어렵게 암호를 알아냈다. 남자들이 다시 질문을 했다.

"우리 나라는?"

"없다."

문이 열리고 난 안으로 들어갔다. 밖에 있던 남자들보다 한참 어린 남자가 내 옆에 찰싹 붙었다.

"예쁜 언니네? 혼자 왔어?"

"네."

"촌스럽게 무슨 존댓말이야? 반말해. 몇 살이야?"

"스물둘."

여기는 절대 나이 어린 여자는 들어오지 못한다고 한다. 그래서 나이 들어보이게 하려고 머리도 올리고, 화장도 진하게 하고, 옷도 야하게 입었다. 평소 일할 때의 모습이긴 하지만.

"여기 아는 남자 있어? 없으면 나 어때? 서비스 잘해줄게."

"제하, 제하를 불러줘."

7번이라고 써 있는 룸으로 안내한 남자가 날 보며 웃었다.

"왜 다들 제하만 찾는 거야? 뭐 남자인 우리가 봐도 반할 외모지만……. 제하는 안 돼."

"왜? 돈이라면 걱정하지 마."

"그게 아니야. 제하는 이제 단골 손님만 상대해. 그러지 말고 나랑 놀자."

남자가 막무가내로 날 끌고 들어가 의자에 앉혔다.

"내 이름은 초성이야. 올해 17살이고. 어때? 맘에 들어?"

초성이라 자신을 소개한 남자가 갑자기 옷을 벗었다.

"뭐 하는 짓이야? 난 제하를 만나러 왔어!! 한 번이라도 좋으니 제하를 만나게 해줘."

"제길!"

놈이 신경질을 내더니 내 앞에 앉아 담배를 피우기 시작했다.

"말해도 안 오겠지만 오늘은 진짜 안 돼."

"이유는?"

"안 나왔으니까."

전혀 예상하지 못한 일이다. 오면 당연히 만날 줄 알았는데.

"쉬는 날이야?"

"이 녀석은 하루 이틀 빠져도 장이 용서하니까. 제길."

"내일 오면 만날 수 있어?"

"포기하는 게 좋아."

"그럼 내일 보자."

하지만 다음날에도 제하는 없었다. 그 다음날도, 그 다음날도. 하지만 난 하루도 빠짐없이 그곳에서 제하를 기다렸다.

그렇게 녀석을 기다린 지 2주가 지난 어느 날, 클럽 안으로 들어가려는데 안에서 여자와 함께 나오는 제하를 보게 되었다. 난 제하 옆에 달라붙어 있는 여자를 밀어내며 말했다.

"너 만나려고 2주나 기다렸어."

"이년이!!"

옆에 있던 여자가 내 뺨을 때렸다.

"시내, 무슨 짓이야?"

"제하 너도 봤잖아! 이게 너한테서 날……."

"그만 해! 근데 넌 누구야?"

"기억 안 나? 민우랑 있을 때 날 구해줬잖아."

"아, 근데 어떻게 날 찾아왔어?"

"제하, 뭐 하러 이런 술집 다니는 년이랑……."

쫘악—!!

지나가는 사람들까지 쳐다본다. 제하가 그 여자의 뺨을 아주 세게 때렸다.

"다시는 찾아오지 마. 꼴도 보기 싫으니까."

무서운 얼굴을 한 녀석이 뒤돌아 걸었다.

"잘못했어. 잘못했어, 제하야!"

여자가 놈의 다리를 붙잡고 주저앉았다. 사람들이 이게 무슨 일인가하며 구경꾼처럼 몰려들었다. 내가 저 여자라면, 내가 제하를 많이 사랑하면 아마 나도 저렇게 했을 것이다. 제하는 저 여자가 저런 행동을 하게할 만큼 잘났으니까. 하지만 제하는 울면서 매달리는 여자를 뿌리치고걸어갔다. 난 몰래 제하의 뒤를 쫓아갔다.

제하가 간 곳은 한강. 한참 강만 바라보던 녀석이 갑자기 털썩 주저앉아 다리에 얼굴을 묻었다. 조심스럽게 옆으로 다가가 보니 녀석은 울고있었다. 남자가 이렇게 우는 거 처음 본다. 내 마음이 아파올 정도로, 눈물나게 할 정도로 울고 있다. 무엇이 널 그렇게 아프게 하니? 내가 다가갈 수 없을 정도로 울고 있는 널, 난 이렇게 바라봐야만 해. 난 네게 어울리지 않는 여자니까. 너의 아픔을 위로해 줄 수 있는 존재가 될 수 없으니까.

잠시 후, 회색 승용차가 제하 앞에 섰다. 화려한 옷을 입은 남자의 부축을 받으며 제하는 사라졌다.

제하를 만날 수 있는 방법은 오직 그곳에 가는 것!! 하지만 술에 취해 나에게 달라붙는 40대 남자로 인해 가지 못하고 있었다. 단골 손님이니까 잘하라는 마담 언니의 말은 잊어버린 지 오래다.

"왜 자꾸 이래요? 싫어요."

"돈 두둑하게 준다니까~ 한 번만 내 품에 안겨봐."

남자가 거리임에도 불구하고 내 가슴에 손을 가져다 댔다. 난 싫다고 소리치며 남자를 떠밀었다. 그러나 술에 취해서 그런지 그는 쉽게 날 놔주지 않았다. 그때,

"싫다는데 왜 자꾸 그러십니까?"

제하! 이런 식의 만남은 싫다!! 이런 내 모습 보여주기 싫어.

"넌 뭐야? 뭔데 끼어들어?"

"보아하니 여자가 당신 딸벌인 것 같은데."

"이, 이……."

남자는 아무 말도 못하고 뒷걸음질치며 달아났다.

"언제까지 이러면서 살 거야?"

제하가 내 곁을 지나치며 말했다.

"내가 평범한 애라면 좋아해 줄 수 있어?"

천천히 내 쪽으로 몸을 돌린 제하가 살짝 웃는다.

"그만둘 테니까… 그만둘 테니까……."

"소용없어. 나 같은 놈 잊어버려."

"좋아하는 여자가 있는 거야?"

또 웃는다. 그 여자는 나 같은 거랑 차원이 다르겠지? 깨끗하겠지?

"그럼 친구는 어때?"

"좋아. 우동 좋아해?"

난 제하를 따라 포장마차로 가 우동을 먹었다. 내가 제하와 이렇게 단둘이 있을 수 있다니. 믿기지 않아 볼을 꼬집어보았다.

"볼은 왜 꼬집어?"

"어? 아무것도 아니야. 그보다 좋아하는 여자는 어떤 여자야?"

"글쎄, 잘 모르겠어."

"그런 게 어딨어? 학생이야?"

"응, 하지만 그것 외엔 아무것도 몰라."

아무것도 모른다니, 무슨 소리지?

"멀리서 지켜보기만 했거든. 벌써 1년 전 일이네."

그리움으로 가득 찬 제하의 목소리. 바보같이 아무것도 모르는 여자를 잊지 못하고 있다니.

그렇게 2년의 시간이 흐르고 몇 달째 연락이 없던 제하에게서 연락이 왔다. 무척이나 들뜬 목소리로 내게 처음으로 연락을 한 제하였다. 마담 언니에게 허락을 받고 제하에게 달려갔다. 평소 표정 없던 얼굴은 찾아볼 수 없었다.

"좋은 일이라도 있어?"

"만났어."

"만나? 누굴?"

"내 첫사랑."

심장이 멎는 듯한 느낌이다.

"예전 모습 그대로더라. 근데 내 친구가⋯⋯."

"저기, 나 몰래 빠져나와서 그만 가봐야겠다."

"아, 미안. 그럼 들어가 봐."

기뻐하는 녀석의 얼굴을 걷어차고 싶다. 저 표정을 만들게 하는 그 여자가 밉다. 제하 입에서 미안하다는 말이 나오게 하는 그 여자가 너무 싫다. 그 이후로 제하는 내게 자주 연락을 해왔다. 다 그녀에 대한 얘기들뿐이었다. 사소한 것까지 얘기하기 위해 전화를 했다.

옷매무새를 최대한 단정히 하고 밖으로 나왔다. 다시 연락이 된 어래를 만나기로 했기 때문이다.

올 시간이 됐는데. 이리저리 눈을 돌리다 어느 한곳에 내 시선이 멈췄다. 저건⋯ 제하잖아? 제하가 어떻게 어래와 같이 있는 거지? 제하의 저런 얼굴 처음이야. 그럼 제하 네가 좋아한다는 여자가 어래였어? 뒤돌아가는 제하를 슬프면서도 따뜻하게 바라보는 어래가 보인다. 보지 마! 그런 눈으로 보지 마!! 제하는 내 꺼란 말이야!!

나오려는 눈물을 삼키고 어래의 어깨를 쳤다. 못된 짓을 하다 들킨 어린아이마냥 당황스런 얼굴이다.

"지금 같이 있던 남자 누구야? 애인?"

어래는 거짓말을 못한다. 지금도 이렇게 얼굴을 붉히고 있으니 말이다.

"애인은 무슨, 같은 반 친구야."

"눈빛이 심상치 않던데."

"눈치 한번 빠르네."

진짜 제하를 좋아하는 거야?

"사실 나 그 애 좋아하고 있어."

"정말? 이 사실을 그 앤 알아?"

"모르지!! 산이 주위에는 예쁜 여자들이 많아서 나 같은 건……."

"잠깐!!"

산이? 산이가 누구야?

"왜 그래?"

"네가 좋아한다는, 아까 같이 있던 그 남자 이름이 뭐라고?"

"난 또~ 산이야, 반산. 이름 예쁘지? 얼굴은 더 예쁘지만."

"반산… 진짜 이 이름 맞아?"

속이 울렁거리면서 귀가 윙윙거렸다.

"맞아. 같은 반인데 그것도 모르겠어? 그리고 나, 산이 엄마도 만났었
는데."

"아, 미안. 이름이 특이해서."

알아, 예전에 제하가 기뻐하며 자랑했거든. 좋아하는 여자를 엄마한
테 소개시켰다고. 그게 어래 너였구나, 제하가 사랑하는 사람이. 현기증
이 밀려와 그만 바닥에 주저앉아 버렸다.

"지원아! 왜 그래? 괜찮아?"

"으응, 너무 많이 마셨나 봐."

"바보, 주는 대로 마시니까 그렇지."

그래도 어래 너라서 다행이야.

"어래야, 너 그 남자 많이 사랑하니?"

"사랑은 모르겠고 그냥 보면 막 떨려. 산이랑 있으면 어떻게 해야 할지 모르겠고."

"그게 사랑이야. 나 이제 들어가야겠다. 여기까지 오라고 했는데 이런 모습 보여서 미안해."

"뭐가 어때서. 근데 괜찮겠어?"

걱정스런 어래의 눈빛을 애써 외면하고 일어섰다.

"괜찮아."

"근데 저번에 네가 좋아하는 남자 있다고 했잖아."

"어? 어."

"언제 보여줄 거야? 내가 어떤 사람인지 봐줄게."

"떠났어."

"떠났다고?"

"사랑하는 여자 곁에서 행복하게 웃는 모습을 봤어. 그런 모습 처음 봤어. 나 이제 그 남자 정리했으니까, 쉿!"

어래는 잘못이 없는데 자꾸 어래가 미워지려 한다. 겨우 이런 나 따위가 제하에게 어울릴 리 없지. 이런 나쁜 마음을 가지고 있는데. 이렇게 친구를 질투하고 있는데.

"조심해서 가. 그리고 고백해."

"응?"

"그 남자에게 네 마음 솔직하게 말해. 그리고……."

잡았던 어래의 손을 놓고 돌아섰다.

"행복해. 제하라면 안심이야. 어래 너라면 안심이야⋯⋯."

난 안으로 들어와 구석에 주저앉아 소리 내어 울었다. 나도 평범했으면 제하와 어울릴 텐데. 엄마가 날 버리지만 않았으면 이렇게 살지 않았을 텐데. 이렇게 몸 팔면서 살지 않았잖아!! 계속 이렇게 살아야 한다면 죽고 싶어. 더러운 몸뚱어리를 갈기갈기 찢어버리고 싶어!! 공지원이라는 삶은 버리고 깨끗한 삶을 살고 싶어. 나도 행복해지고 싶단 말이야.

내가 어래를 다시 보게 된 건 그로부터 일주일이 지난 후였다. 평소에 날 지겹게 따라다니는, 나보다 내 몸을 더 좋아하는 진시현과 어느 술집으로 들어가는 걸 보게 되었다. 어래가 시현이를 알 리 없는데.

이상한 느낌에 둘을 따라 들어갔다. 하지만 어디로 사라졌는지 보이지 않았다. 입구에 있는 방부터 뒤지며 안쪽으로 들어갔다. 시끄러운 분위기 속에 어래의 비명 소리가 희미하지만 들려왔다. 문을 열고 들어간 곳엔 초점을 잃은 반나체의 어래가 바닥에 쓰러져 있었다.

"진시현!!"

"지원아?"

당황해하는 시현이 자식을 지나 어래에게로 갔다.

"자, 옷 입어."

"지원이 네가 여긴 어떻게?"

"진시현, 누가 시킨 거야? 누구야?"

"그건 말 못해."

"시킨다고 이런 짓을 해? 더러운 새끼!!"

시현이는 경찰에 신고하겠다는 나의 협박에도 불구하고 당당했다. 믿는 구석이 있어서 할 수 있다고 했지만 그런 거 없어도 일을 저지를 놈이었다. 내가 아는 진시현이라는 놈은 그러하니까.

"너 나 갖고 싶어했지? 가져."

"진심이야?"

"대신 어래에겐 손 대지 마. 약속해."

"우정이란 거 대단하군. 나야 이런 애한테 애초부터 관심없었으니까."

시현이의 손이 몸에 닿을 때마다 참을 수 없었지만 제하라 생각하고 참았다. 난 왜 이런 삶을 살아야 하지? 왜 난 남들과 다른 삶을 살아야 하냐고!! 하지만 더 참을 수 없는 건 어래의 눈이었다. 미안해하지 마. 난 오히려 기쁜걸? 제하가 사랑하는 널 지켜줄 수가 있어서. 널 위해서 나 같은 것도 도움이 될 때가 있구나 싶어서.

난 몇 달 전에 술에 취한 제하가 버린 반지를 어래에게 주고 마지막 인사를 했다. 사랑하는 여자에게 준다며 산 반지였는데 이젠 필요없다며 버렸던 반지였다.

18년… 내 삶 중에서 가장 행복했던 때가 언제냐고 묻는다면 난 뭐라고 대답해야 할까? 죽는 것조차 허락되지 않는 생활 속에서 내가 할 수 있는 일이라고는 오늘보다 나을지도 모르는 내일을 기다리는 일이었다. 내일이면 이곳을 벗어나겠지… 내일이면 이곳을 벗어날 수 있겠지.

내일이면… 내일이면… 하지만 나에게 내일이란 고통에 가득 찬 또 다른 오늘일 뿐이었다. 내일이면 난 또다시 이 어둠 속을 기어가야 하니까……. 그래서 아주 잠시만 쉬려 한다. …아주 잠시만…….

제9장

진실 II

절뚝거리는 내 모습에 아이들의 시선이 따갑다. 교실 문을 열자 모두의 시선이 내게로 쏠렸다. 내게 오려다 다시 자리에 앉는 사천이가 보였다. 그래, 조금만 참아줘. 조금만 기다려 줘. 내 옆에 있어봤자 넌 이기적인 나에게 이용만 당할 거야. 아직 오지 않은 산이와 로하의 빈자리를 확인하고 내 자리로 와 앉았다. 난 점심 시간까지 화장실 한 번 가지 않고 자리에서 꼼짝하지 않았다.

탁—

책상 위로 딸기 우유가 떨어졌다. 직감적으로 로하란 걸 감지하고 얼굴을 숨겼다. 멍들고 퉁퉁 부어버린 얼굴을 녀석에게 보이기 싫었다.

"지금 뭐 하냐? 숨바꼭질이라도 하자고?"

"조, 졸려서 그래!"

최대한 팔로 얼굴을 가리고 책상에 이마를 박았다. 아무래도 내 행동이 정상적으로 보이지 않았는지 놈이 내 머리를 잡고 위로 들어 올렸다.

"놔! 아프잖아."

"네 행동 지켜보겠다는 내 말을 잊은 건 아닌가 해서."

"안 잊었으니까 걱정 마셔!"

놈이 내 머리를 들어 올렸지만 내 얼굴은 로하가 아닌 칠판이 있는 정면 쪽을 향해 있었다.

"얼굴 돌려."

"왜?"

"한 번만 더 말한다. 얼굴 돌려."

본능적으로 행동하는 내 몸에게 무슨 죄가 있으랴.

"어제 학교 안 나온 이유가 이거야?"

고개를 저었지만 믿지 않는 눈치다. 강새아가 그런 일을 벌였다고 말하면, 로하 넌 내 말을 믿어줄 거니? 혹여 믿어준다 해도 어제 일을 내 입으로 말할 수는 없어. 결국 난 멀쩡하니까. 내 대신 지원이가……. 지원이를 떠올리자 울컥 눈물이 나왔다. 이 자식 앞에서 도대체 이게 몇 번째야? 애써 마음을 가다듬고 주위를 둘러봤다. 언제 사라졌는지 로하는 보이지 않았다. 산이는 오늘 학교에 나오지 않았고, 점심 시간에 나간 로하도 그대로 교실에 돌아오지 않았다.

다음날 뻔뻔하게 책상에 앉아 있는 강새아를 보자 분노가 치솟았다. 난 가방을 벗어 던지고 강새아에게 달려가 소리쳤다.

"너 참 대단해! 어떻게 뻔뻔하게 내 앞에 나타나지?"

"갑자기 왜 그래? 무슨 소리야?"

정말 아무것도 모른다는 표정.

"씨발!! 죽고 싶어? 어디서 시치미야? 너 때문에 내 친구가……."

"도대체 내가 무슨 짓을 했다고?"

내가 이런 반응 보일 거란 계산까지 넣은 모양이다. 더러운 년 같으니. 팔을 들어 올려 강새아를 때리려는 찰나 로하가 나타나 내 팔을 막았다. 그러자 강새아가 눈물을 보이며 로하에게 달라붙었다.

"로하야, 나 무서워."

"떨어져."

"응?"

"당장 내 몸에서 떨어지라고."

간신히 화를 억누르고 있는 듯한 목소리. 눈 깜짝할 사이 강새아가 로하의 주먹에 의해 나가떨어졌다. 구경하던 몇몇 아이들이 허겁지겁 교실을 빠져나갔다.

"다시 한 번 그런 더러운 짓 하면 이 정도로 끝나지 않을 테니 명심해."

바닥에 쓰러져 있는 강새아가 조금 불쌍했지만 이틀 전 일을 생각하자 더 패고 싶은 생각이 들었다. 난 로하의 손에 이끌려 옥상으로 올라갔다. 어울리게 폼을 잡고 있는 녀석의 눈치를 살피며 물었다.

"강새아가……."

"입 다물어."

내가 무슨 잘못을 했다고 살벌하게 나오냐?

띵띵띵띵— 띵띵띵띵—

1교시를 알리는 종이 울렸다. 내려갈 생각이 없어 보이는 녀석을 뒤로 하고 돌아서는데, 갑자기 뒤에서 놈이 날 안았다. 달콤한 향이 온 몸을 감싸는 듯한 이 느낌. 기분 좋다.

"나 좋아하면 내 말만 들어. 다른 사람 말 같은 거 듣지도 말고, 믿지도 마. 나만 믿어."

아로하, 날 걱정했니? 나 걱정해 주는 거야? 괜스레 콧잔등이 시큰거렸다.

"고마워. 하지만 여자 함부로 때리지 마."

"명령이냐?"

살벌한 녀석의 눈과 마주쳤다. 난 오래 살고 싶다.

"명령은 무슨~ 절대 아니지!!"

"쿡."

"왜 웃어?"

녀석의 시선과 마주쳤다.

"아니, 많이 웃으세요."

"으… 크크……. 푸히히~ 하하하~"

우리의 아로하 님, 드디어 맛이 가셨습니다. 하지만 녀석의 모습을 보고 있자니 마음이 놓였다. 아로하, 가끔이라도 좋으니까 그렇게 솔직한 널 보여줘. 그래야 내가 마음 편히 떠나지.

하지만 며칠 후, 그런 끔찍한 일이 벌어질 줄은 꿈에도 몰랐다. 오랜만에 찾은 돼지의 집. 돼지가 나의 방문을 오버하며 반가워하는 이유가 있었다.

"내가 왜 청소를 해야 하는 거야!!"

"떡볶이 사줄게."

"정말?"

"덤으로 김말이도."

두 팔을 걷어붙이고 3시간 동안 청소를 했다. 그리고 밖으로 나와 배가 터지도록 떡볶이를 먹었다. 놈이 아이스크림도 먹자고 해서 아이스크림도 먹었다. 버스 정류장에서 돼지가 걸려온 전화를 받더니 날 어딘가로 끌고 가기 시작했다.

"어디 가는데?"

"로하가 지금 친구랑 있대."

"근데?"

"거기 맛있는 안주 많대."

공짜라면 환영이지~ 상당히 좋아 보이는 술집으로 들어가 오른쪽 끝 테이블로 걸어가는 돼지. 돼지 뒤를 열심히 쫓아가는 나. 투명한 유리 테이블 위엔 많은 술병들이 놓여져 있었다. 그리고 로하와 로하의 친구로 보이는 남자가 마주 앉아 있었다.

"야, 저 띨띨이는 왜 달고 왔어?"

"뒤처리용."

돼지가 로하 옆에 털썩 주저앉으며 대답했다. 그것도 모르고 좋다고 따라오다니, 이 바보. 하지만 그냥 가려니 비싼 안주가 땡긴다.

"뭐 해? 앉아."

로하 친구 옆에 앉으라는 돼지 말에 못 이기는 척 앉으려는데 로하가 말했다.

"이데, 일어나."

"응? 왜?"

"빨리 일어나."

로하는 돼지를 밀쳐 내고 날 자신의 옆에 앉혔다. 그동안 조용히 있던 로하 친구가 입을 열었다.

"네 애인이야?"

"미친……."

"로하! 너무해."

돼지가 내 앞에 앉으며 눈물을 글썽였지만 로하는 놈을 무시하고 내게 시선을 고정시켰다. 눈이 풀린 것이 무슨 짓을 할 것만 같았다.

"저기, 네 친구 소개시켜 줘."

"자은도."

"반가워. 난 산어래야."

하지만 대답없는 자은도라는 친구 놈. 그래, 내가 어디 한두 번 무시 당하냐!! 난 철저히 안주 귀신이 되어 남자들의 수다를 경청했다. 3시간째 마신 결과 새벽 2시였다. 하지만 이것들, 취해서 그런지 일어날 생각을 안 한다.

"강새아는 아직도 너 쫓아다니냐?"

"술맛 떨어지게 그년은 왜?"

"너에 대한 사랑이 지나쳤지. 그래서 들이 많이 미워했고."

로하가 들고 있던 잔을 내려놓았다.

"자은도, 너 많이 컸다?"

"나? 그럼~ 2년이나 지났는데."

"내 앞에서 감히 들이 얘기를 꺼내고 말이야."

로하 녀석, 눈빛이 핏빛이다! 돼지도 그걸 느꼈는지 허둥지둥 상황 수습에 나섰다.

"오늘은 그만 마시자. 시간도 너무 많이 지났고. 어래 집에 데려다 줘야지."

"맞아! 나 빨리 집에 가야 돼."

"그럼 둘이 꺼져! 나 이 자식이랑 할 일 남았다."

"아로하, 아직도 들이 못 잊은 거냐?"

"이 새끼가!!"

기어코 일이 터졌다. 로하 주먹에 자은도가 의자와 함께 뒤로 넘어졌다. 나와 돼지는 서로 눈빛을 교환하고 로하를 잡고 밖으로 끌고 나왔다.

"너희 둘, 죽고 싶지? 방해하지 마."

"정신 차려!! 그만 잊을 때도 됐잖아."

"이데, 네가 뭘 알아? 네가 나에 대해 뭘 안다고 지껄여!!"

돼지, 로하 말에 상처받은 걸까? 아무 말 없이 뒤돌아 걷기 시작했다.

"야!! 나 혼자 어떡하라고!! 이 돼지 놈아, 거기 안 서?"

하지만 끝내 놈은 돌아보지 않고 사라졌다. 잠시 얌전히 있던 로하가 호프 집을 나오는 자은도를 보자 놈에게 달려들었다.

"아로하, 너랑 싸우기 싫으니까 이 손 놔."

"못 놔."

"내가 오늘 널 찾은 이유를 말해 주지."

녀석이 로하 손을 뿌리치고 담배를 꺼내 물었다.

"들이 죽은 거 몇 달 전에 알았다."

"그래서 속 시원하냐?"

"사망 원인은 교통사고."

"그만 해!!"

"그때 들이가 왜 교통사고당했는지 알아?"

지금 그 말은 단순한 교통사고가 아니라는 말?!

"그게 무슨 말이야?"

"강새아, 아주 대단하더라."

"들이 죽은 거 우연이 아니었단 소리야?"

"조사해 보니까 들이 죽기 전에 강새아가 들이한테 몇 번 협박을 했더군. 그리고 교통사고로 죽은 날, 그때 강새아가 들이를 불러냈어."

난 그 자리에 맥없이 주저앉는 로하를 잡았다.

"내가 유일하게 좋아했던 놈이 너다. 떠나기 전에 선물 주려고 왔어. 그리고 죄인이 양심의 가책도 없이 살아가고 있다면 안 되겠지?"

"나 거짓말 싫어한다. 알지? 빨리 거짓말이라고 말해."

"산어래라고 했지? 로하 충격받았을 테니까 빨리 가서 재워."

돌아서는 놈의 등 뒤에 대고 로하가 소리쳤다.

"이 새끼야!! 거짓말이라고 말해!! 빨리 사실이 아니라고 말하란 말이야!!"

로하 얼굴 위로 떨어지는 액체를 떨리는 손으로 닦았다. 나 이런 너의 낯선 모습 싫어. 감당하기 힘들어. 다른 여자 때문에 아파하는 네 모습 보기 싫어. 난 금방이라도 부서질 것 같은 로하 몸을 있는 힘껏 끌어안았다. 자꾸만 처음 만났던 날의 장면이 떠올라. 산이가 말해 준 너의 병이 생각나. 불안해 미치겠어. 네가… 날 두고 떠날 것 같아.

월요일, 비어 있는 로하의 책상. 책상은 일주일째 주인이 오기만을 기다리고 있었다. 점심 시간이 끝날 무렵 복도가 소란스러워졌다. 무슨 큰일이라도 난 마냥 아이들은 어딘가로 뛰어가고 있었다. 난 한 아이를 잡고 물었다.

"다들 어디 가는 거야?"

"지금 운동장에서 로하랑 강새아라는 여자애가 붙었대."

"뭐? 그게 무슨 소리야?"

"나도 잘 몰라."

로하가 지금 학교에 왔다고? 난 앞서가는 아이들을 제치며 운동장으로 뛰어나갔다. 많은 아이들이 나와 있었지만 정작 로하와 강새아 주위에는 돼지 말고는 아무도 없었다. 난 조심스럽게 돼지 옆으로 가 로하를 살폈다.

"지금까지 내가 말한 게 사실이냐고 물었다."

"오해야. 분명히 누군가가 나한테 죄를 덮어씌우려고 그런 거야! 난 아니야!! 정말이야."

로하가 발로 강새아 복부를 걷어찼다. 그로 인해 강새아가 피를 토하며 앞으로 쓰러졌다. 구경하던 아이들 틈에서 비명 소리가 터져 나왔다.

"죽여 버리겠어."

흙먼지를 뒤집어쓰고 이리저리 나뒹구는 강새아. 운동장은 강새아가 흘린 피로 물들여져 있었다.

"로하 좀 말려. 저러다 강새아 죽이면 어떡해?"

"……."

"이 돼지 새끼야!! 빨리 로하 말려!!"

"강새아가 잘못했어."

"그래도 저건 너무하잖아!"

하지만 이 상황을 외면하는 돼지 녀석. 그래, 네 도움 따위 필요없어! 난 말릴 거야. 로하를 살인자로 만들 순 없어. 로하에게 달려가 팔을 잡으려다 녀석의 주먹에 맞았다. 입술이 터졌는지 피 맛이 느껴졌다. 난 로하의 행동을 살피며 완전히 정신을 잃은 강새아의 몸을 끌어안고 소리쳤다.

"그만 해!! 그만 하라고!!"

몇 번의 발길질이 나의 등과 배를 강타했다.

"윽!!"

"산어래!!"

그제야 내 이름을 부르며 달려오는 돼지 녀석.

"괜찮아? 위험하게 왜 뛰어들어? 너까지 다치고 싶어?"

"강새아 정신 잃었어. 빨리 119에 전화해."

나의 말에 강새아의 상태를 살피던 돼지의 표정이 굳어졌다. 난 멍하니 있는 돼지에게 소리쳤다.

"119—!!"

핸드폰을 꺼내 전화하는 돼지에게서 로하에게로 시선을 돌렸다. 아무런 움직임이 없다. 주먹을 꽉 쥔 채로 구급차가 올 때까지 그 자리에 그대로 서 있을 뿐이었다. 들것에 옮겨져 구급차에 실리는 강새아, 뒤따라 타는 돼지. 나 또한 석고상마냥 서 있는 로하의 손을 잡고 구급차에 올라탔다. 잡고 있는 로하의 손에서 작은 떨림이 느껴졌다. 느끼고 있니? 느끼고 있는 거야? 네가 한 짓이 어떤 결과를 초래했는지 아는 거야? 생각보다 강새아의 상태가 심각한 것 같다. 원래도 몸이 안 좋아서 학교에도 잘 나오지 않는 아이인데.

병원에 도착하고 새아는 응급실로 들어갔다. 돼지가 새아 부모님께 전화를 하고 내 옆에 앉았다. 초조한지 연신 일어났다 앉았다를 반복했다. 그에 반해 내 왼쪽에 앉아 있는 로하는 그대로였다. 어디를 바라보는지 알 수 없는 눈빛, 굳게 다문 입, 내 손을 꽉 잡고 있는 손까지도. 걱정되지? 새아가 걱정되지? 바보! 너도 이렇게 상처받을 일, 너도 이렇게 괴로울 일을 왜 저지른 거야. 새아의 부모님이 도착해서 로하를 붙잡고 이것저것 묻기 시작했다.

"로하야, 우리 새아 무슨 일이니? 사고라도 당한 거야?"

이렇게 말하는 걸 보니 로하가 한 일을 모르는 모양이다.

"지금 로하도 충격받았습니다."

돼지가 로하 팔을 잡고 있는 새아 엄마의 손을 떼며 말했다.

"어떻게 된 거니? 우리 새아 많이 다친 거야?"

"그건 저희도 잘……."

너무 간절한 새아 엄마의 시선을 외면하는 돼지였다. 그때 마침 응급실에서 의사가 나왔다. 자기 딸이 지금 어떤 상태냐고 묻는 새아 부모님의 질문에 의사는,

"혼수 상태입니다. 누구한테 맞았는지 심한 타박상에 뇌출혈의 흔적도."

"여보!!"

끝내 기절하는 새아 엄마. 새아 아빠는 간호사를 부르며 빨리 응급실로 옮겨달라고 했다. 긴 한숨을 토해낸 돼지가 밖으로 나갔다. 이제 어떻게 되는 거지? 혼수 상태에 뇌출혈이면 영원히 깨어나지 않을 수도 있다는 소리잖아. 안 돼! 그럼 로하보고 평생 죄책감 느끼면서 살라고? 안 그래도 죽고 싶어 안달난 놈인데. 아로하!! 내 옆에 있을 거지? 내가 진심으로 너 좋아할 때까지 내 곁에 있어. 꼭 있어야 돼.

천천히 열리는 응급실 문으로 얼굴까지 시트로 덮여진 침대 하나가 나왔다. 가족으로 보이는 사람들이 함께 나온 의사에게 달려가 울먹이는 목소리로 물었다.

"어떻게 됐죠?"

머리를 좌우로 흔드는 의사의 멱살을 잡는 20대 초반의 남자.

"뭐라는 거야? 그럼 내 동생이 죽었다는 거야?"

"죄송합니다. 저희도 최선을 다했지만……."

"이 새끼야!! 의시가 괜히 의사야? 빨리 살려내!! 내 동생 살려내!!"

남자의 울부짖음이 복도에 길게 울려 퍼졌다. 그와 함께 로하의 떨림

이 심해졌다.

"아로하, 괜찮아? 추워?"

정신 나간 듯한 로하의 얼굴과 행동들, 난 놈이 정신 차릴 때까지 녀석의 뺨을 때렸다.

"정신 차려!! 너 이렇게 쉽게 무너지는 놈이었어? 강새아, 괜찮아!!"

"으… 흐흐흑……."

고개를 떨군 로하가 그제야 울음을 터뜨렸다. 아로하, 너 왜 이렇게 약한 거야. 내가 너 우는 모습 안 어울린다고 했잖아. 울지 마. 울지 마. 네가 그렇게 죽을 듯이 울면 나 숨이 막히는 것 같단 말이야. 일어서 있던 난 앞에 앉아 있는 로하의 머리를 품으로 끌어당겨 안았다. 숨을 고른 로하가 힘겹게 입을 열었다.

"들이… 고통스러운 상황 속에서도 웃으면서 갔어."

울먹이는 목소리로 인해 무슨 말인지 잘 들리지 않았다.

"조금이라도 오래 살다 가서 고맙다고 했어. 그 바보가 고맙다고 했어. 고맙다고."

"……."

"강새아만 아니면 좀 더 행복을 느낄 수 있었는데 고통만 받고 갔어. 난 아무것도 해줄 수가 없었어. 아무것도 해줄 수가 없었다고."

이런 상황 속에서도 들이를 질투하는 내가 보인다. 아직까지 들이를 잊지 못하는 로하가 아주 많이 미웠다.

그 이후로 난 하루도 빠짐없이 강새아를 찾았다. 눈뜰 생각을 안 하는 새아를 보면서 매일같이 얘기했다.

"그만 자. 네가 좋아하는 로하 평생 죄책감 느끼게 할 거야? 아니지? 일어날 거지? 일어날 거면 로하 쓰러지기 전에 일어나. 부탁이야."

그렇게 2주라는 시간이 지났다. 여느 때와 마찬가지로 수업을 마치고 병원을 찾았는데 새아가 깨어나 있었다. 영원히 깨어날 것 같지 않은 얼굴로 누워 있던 강새아가 눈을 떴다. 마침 병실에는 새아뿐이었다. 문 열리는 소리에 들어오는 날 쳐다봤지만 강새아는 무관심한 얼굴로 다시 창문으로 눈을 돌렸다. 심장이 빠르게 뛰었다. 강새아가 깨어난 게 직접 눈으로 보고도 믿기지 않았다. 난 튤립을 선반 위에 놓고 잠시 망설였다. 무슨 말을 해야 하지? 도대체 어디서부터 시작해야 돼?

"로하……."

이것저것 생각하다 새아의 말을 놓쳤다.

"어?"

"로하 지금 뭐 해?"

로하는 그날 이후로 한 번도 강새아를 찾아오지 않았다. 학교에도 딱 한 번 나왔을 뿐……. 내가 집으로 찾아가도 방 안에서 문을 걸어 잠근 채 나오려 하지 않았다. 로하도 새아만큼이나 고통받고 있었다. 아니, 자기 자신에게 벌을 주고 있었다.

"잘 있는 건 아니야."

"그래? 천하의 아로하가 나 때문에 괴로워한다? 웃기는군."

아무리 로하가 때려서 다친 강새아라 하지만 지금의 태도 맘에 안 든다.

"로하가 뭐라고 안 해?"

"무슨?"

"나 살인자라고 안 그래?"

"강새아!"

"인정해, 인정한다고!! 들이가 부러웠어. 2년 동안 좋아한 나보다 몇 번 보지도 않은 들이를 좋아하는 로하가 너무 미웠어."

자세한 건 아니지만 돼지에게 들었다. 강새아와 들이의 얘기.

"아직도 들이가 미워. 아직까지 들이 잊지 못하는 로하가 미워. 5년 동안 바라보기만 한 내 심정 알아? 이런 비참한 기분 알기나 해?"

이해해. 나 또한 들이라는 아이가 부러우니까. 아직까지 들이를 잊지 못하는 로하가 미우니까.

"들이가 미워서 내가 아닌 척 협박도 했어. 하지만 내가 죽이지 않았어. 그건 사고였어."

"사고?"

"그래, 사고! 평소에 날 잘 따르던 애였기에 불러내는 건 쉬웠지. 하지만 빨간불인데도 뭐가 급한지 날 보더니 내 이름을 부르며 뛰어오기 시작했어. 말릴 틈도 없이 갑자기 나타난 승용차에 치였어. 들이를 친 승용차는 그대로 달아났고."

지금 새아가 하는 얘기들, 거짓말 같지는 않다.

"밤이었어!! 목격자라고는 나와 내 친구, 단 두 명이었지. 그때 우리 나이 겨우 16살이야!! 정신을 차리고 보니 나도 모르게 친구를 따라 뛰어가고 있었어."

"강새아."

"로하에게 말할 필요 없어. 아니, 절대 말하지 마! 그리고 다시는 내 앞에 나타나지 마!! 넌 내가 너한테 나쁜 짓 했는데 내 얼굴을 보고 싶니? 난 너라는 애가 정말 싫어."

찰칵.

그때 새아 엄마가 들어왔다.

"나가!!"

"새아야?"

갑자기 소리를 지르는 강새아의 행동에 새아의 엄마가 다가오셨다.

"나가라고!! 네 얼굴 꼴도 보기 싫으니까 나가!!"

옆에 있는 물건들을 집어 던지며 날 향해 소리 지르는 강새아를 뒤로 하고 병실에서 나왔다. 바람이 불고 먹구름이 낀 어두운 하늘이 금방이라도 비를 뿌릴 것 같았다. 먹구름 가득한 하늘이 어쩜 이리 내 마음과도 같은지. 강새아, 비록 아직 널 용서하진 않았지만 오늘 고맙다.

집에 들어서자마자 머리를 흔들었다. 거의 다 와서 비가 왔기에 망정이지. 근데 다래는 아직 안 왔나? 난 다래에게 전화를 했다.

♬따라라라~♬

집 안 어디에선가 울리고 있는 핸드폰. 신발을 벗고 안으로 들어가 다래 방문을 열었다. 스위치를 찾아 더듬거리다 딱딱한 무언가에 무릎을 부딪쳤다.

"윽!!"

어렵게 찾은 스위치를 누르자 방 안이 환해졌다.

"다래야."

차가운 바닥에 웅크리고 앉아 있는 다래.

"불도 안 켜고 뭐 하는 거야? 밥은 먹었어?"

녀석이 고개를 들었다. 싸늘한 눈빛. 밖에서 무슨 안 좋은 일이라도 있었나?

"밥 먹자, 내가 너 좋아하는……."

"놔."

놈은 잡은 내 손이 너무 무안할 정도로 차갑게 말하고 일어서서 방을 나갔다.

"왜 그래? 나한테 화난 거 있어?"

"……."

"비도 오고, 날도 저물었는데 어디 가? 산다래!!"

쾅—!!

놈은 현관문을 세게 닫고 나갔다. 우산 안 가지고 가는 것 같던데. 난 우산을 들고 밖으로 나와 다래를 찾았다. 걸음 무지 빠르다. 나간 지 10초도 안 됐는데 벌써 저만치 가고 있다. 흙탕물과 빗물이 튀었지만 뛰어서 다래 옆까지 갔다.

"우산 쓰고 가."

놈 위로 우산을 받쳐 줬는데 받을 생각을 안 한다.

"우산 받아!"

난 다래가 비 안 맞게 우산 들랴, 빠른 걸음 맞추랴 정신이 없었다. 보아하니 죽어도 우산을 들 것 같지는 않았다. 그렇다고 비를 맞게 할 수도 없고. 어쩌다 보니 다래와 함께 우산을 쓰며 어느 카페 앞까지 와버렸다.

다시 집까지 가려면 40분이나 걸어야 한다. 산다래, 이렇게 먼 곳까지 올 거면 택시 타지. 이층으로 올라가는 놈을 한 번 더 쳐다보고 다시 비가 쏟아지는 거리로 나왔다. 그때 내 앞으로 택시가 섰고 안에서 내린 남자가 후닥닥 내 우산 속으로 뛰어들어 왔다.

"넌……."

"방가."

"너 혹시 저 이층으로 다래 만나러 가?"

"응!"

"다래 오늘 무슨 일 있어? 장난 아니더라. 근데 남자들도 카페에서 수다떠냐?"

"설마 누나 모르는 거야?"

불안하다. 이놈의 건망증이 또 문제 일으켰나?

"내가 뭘 몰라?"

"그럼 오늘이 무슨 날이야?"

"오늘? 가만 있어봐. 6월 27일 수요일."

낙담하는 십 원의 얼굴이 보였다.

"아니야? 그럼 목요일인가?"

"오늘 다래 생일이잖아."

다래 생일? 아, 맞다!! 오늘 다래 생일이다. 다래 화 단단히 났는데 나 이제 어떡해. 십 원의 뒤를 따라 들어간 카페 안에는 커플로 보이는 남녀를 제외하곤 아무도 없었다. 다래는 창가 구석진 테이블에서 홀로 담배를 피우고 있었다. 나이가 어려서 그렇지, 잘생긴 덕에 뭘 해도 멋있었다. 난 나를 노려보는 다래를 향해 어색하게 웃었다.

"이 녀석이 같이 올라오자고 해서."

"내가 언… 윽!!"

십 원의 허벅지를 꼬집어 입을 막았다. 담배꽁초를 재떨이에 비벼 끄던 다래가 자리에서 일어섰다.

"어디 가?"

"먼저 간다."

"조금 있으면 애들 오는데 간다고?"

난 조용히 지금의 상황을 정리했다. 산다래, 친구들과 시간 보내고 싶은데 눈치없이 끼어들어서 미안하다! 자리에서 일어나려는 찰나 문이 열리면서 남자 다섯 명과 여자 두 명이 들어왔다. 그중 치마 정장을 입은 여자애가 다래 이름을 부르며 달려왔다. 그러자 다래가 날 잡아당겨 자신의 옆 자리에 앉혔다. 달려오던 여자의 얼굴이 굳어지고 같이 들어온 남자들이 내 앞에 앉더니 날 뚫어져라 쳐다봤다. 아직까지 나와 다래를 노려보며 서 있는 여자.

"누구야?"

"보면 몰라? 더 이상 귀찮게 달라붙지 마."

"너 여자 친구 없는 거 다 알아. 그리고 네가 이런다고 내가 포기할 줄 알아?"

"그래? 그럼 포기하게 만들어주지. 잘 봐."

실실거리며 웃던 다래의 얼굴이 점점 다가왔다. 난 순간적으로 놈을 밀치고 자리에서 일어섰다.

"친구들이랑 놀다 와! 나 먼저 갈게."

"앉아."

날 다시 자리에 앉힌 녀석이 오른쪽 팔로 내 허리를 감싸 안았다.

"놔."

"……"

"장난은 여기까지야! 그만 해!!"

"병신."

가슴이 따끔거린다. 산다래, 난 잘못 한 게 없는데 왜 그런 말로 사람 상처 주는 거야?

"재수없는 년, 아주 기어오르네?"

"마리야."

아까 다래의 이름을 부르며 들어왔던 여자가 날 노려보며 말했다. 옆에 있는 또 다른 여자 아이가 마리라는 여자의 팔을 붙잡으며 말리고 있었다.

"다래가 좀 잘해준다고 까부는 게 영 맘에 안 들어."

"너 다래 좋아하니?"

"내가 너한테 그런 것까지 얘기해야 돼? 재수없으니까 당장 꺼져!! 그리고 다시는 다래 옆에 달라붙지 말라는 뜻에서 한 대만 맞아라."

멍해 있는 사이 주먹이 날아왔다. 피하려고 했을 땐 이미 늦었다. 헌데 아픔이 느껴지지 않는다. 살짝 눈을 뜨며 바라본 곳에 산이가 있었다.

"산이야."

언제나처럼 내가 위험할 때마다 내 앞에 나타나는 반산. 이런 게 인연

296

이라면… 이런 게 운명이라면…….

"폭력은 안 좋아요. 근데 넌 왜 멍하니 있어? 하마터면 얼굴에 손자국 생길 뻔했잖아."

"여긴 어떻게 왔어?"

이곳은 산이의 집과는 정반대였다.

"약속이 있어서. 넌 아직도 교복 차림이네?"

"아, 새아한테 갔다 오느라고."

산이의 얼굴색이 변하는 걸 느낄 수 있었다.

"산어래, 앉아."

단단히 화가 난 다래의 목소리.

"산어래? 뭐야? 다래랑 성이 똑같잖아. 그럼?"

눈을 동그랗게 뜨며 말을 흐리는 마리라는 아이.

"빨리 앉아!!"

"왜 소리는 지르고 그래? 나 갈 거야!! 넌 친구들이랑 재미있게 놀다 와!! 산이야, 가자."

난 산이의 팔을 붙잡고 그곳에서 나왔다. 언제 비가 그쳤는지 하늘은 제 색을 찾아가고 있었다.

"저기."

"누구냐고? 내 동생이야."

"동생? 근데."

"좀 건방지지? 그래도 착해. 내 하나뿐인 동생인걸."

"그래, 하나뿐인 동생."

"아, 미안."

"네가 뭐가 미안해? 괜찮아."

비로 인해 상쾌해진 공기를 흠뻑 들이마시며 걸었다.

"참!! 너 누구 만나러 왔다고 했는데 내가 끌고 내려와 버려서 어쩌지?"

"상관없어. 저기 오고 있거든."

내 눈이 산이의 손가락을 따라갔다. 20대 초반의 젊은 여자가 산이를 향해 웃으면서 뛰어오기 시작했다. 또다시 가슴이 쓰려온다. 하지만 고개를 좌우로 돌리며 머리 속에 있는 생각들을 지워 버렸다.

"저 여자가 오해하기 전에 가야지. 내일 봐."

"산어래!"

웃으면서 뒤돌았다. 그래! 잘했어, 산어래. 그렇게 하는 거야. 이젠 산이를 놓아주는 거야. 그래도 마지막으로 보고 싶어. 산이의 미소를, 산이가 행복해하는 얼굴을. 가던 걸음을 멈추고 돌아섰다. 여자와 다정히 인사를 나누는 모습이 보인다. 여자의 머릴 쓸어 올려주며 자연스레 허리에 팔을 두르는 산이의 뒷모습이 보인다. 사랑이 무언지 잘 몰랐어. 그냥 가슴 두근거리고 한없이 웃음이 지어지는 건 줄만 알았어. 근데 그게 아닌가 봐. 그에 대한 무거운 책임이 있다는 거 난 몰랐어. 이젠 널 내 맘에 묻을 수 있을 것 같아. 내가 사랑할 수 있게 내 맘을 예쁘게 만들어준 널 잘 간직할게. 집으로 돌아와 잠을 청했지만 답답한 마음에 잠이 오질 않았다. 더 생각하다간 머리가 부서질 것 같아 억지로라도 잠을 청했다.

다음날, 다래는 나보다 훨씬 일찍 일어나 집을 나가고 없었다. 학교에 도착해 멍하니 창밖을 바라보고 있자니 순미가 초콜릿을 손에 쥐어주며 웃었다.

"요즘 네 얼굴 말이 아니야. 이거 먹고 힘내."

"고마워."

"친구 사이에~ 고맙다는 말은~ 쓰는 게 아니야~"

"푸힛."

신성일 버전으로 말하는 순미 덕분에 웃음이 나오며 기분이 한결 좋아졌다. 또다시 내리기 시작하는 비를 바라보며 반지를 만지작거렸다. 지원아… 비를 계속 보자니 눈물이 나올 것 같아 오른쪽으로 시선을 돌렸다.

"아, 깜짝이야."

"놀랐어?"

"언제 왔어?"

"몇초 전에."

난 순미 자리에 앉아 있는 산이를 쳐다봤다. 하지만 산이는 내 얼굴이 아닌 내 손을 바라보고 있었다.

"반지 예쁘다. 산 거야?"

"아니, 내가 제일 좋아하는 친구가 준 거야."

"친구?"

"응! 아주 예쁜 친구 있어. 이제 보니 너랑 잘 어울리겠다."

내 말에 산이가 웃었다.

"제일 좋아하는 친구가 줬으니까 잘 간직해야겠네."

"평생 끼고 있을 거야."

"다들 자리에 앉아!"

담임이 교실로 들어오며 소리쳤다. 무슨 심각한 얘기를 하려는지 교탁에서 교실을 한번 쭉 훑어본다.

"안타까운 소식이 있다. 강새아가 이민을 간다."

웅성거리는 아이들로 인해 교실이 시끄러워졌다.

"조용!! 몸이 안 좋아서 직접 인사는 못한다고 하더라. 섭섭하면 병문안 한 번씩 가고!! 오늘의 공지 사항은……."

강새아, 나 너 마중 안 나간다. 네가 바라는 일이겠지만. 가서는 행복해라. 로하는 걱정하지 말고. 내 말에 강새아가 대답이라도 하듯 갑자기 천둥이 쳤다.

To. 슬프지… 않니?

산이야…산이야… 너… 슬프지 않니? 로하도 네 곁을 떠나 버리고, 네가 사랑하는 어래도 잡을수 없는 사람이잖아. 나는… 슬퍼. 미치도록 슬프더라. 너만 혼자인 거 같아서……. 네 자존심보다도 사랑했던 친구도 떠나고, 네가 진심으로 사랑했던 어래도 잊어야 하고, 네 동생 들이도 없고… 너한텐 아무것도 없는 거 같아서… 더 슬퍼.

산이야… 넌… 슬프지… 않니?

From. 박혜진(qhasodma18@hanmail.net)

To. 사천이 오빠에게

후아~ 바보바보바보사천. 맞지? 흥. 오빠가 죽었다고 그랬을 때 내가 얼마나 울었는지 알아? 물론 오빠가 밉기도 했어. 왜냐하면 나 한 번도 안 보고 휑~ 가버린 거잖아. 그래서 미운데… 결국에 미움보다는 그리움이더라. 바보, 보고 싶어!! ㅜㅇㅜ

어쩔 거야? 내 마음에 불질러 버리고 튀다니. 책임지고 가지. 오빠에 대한 그리움이 넘칠수록 결국엔 어래 언니와 로하 오빠에 대한 분노로 바뀌더라. 다 오빠가 그렇게 만든 거야.

오빠!! 다음 생애에는 꼬옥 나랑 이어지기야. 꼭 나랑 예쁜 사랑 하기야! 이번 생애에는 우리 예쁜 사천이 오빠 내 가슴에 묻을래. 그리고 ^0^ 다음 생을 기다릴래.

아참~ 나 요즘 꿈속에서 사천이 오빠랑 되게 재미있게 놀고 있어. ^0^ 내가 슬퍼하니까 찾아온 거지? 오빠, 보고 싶다. 그리고 행복해!! 내가 오빠 좋아한다는 거 절대로 잊지 마! 그리고 오빠나 오빠 시어머니 팬클럽 1호는 내 꺼야!!

내게 시간을 되돌릴 수 있는 마법이 있다면… 오빠가 어래 언니를 만나기 전으로… 오빠가 로하 오빠네 집에 들어가기 전으로… 오빠가 부모님에게 버림받기 전으로… 무엇보다 오빠가 죽는 그 순간 전으로… 되돌리고 싶어.

오빠가 어래 언니를 안 만났다면 어쩌면 날 봐주지도 모르잖아. 오빠가 로하 오빠네 안 들어갔음 그렇게 아파하지 않았을 거잖아. 오빠가 부모님께 버림받지만 않아도 위험한 일 안 해도 되었잖아. …오빠가 죽지 않았으면 어쩌면 결말이 틀릴 수도 있잖아.

바보, 멍청이. 오빠, 바보야. 하늘에서라도 행복해. 그리고 기다려!! 내가 빨리 갈게. ^-^ 거기서 오빠 외롭지 않게… 나 빨리 갈게.

From. 러브사천&김윤선(yunho-sukloveys@hanmail.net)

To. 아이스크림 먹고 싶다. >_<

오빠, 잘 지내죠? 난 오빠가 너무 보고 싶어요. 오빠가 웃을 때 진짜 살인미소겠지? 하면서 혼자 웃을 때도 있었어요.

내가 제일 마음 아팠던 건 일본에서 돌아와서 어래 언니랑 아이스크림 집에 갔는데 서툰 왼손을 쓰면서 아이스크림 먹는 장면이었어요. 그 장면에서 얼마나 울었던지. 순간 이런 생각도 했구요.

'난 왼손잡이인데 내 오른손을 오빠에게 주면 오빠 편해질까?' 이런 말도 안 되는 생각을요.

　로하 오빠, 산이 오빠, 태노 오빠, 다래 오빠 등 다들 멋있을 거 같은데. 제눈에는 오직 로마와 화수 오빠뿐이네요. 전 이데라는 이름보단 화수라는 이름이 더 끌리네요. 처음엔 어래 언니에게 칼을 그어서 약간은 섬뜩한 분위기였지만… ^^;; 보면 볼수록 귀여운 남자라는걸 느꼈어요. 맨날 아이스크림타령이고. 그러면서 꼭 아이스크림을 먹으면서 오빠 생각도 많이 했죠. 그러면서 왼손으로 힘들어하고 있을 오빠 생각도 하면서요.

　그리고 전 오빠 원망 안 해요. 로하오빠는 오빠가 약속을 지키지 않아서 간 거라고 생각 안 해요. 로하 오빠는 외로웠을 거예요. 힘겨워했고, 엄마도 만날 수 없고, 로성 오빠도 없고, 사천 오빠도 없고. 그런데 어래 언니도 산이 오빠한테 마음이 있었잖아요. 나중엔 로하 오빠한테 왔지만.

　그러니까 오빠는 죄책감 가지지 말아요. 오빠가 그 3개월이라는 시간을 어겨서 간 게 아니에요. 곁에 있던 사람들이 하나씩 떠나니까 힘들었을 거예요. 어쩌면 오빠나 어래 언니나 산이오빠나 다 잃을 거 같아서 그랬을 거 같아요..

　그러니까 오빠, 이제는 힘들어하지 말아요. 어래 언니한테 아이스크림이나 실컷 뜯어먹어요.. 알았죠? 그리고 언제나 오빠 곁에는 로내와 화수 팬클럽이 있다는 거 잊지 말아요. 오빠 , 사랑해요. >_<

나에게 더이상 사랑 따윈 존재하지 않아.

From. 슬이 &로마내사랑♡(mr-taehyun@hanmail.net)

To. 로하

로하, 안녕? ^-^ 에구, 어떻게 시작해야 할지를 모르겠다. 헤헤.

휴… 너땜에 얼마나 눈물을 많이 흘렸던지. 멋대로 그곳에 가서는. 너 무지무지 미웠어. 그래도 나는 어쩌면 그지돈을 볼 때마다 혹시나 니가 나타나지 않을까 기대했나 봐. ^^

이데처럼 니가 다시 짠 하고 나타나주지 않을까. 그래서 어래뿐만이 아니라 내 입에 미소를 그려주지 않을까. 근데 다 헛된 생각이더라구. ^-^

넌 정말 갔는데… 이제 놔줘야 하는데 하는 생각을 하니깐 너가 오토바이를 타고 사고를 냈을 때부터 눈물이 주르륵 흘러내리는 거야. 항상 이 더

럽고 빌어먹을 세상에서 괴로웠던, 그래도 가끔씩은 웃어서… 그래서 나한테
도 행복을 전해줬던… 로하야, 그곳에선 행복해.

이 세상에서 갈망하지 못했던 행복, 거기선 찡그리고 아픈 일도 없이, 괴로
운 일 땜에 몸부림치는 일도, 걱정으로 맘 아파하는 일도 없을 거야. 너가 항
상 용서받고 싶어했던 사천이에게도 용서를 빌었으니깐. ^-^ 그러니깐 웃을
수 있지? 활짝 웃어. 너 웃는 모습이 얼마나 예쁜데.

항상 말이야, 나 이런 생각한 거 알어? 내가 어래였다면… 그랬다면 너를
항상 곁에서 지켜줄 수 있었을 텐데. 괴로움에 아파하는 일도 없도록 내가 최
선을 다해서 널 지켰을텐데. 그러니깐 기억해 줘야 해. 가서 어래 생각만 하지
말구 내 생각도 해줘. ^0^

언제나 좋아했던 로하야, 나 아직도 너한테 미련이 남았나 봐. 어쩔땐 내가
너무너무 슬픈 날 소설을 떠올리고, 널 떠올리면 마음이… 음… 뭐라구 해야
할까. 텅 비는 것 같다구 해야 하나? 그러면서 모든 일들이 떠오르면서 눈물
이 흐르는 거 있지. 너, 어래만 기다리지 마! 나도 기다려 줘야 해. 그러면 먼
훗날 나도 니 옆에 서 볼 수 있을까? 헤헤.

거기선… 항상 행복하구. 거기선… 항상 웃구.

From. 신희성(hesung89@hanmail.net)

To. 바보와 사랑

난 맨 처음에 이데가 좋더라. 적어도 억지로 웃거나 하는 짓거리는 하지 않았으니까. 어떤 순간에는 나와 참 닮았다고 느끼면서도, 어떤 순간에는 참 바보 같다는 생각이 들어. 널 보면서. 그럼 나도 바보인 걸까?

어제 놀이공원에서 내가 상상했던 너의 머리 스타일을 가진 사람을 봤어. 참으로 행복했었지. 니가 생각나서이기도 하고, 어쩌면 네가 실존 인물일지도 모른다는 생각… 그런 어리석은 생각이 들어서.

꿈은 아닐 거야. 그 사람을 다섯 번이나 봤는걸. 처음은 자이로드롭에서, 두번째는 아이스크림가게, 세 번째는 자이로스윙에서, 네 번째는 오락실, 마지막으로 월드모노레일. 계속 네가 생각나니까 그 사람이 약간은 미워지더라. 어줍잖은 기대를 하게 해서일까?

독
자
편
지

난 아직도 네가 왜 어래를 속였는지 이해를 하기가 싫어. 머리로는 이해가 가는데, 마음이 받아들이지를 않네. 솔직히 이런 경우 처음이라서 많이 혼란스러워. 짜증났었어. 초코 아이스크림을 먹는 네가 얼마나 생각나던지. 아이스크림가게 뒤집어 엎으려다가 참았어. 네가 있으니까. 네가 아이스크림 못 먹으면 내가 미안하잖아. 그래서 참고, 참고, 캔디처럼 계속 참았어. 그러다가 성질나서 무서운 것만 타버리고. 자이로드롭을 탔을때 참 속이 울렁거리더라. 그래서 더 좋았어. 네 생각을 잊어버려서. 잠시나마, 잊을 수 있으니까.

바보를 꿈속에서 사랑하는 꿈을 꿨어. 꿈은 꿈일 뿐이지. 꿈이니까. 그래서 허무하게 끝나버렸을지도 몰라. 그지돈. 이 소설도 사실은 꿈이 아닐까? 다죽자님을 욕할 생각은 없지만… 난 네가 참 밉다. 그리고… 사랑스러워.

From. 박지혜(sopp3535@hanmail.net)

To. 지금⋯ 행복하니?

로하야⋯ 로하야⋯ 이렇게 니 이름 불러보고 싶다. 나 너 되게 많이 보고 싶은데 너는⋯ 어떠니?? 그곳에선⋯ 행복하게 웃을 수 있니??

나는⋯ 행복할 수가 없어. 네가⋯ 네가 내 옆에 없잖아. 그래도 네가 지켜보고 있으니까 나 웃을 수 있어. 아니, 웃을 수밖에 없어. 내가⋯ 내가 어디선가 몰래 울고 있어도⋯ 그곳에선 내가 어디 있는지 다 보이잖아. 그래서 슬퍼도 웃고, 기뻐도 웃어.

그러니까 그곳에서 나를 잠시 잊어도 용서해 줄게. 그러니까 그곳에서⋯ 웃고 있어야 돼. 알았지? 네가 행복하다고 믿고 싶어. 행복해야 돼. 네가 행복해야⋯ 내가 진정으로 웃을 수 있어. 꼭⋯ 행복해야 돼.

로하야, 마지막으로⋯ 마지막으로 물어보고 싶은데⋯

너⋯ 정말 행복하니?

From. 박혜진(qhasodma18@hanmail.net)

인터넷 마니아들을 열광시킨
최고의 화제작!!

"날 여자로 보지 마!   난 여자이길 거부한 몸이야

세간의 화제 속에 베스트 셀러에까지 오른 N세대 연애 소설!
설문 조사를 통해 당당히 선호도 1위로 선정된 초.기.대.작!

하이수 N세대 연애 소설

『여자이기를 거부한다』 1~3

항상 죽도를 메고 다니며 여자이길 끔찍이도 거부하는 한수아.
소년들은 두려워했고 소녀들은 동경했다.
모든 학생들이 선망하는 F.F 중에서도 가장 예쁘고(?) 조각 같은 리더 신지휴.
하지만 성격은 무척이나 더럽다.
이 둘이 학교 담벼락 낙서로 인해 꼬일 대로 꼬인 최악의 첫만남을 갖게 된다.
수아를 남자로 착각한 채 심술궂게 괴롭히는 지휴와 다른 F.F들과의 새로운 만남.
깡다구로만 가득 찬 수아는 모든 학생들의 우상인
꽃미남얼음왕자 지휴의 신경을 계속 건드리다가 급기야 지휴에게 샤워하는 장면을 들켜 버리는데……

"나… 나가주지 않으련? -_-"
힘겹게 말을 꺼낸 내 목소리는 가늘게 떨리고 있었다.
지휴 놈, 내 말엔 아무 대꾸 없이 너무도 뻔뻔하게 내 몸을 빤히 바라본다.
"…계집애였잖아."

● 하이수 지음

도서출판 **청어람**   E-mail : eoram99@chol.com
부천시 원미구 심곡1동 350-1 남성빌딩 3층 우420-011 ☎ 032-656-4452 FAX 032-656-4453